W0373740

La Maison Chapelier

LIVRE 1

TAMZIN MERCHANT

Illustré par PAOLA ESCOBAR

Traduit de l'anglais
par Marie Leymarie

GALLIMARD JEUNESSE

Chapitre 10 – Citation tirée de *Hamlet*, de William Shakespeare, traduit par André Gide, Gallimard, 1946

Titre original : *The Hatmakers*

Édition originale publiée en Grande-Bretagne
par Penguin Books Ltd, London

Pour ma famille

1 **Maison Chapelier**

2 **Hôtel particulier des Bottier**

3 **Maison Gantier**

4 **Manoir des Tailleur**

5 **Pavillon des Horloger**

6 **Palais**

7 **Maison des Guildes**

8 **Théâtre royal**

CHAPITRE 1

C'était une nuit de tempête, déchirée par les éclairs. Le genre de nuit où tout peut arriver.

Des fourches de lumière illuminaient le ciel et le tonnerre roulait par vagues sur les toits et les flèches de Londres. Entre la pluie qui tombait dru et les nuages qui s'échouaient sur les bâtiments, la ville entière semblait engloutie sous la mer.

Mais Cordelia Chapelier n'avait pas peur. En sécurité dans sa chambre, au dernier étage de la maison Chapelier, elle s'imaginait à bord de la *Joyeuse Bonnette*. Le bateau était chahuté par d'énormes vagues et elle devait lutter contre les rafales de vent qui l'empêchaient de remonter le pont (en réalité, sa descente de lit).

BAM!

– Ferme les écoutilles, Fortescue! hurla-t-elle. Je vais m'attacher au gouvernail!

Sur le manteau de la cheminée, un soldat en fer-blanc la regardait, impassible.

– À vos ordres, cap'taine, couina Cordelia du coin des lèvres.

BAM!

– L'ennemi nous tire dessus! cria-t-elle en s'emparant du dossier d'une chaise qui se transforma illico en gouvernail.

BAM!

Cédant à la poussée d'une violente bourrasque, la fenêtre s'ouvrit en grand. Sa bougie fut soufflée et Cordelia se retrouva dans le noir.

BAM, BAM, BAM!

Résonnant à travers les cinq étages de la maison des Chapelier lui parvint le bruit des coups martelés à la porte d'entrée.

Cordelia dégringola l'échelle qui donnait accès à sa chambre et s'élança dans le couloir. Sa tante Ariane apparut, emmitouflée dans une robe de chambre en velours couleur prune, puis son oncle Tiberius surgit à son tour, le visage bouffi de sommeil.

– C'est père ! cria Cordelia en les dépassant. Père est rentré !

BAM, BAM, BAM !

Elle dévala l'escalier en colimaçon situé au cœur de la maison Chapelier et passa en trombe devant le petit salon d'alchimie, où sa grand-tante Petronella somnolait à la lueur des flammes mauves de la cheminée, puis devant les hautes portes de l'atelier de chapellerie. Se laissant glisser sur la rampe de l'escalier, elle atteignit le rez-de-chaussée en un clin d'œil.

Ses pieds nus résonnèrent sur le carrelage froid de l'entrée. Elle secoua la tête pour chasser la sensation de vertige et traversa (pas tout à fait en ligne droite) en courant le grand vestibule désert.

Alors qu'elle tournait la grosse clef dans la serrure, une lumière blanche illumina le ciel. Une haute silhouette se dessina sur le verre dépoli.

Le tonnerre retentit au moment même où elle ouvrait la lourde porte en chêne.

Un éclair déchira le ciel en deux.

Un homme se tenait sur le seuil de la maison Chapelier. Il était trempé, en loques et haletait dans le vent, à bout de souffle.

Ce n'était pas son père.

Cordelia recula d'un pas tandis que l'homme s'engouffrait par la porte, faisant entrer avec lui la pluie et les bourrasques de vent. Sa somptueuse cape de brocart sentait les embruns et le sel.

– Lord Witloof ! s'écria Ariane, descendant l'escalier une lanterne à la main. Que se passe-t-il, dieu du ciel ?

Une flaque d'eau se formait déjà aux pieds de l'homme.

– Hélas, madame Chapelier ! murmura-t-il.

Cordelia eut l'impression qu'une araignée de glace de Sibérie rampait sur sa nuque.

– Je vous en prie, messire, dites-nous ce qui s'est passé, le supplia Tiberius.

– Il n'est pas arrivé malheur à la *Joyeuse Bonnette* ?

La cuisinière était apparue sur le seuil de la cuisine, les cheveux remontés en papillotes, une cuillère en bois à la main.

– Mais... mon père ? Le capitaine Chapelier ? s'enquit Cordelia d'une voix minuscule et tremblante.

Lord Witloof fixa ses bottes.

– J'étais là, en haut du phare, afin de veiller à ce que le bateau soit correctement guidé pour passer le détroit, marmonna-t-il en serrant son chapeau, les articulations blanches. Le palais attendait avec beaucoup d'impatience que le capitaine Chapelier rapporte le dernier ornement pour le chapeau du roi. Mais ce soir...

Il s'interrompit, les yeux remplis d'horreur.

– Les voiles du bateau nous sont apparues dans la tempête, continua-t-il, le visage gris. J'étais si près que je pouvais entendre les cris de l'équipage dans le vent et voir le capitaine qui tenait lui-même le gouvernail... mais avant que le navire ait pu atteindre le port de Rivermouth, une vague terrible a surgi de l'océan noir et jeté la *Joyeuse Bonnette* contre les rochers. Le bateau s'y est fracassé.

Cordelia secoua la tête. Elle prit conscience que tout son corps tremblait.

– Tout a sombré avec le bateau, chuchota Lord Witloof. Personne n'a survécu.

– Mais… non, dit Cordelia. Mon père est le meilleur nageur que je connaisse ! Il sait nager au milieu de la tempête et des remous. Il est impossible qu'il se soit noyé !

Lord Witloof parut infiniment malheureux.

– Le capitaine Chapelier a disparu. Je suis désolé.

Seuls le chagrin et la fureur maintinrent Cordelia debout tandis qu'elle grimpait l'escalier. La voix d'Ariane n'était qu'un drapeau en lambeaux flottant derrière elle. Lorsqu'elle atteignit le dernier couloir, les larmes, traîtresses, envahirent ses yeux. Elle poussa avec force la porte du fond. L'odeur douloureusement familière de son père l'assaillit.

C'était celle des épices qu'il rapportait de ses voyages, du cèdre, du feu de bois, de l'air marin. Cordelia se jeta sur son lit vide et s'enfouit sous les couvertures râpeuses.

Elle resta allongée, le visage pressé contre son oreiller. Une chanson triste résonnait en elle. Elle remontait de ses entrailles et tentait de se frayer un passage dans sa gorge, qui vibrait de désespoir.

– Cordelia ? chuchota Ariane en entrant sur la pointe des pieds.

Le tonnerre gronda au-dessus de leurs têtes,

semblable au fracas d'un bateau s'écrasant contre des rochers.

– Ma pauvre Cordelia...

Son corps, tendu à l'extrême, tentait d'empêcher la chanson triste de franchir ses lèvres. Une main chaude se posa sur son dos.

– Cela t'aidera à dormir, ma chérie, finit par dire sa tante.

Elle écarta délicatement ses cheveux. Cordelia sentit qu'on lui enfonçait sur la tête un bonnet de nuit en velours de Campalune.

Le couvre-chef exerça sa magie violet sombre et elle n'eut pas le temps de pousser un soupir qu'elle dormait déjà. Des tentacules surgis des profondeurs lui firent signe d'approcher et elle cria le nom de son père, mais sa voix se perdit au milieu des vagues. Toute la nuit, le mot « disparu » hanta ses rêves emportés par la tempête, et un albatros volait en gémissant dans un ciel étrange.

Le matin, elle se réveilla avec une nouvelle certitude.

Ce qui a disparu peut être retrouvé.

Cordelia enfila la veste de son père, retroussa ses manches et quitta la pièce sur la pointe des pieds.

Dans la maison Chapelier régnait le plus grand silence. Dehors, le ciel était limpide et, sur la vitre, des gouttes d'eau scintillaient dans la pâle lumière du soleil.

La bibliothèque sentait la cire, le bois et le tapis turc. Des milliers de livres lui faisaient face, alignés en rangs serrés. D'antiques grimoires, des traités scientifiques et des volumes remplis de secrets surnaturels jouaient des coudes sur les étagères. Certains, au dos de cuir strié, étaient plus hauts que les genoux de Cordelia tandis que d'autres, reliés en soie, étaient assez petits pour tenir dans la paume de sa main. C'était tous des livres dont les pages chuchotaient lorsqu'on les feuilletait.

Il était si tôt que les pigeons messagers somnolaient encore dans leur volière près de la fenêtre, la tête glissée sous leur aile.

– *Rou, rou*, chanta Cordelia à voix basse.

Tandis qu'elle remplissait leur mangeoire de nouvelles graines et versait de l'eau fraîche dans leur coupelle, quelques yeux noirs brillants se posèrent sur elle.

Elle regarda un oiseau en particulier.

– Agatha, dit-elle, mon père a disparu en mer. Toi seule peux le retrouver.

Agatha agita ses ailes d'un air important et roucoula.

Le père de Cordelia, le capitaine Prospero Chapelier, avait couvé Agatha lui-même en gardant son œuf au chaud sous son aisselle. Lorsqu'elle avait brisé sa coquille, elle s'était retrouvée dans ses mains délicates et avait décidé qu'il ferait une excellente mère.

Quand un pigeon messager avait été couvé de la sorte, il revenait toujours vers sa mère où qu'elle soit dans le monde, pour lui apporter les messages de sa famille. Cordelia prit un petit rouleau de papier dans le premier tiroir du bureau. Elle écrivit :

Père, on raconte que vous avez disparu en mer. Si vous avez disparu, vous pouvez être retrouvé. Je vous en prie, soyez retrouvé en mer aussi vite que possible…

Il ne restait presque plus de place sur le papier, aussi ajouta-t-elle d'une écriture minuscule :

… et revenez à la maison, s'il vous plaît !
Affectueusement, Dilly

Elle déposa un baiser sur le papier – avec précaution, pour ne pas étaler l'encre – et le secoua pour le sécher. Elle le roula ensuite très serré et le glissa dans une minuscule fiole en verre, qu'elle referma d'un bouchon de liège et scella avec de la cire rouge.

Elle fit ensuite sortir Agatha de la volière pour attacher le message à sa patte. Elle sentait le petit cœur de l'oiseau battre à un rythme frénétique.

– Pour Prospero, pour Prospero, chuchota-t-elle, comme un sortilège.

Elle ouvrit grand la fenêtre afin qu'Agatha prenne son envol, puis elle se pencha et la suivit des yeux jusqu'à ce qu'elle ne soit plus qu'un point discret au-dessus des toits de Londres.

– Cordilly ?

Tiberius, sur le seuil de la pièce, frottait son visage

chiffonné de sommeil. Il ressemblait à un ours tiré trop tôt de son hibernation.

– Est-ce que ça va, mon petit ? s'enquit-il avec douceur.

– Oui, mon oncle, répondit-elle. Je viens d'envoyer un message à père.

Les épaules de Tiberius s'affaissèrent.

– Oh, Cordelia, ma toute douce…

– Vois-tu, expliqua Cordelia, s'il a *disparu* en mer, cela signifie qu'il peut être *retrouvé*. C'est pourquoi j'ai envoyé Agatha.

– Mon petit, dit-il d'un ton pesant, quand la mère d'un pigeon messager est… n'est plus de ce monde… le pauvre pigeon, perdu, s'envole… et ne revient jamais.

Les yeux de Tiberius se firent soudain brillants, et il se moucha dans un mouchoir de soie verte.

– Ne pleurez pas, mon oncle ! s'écria Cordelia tout en grimpant sur une chaise pour lui tapoter l'épaule. Agatha va trouver père. Il n'est pas mort, il a simplement disparu, c'est très différent !

Tiberius s'essuya les yeux.

– Allez, assez traînassé, dit-elle en souriant. Nous devons finir de fabriquer le chapeau de concentration pour le roi. Ils doivent nous attendre, au palais !

D'habitude, les jours de livraison au palais, la maison des Chapelier connaissait un mélange d'excitation joyeuse et de chaos. Mais ce matin-là, tous les Chapelier hormis Cordelia avaient les yeux rouges, portaient des habits noirs, et la maison tournait au ralenti. Coco, la cuisinière, mit une double dose de miel dans le porridge de Cordelia et déposa un long baiser sur le haut de sa tête.

Jones, le cocher des Chapelier, se tenait appuyé sur le rebord de la fenêtre de la cuisine, une tasse de thé à la main. Il portait son bel uniforme bleu, un tricorne noir et affichait une expression sinistre.

En bout de table, Ariane, le visage pâle, grignotait sans conviction le coin d'un toast. Tout en ajustant un brin de rutacée sur son chapeau de deuil noir, elle dit :

– Je suis désolée qu'il faille aller au palais aujourd'hui, ma chère Cordelia. Être chapelier de la Couronne nous oblige. Le devoir avant toute chose.

– Sans compter que nous ne pouvons pas laisser ces satanés Bottier nous damer le pion. Et encore moins ces insupportables Gantier, gronda Tiberius en mélangeant son porridge d'un air maussade.

– Non plus que les Horloger ou les Tailleur ! ajouta Cordelia.

– Tous des poseurs et des frimeurs, marmonna-t-il.

– De toute façon, conclut Cordelia, père aurait voulu qu'on y aille.

Les lèvres d'Ariane formèrent une grimace.

– Nous devons faire de notre mieux pour terminer le chapeau, même sans l'ornement spécial que Prospero devait nous rapporter.

– Qu'est-ce que c'était ? s'enquit Cordelia.

– Une plume d'oreille de chouette athénienne de la forêt Platonicienne, répondit l'oncle Tiberius. C'est le plus intelligent des oiseaux ; il évite au maximum la compagnie des humains. Cela aurait aidé le roi à rester concentré sur son travail et à ne pas se laisser distraire.

– File aider ta grand-tante à ranimer son feu, ma Cordelia, dit Ariane d'une drôle de voix.

– Redonne-lui un peu de vigueur, va ! croassa Petronella.

Cordelia raviva le feu avec le soufflet si énergiquement que les flammes mauves reprirent vie. Des ombres violettes dansaient dans le petit salon d'alchimie, tandis que les longues langues de feu projetaient une lumière vacillante sur les instruments de cuivre. Petronella posa ses mains froides sur les joues de Cordelia.

– Tu es une fille forte ! s'écria la vieille dame de sa voix rauque.

Cordelia trouvait les adultes ridicules, à se vêtir de multiples couches de noir et à lui répéter qu'elle était forte et courageuse.

– Je sais que vous pensez que père s'est noyé. Je l'ai cru moi aussi, hier soir, dit-elle à sa grand-tante. Mais quand je me suis réveillée, j'ai pris conscience qu'il n'était que *disparu*. C'est très différent, vous savez. Il a déjà réussi à survivre douze jours sur un radeau au beau milieu de l'océan. Il est capable de survivre à tout !

Prospero Chapelier avait en effet survécu douze jours en dérivant sur un morceau de coque. Et Cordelia aussi. C'était son histoire préférée.

– Tu es née sur l'océan, petite Chapelier, lui disait son père. Ta mère et moi, nous partions souvent en expédition ensemble. Un jour, nous avons découvert que nous n'étions pas deux, mais trois : avec toi ! Tu es venue au monde par une belle nuit étoilée, au large de la côte marocaine. L'équipage du bateau a donné une fête et, ta mère et moi, nous étions fous de joie. Nous n'avions pas de berceau à bord, alors nous en avons fabriqué un avec une boîte à chapeau et tu y as dormi d'un sommeil paisible. C'est cette boîte à chapeau qui t'a sauvé la vie...

» Bien des semaines plus tard, un terrible orage

a éclaté dans un ciel pourtant serein. Le mât a été frappé par la foudre et notre bateau a pris feu. J'étais au gouvernail, à essayer de nous tirer de là, quand j'ai vu ta mère se précipiter dans la cale. Elle a réapparu au milieu de la fumée et des flammes avec la boîte à chapeau dans les bras.

» C'est alors que, dans un craquement monstrueux, le bateau s'est fissuré en deux : le feu avait atteint la quille. Nous nous sommes retrouvés séparés par un gouffre et ta mère a lancé la boîte à chapeau par-dessus les flots tumultueux. Lorsque je l'ai vue atterrir sur la crête d'une vague, j'ai plongé. Et quand j'ai refait surface, la moitié du bateau avait sombré. Je me suis hissé sur un morceau d'épave. Par miracle, tu étais vivante. Trempée jusqu'aux os, mais vivante. Tu gigotais dans ta boîte à chapeau.

» J'ai passé la nuit à la recherche des rescapés. Mais à la lumière de l'aube, j'ai compris que ta mère avait disparu. Tout l'équipage avait disparu. Toi et moi, nous étions seuls sur un bateau à moitié coulé, entourés de miles et de miles d'océan.

» Au bout de douze jours, nous avons été recueillis par une caravelle portugaise de passage et je suis rentré à Londres avec toi. Tu es le plus grand trésor que j'aie jamais rapporté de voyage !

Son père portait toujours autour du cou une chaîne avec un coquillage comme pendentif. Au creux de ce coquillage se trouvait une peinture miniature pas plus grande qu'un œil. C'était un portrait de sa mère. Cordelia pouvait le regarder pendant des heures, fascinée par sa peau lisse, le halo de ses cheveux noirs, et son regard doux et souriant. Elle était comme envoûtée.

– Tu lui ressembles, petite Chapelier, lui disait toujours son père en l'enveloppant d'un regard plein d'amour. Elle t'a légué sa beauté et son intelligence.

Cordelia souriait et répondait :

– Et vous, que m'avez-vous légué, père ?

Il souriait en retour.

– Le don des Chapelier. Un grain de folie et la magie au bout des doigts !

– Tu es une fille courageuse, en plus d'être forte.

La voix rocailleuse de Petronella tira Cordelia de ses pensées. Elle cligna des yeux. Sa grand-tante la regardait avec un mélange de fierté et de tristesse.

– Il n'est pas mort, déclara Cordelia d'une voix ferme. Il va revenir. J'ai envoyé Agatha le chercher.

Sa grand-tante l'embrassa sur le front et lui donna un caramel de sucresoleil tiré de sa boîte en métal.

– Cordelia ! J'ai besoin de toi à l'atelier ! appela Ariane en bas de l'escalier.

Aussi loin que remontaient ses souvenirs, Cordelia avait toujours aidé sa famille à l'atelier. Avant même de savoir marcher, elle avait crapahuté entre les bancs de chêne, transportant rubans et dentelles dans sa bouche. S'ils arrivaient un peu mouillés, son oncle les séchait patiemment devant le feu avant de les coudre sur ses créations.

À l'époque de ses premiers pas, elle titubait à travers la salle de coupe, veillant à lever haut le bras pour porter les plumes. Elle marchait en chancelant dans les nuages de vapeur qui se dégageaient des formes en bois de sa tante et vacillait au milieu des tourbillons de lumière cristalline dans le petit salon d'alchimie.

Les premiers mots qu'elle apprit étaient écrits en runes dans les livres chuchoteurs de la bibliothèque. Elle se lia d'amitié avec les plantes de la serre située sur le toit, se familiarisa avec les étoiles grâce au télescope de sa grand-tante et donna des noms à tous les pigeons messagers.

Lorsque la neige tapissait le sol, elle enveloppait le cactus-lune d'un foulard en soie et, l'été, elle rafraîchissait la pierre vésuvienne avec un éventail, afin de l'empêcher de cracher de la lave sur la table de sa grand-tante. Elle savait à quelles brosses les plus revêches il fallait parler poliment et elle était la seule capable de convaincre la fougère de Timor de dérouler sa fronde en lui murmurant des mots doux.

Les Chapelier vivaient dans cette maison depuis tant de générations qu'on en perdait le compte. La magie des ingrédients rapportés d'expéditions dans le monde entier avait fini par s'incruster dans les fibres du bois et dans le grain des pierres usées par le temps. Le verre dépoli des vieilles fenêtres, les murs et même les chaudrons dans les cheminées vibraient de leur propre magie excentrique.

C'était parfois exaspérant. Par exemple, si vous posiez le pied au mauvais endroit sur le tapis devant la cheminée de l'atelier, il vous faisait délibérément un croche-pied. Une des lames du parquet, très chatouilleuse, se trémoussait si on lui marchait dessus.

Tiberius s'énervait souvent contre le placard où étaient rangés les objets invisibles. La porte s'était peu à peu effacée – de discrète elle était devenue difficilement perceptible, puis complètement invisible. Mais lorsqu'il ne parvenait pas à la trouver, Cordelia savait distinguer sa poignée en plissant les yeux.

Elle avait beau se rendre indispensable, elle n'était toutefois pas encore autorisée à fabriquer des chapeaux elle-même.

– Les matériaux sont imprévisibles, la mettait souvent en garde sa tante. Ils peuvent provoquer des dégâts gravissimes s'ils ne sont pas employés de la bonne façon. Et certains d'entre eux ne doivent jamais être utilisés.

Ces matériaux défendus étaient enfermés dans l'armoire menaçante, dans l'atelier. Lorsqu'on l'ouvrait, on faisait sortir Cordelia de la pièce. La jeune fille était infiniment curieuse de découvrir quels terribles trésors elle pouvait contenir, mais elle n'avait jamais réussi à en apercevoir un seul. Au retour d'une expédition, tous les matériaux jugés trop dangereux étaient enfermés entre ses parois métalliques, et la clef de l'armoire menaçante restait en permanence attachée à la ceinture d'Ariane.

La devise des Chapelier était inscrite en latin en travers de ses portes :

NOLI NOCERE

Ce qui signifiait « Ne cause de tort à personne » – principe essentiel dans l'art de fabriquer des chapeaux.

Cordelia avait un jour surpris Prospero et Tiberius en train de peser un poil de moustache de tigre à dents de sabre. En collant son oreille contre le trou de la serrure de la salle de pesée, elle avait entendu son oncle soupirer :

– Il est plus lourd que la plus grande mesure de menace que j'aie jamais faite, Prospero ! Il va falloir le ranger dans l'armoire menaçante.

L'armoire menaçante avait donc été ouverte et le poil de moustache mis sous clef.

Cordelia avait même entendu dire que l'armoire contiendrait une pierre fatale, mais jamais elle n'aurait osé demander à la voir.

En revanche, elle avait maintes fois tenté de négocier son apprentissage du métier auprès de sa tante.

– Je ne ferais pas un chapeau méchant ! argumentait-elle, ouvrant de grands yeux sincères. Je ferais un chapeau vraiment gentil. Et très sûr.

– Tu n'es pas assez grande, Cordelia, répondait toujours sa tante. Tu as encore beaucoup à apprendre

Aussi loin que remontaient ses souvenirs,
Cordelia avait toujours aidé sa famille à l'atelier.

avant de pouvoir même imaginer créer ton premier chapeau.

Mais Cordelia imaginait très bien concevoir son premier chapeau. Elle mourait d'envie de mouler un morceau de feutre sur une forme, de le couvrir de rubans, de plumes, de pierreries et de bouts de bois biscornus, d'y entrelacer des perles, des boutons, des coquillages, des fleurs et…

– C'est absolument hors de question, concluait toujours sa tante.

C'était on ne peut plus décourageant.

Ariane possédait une épingle à chapeau en or ornée d'une émeraude aussi grosse qu'une groseille à maquereau. Avant de retrousser ses manches et de se lancer dans la confection d'un nouveau chapeau, elle la glissait dans ses cheveux d'un geste résolu. L'épingle avait le pouvoir de faire de sa tante une talentueuse et merveilleuse modiste.

Tiberius avait, lui, une élégante épingle en argent qu'il gardait dans sa poche de poitrine. La grand-tante Petronella plantait la sienne, ornée d'une pierre rouge étincelante, dans son chignon. L'épingle de Prospero avait été sculptée dans une branche de bois flotteur et il la portait piquée dans son chapeau de capitaine.

À chaque anniversaire, Cordelia espérait recevoir l'épingle qui ferait d'elle une chapelière et qui permettrait enfin à ses doigts impatients de s'atteler à la tâche. Mais elle savait que, comme tous les Chapelier avant elle, elle devrait attendre ses seize ans avant de pouvoir façonner son premier chapeau.

Autant dire une éternité.

En guise de cadeau exceptionnel, le jour de ses onze ans, on l'avait autorisée à faire reluire les chapeaux tout juste moulés à l'aide d'une brosse à poils de blaireau.

– Le jour de tes douze ans, petite Chapelier, tu commenceras à te familiariser avec les matériaux que nous utilisons pour orner les chapeaux, à commencer par les plumes, lui avait promis Prospero. Les plumes ont beaucoup de pouvoir et de personnalité.

Alors qu'il lui restait encore quelques mois à patienter, Cordelia courut à l'atelier. Son oncle cousait une guirlande de romarin sur le large bord en velours d'un chapeau vert sauge.

– Romarin pour la mémoire, murmura-t-il.

Sa tante et son oncle avaient retiré leur chapeau de deuil pour travailler. Ils portaient l'un et l'autre une charlotte à volants nouée sous le menton grâce à un ruban jaune canari.

– Je sais que j'ai l'air bébête, dit Ariane en remarquant

que Cordelia la fixait avec des yeux ronds. Mais nous ne pouvons laisser notre tristesse déteindre sur le chapeau du roi. Cela réduirait à néant tous nos efforts. Aussi portons-nous des charlottes d'allégresse le temps de le finir, pour garder le moral.

Elle en proposa une à Cordelia, mais celle-ci refusa.

– Je n'en ai pas besoin, merci, ma tante.

Ariane se détourna, le visage caché par les fanfreluches de la charlotte.

Cordelia savait que sa tante faisait de son mieux pour ne pas se laisser abattre. L'humeur d'un chapelier était cruciale, Ariane le lui avait répété plus d'une fois. « Les pensées positives doivent couler de ton esprit à tes mains jusqu'au chapeau, c'est très important. »

Si un chapelier était triste, en colère, distrait ou agité, par exemple, son état d'esprit déteignait sur le chapeau, et par la suite sur celui qui le portait. Tiberius lui avait un jour raconté qu'un chapelier avait confectionné un chapeau de gravité pour un homme politique alors qu'il venait de tomber fou amoureux. L'adoration naissante du chapelier avait imprégné le chapeau de gravité, si bien que lorsque l'homme politique le portait, il éprouvait un amour irrésistible envers le chef de l'opposition (Cordelia soupçonnait Tiberius d'être lui-même l'auteur de ce chapeau, bien qu'il ne l'ait jamais admis).

– Du fil d'araignée, articula Ariane, tournant le dos à Cordelia et s'emparant d'un écheveau de fil très fin. Tissé par une araignée brune de bureau et récolté hier soir avant l'apparition de la lune. Viens, Cordelia, j'ai besoin de ton aide. N'oublie pas de rester bien concentrée !

Cordelia écarta largement les mains, bras tendus devant elle, tandis que sa tante enroulait le délicat fil d'araignée. Bientôt une guirlande argentée relia une main à l'autre.

– Maintenant, entortille-la, ordonna Ariane.

Cordelia fit tourner ses mains de manière à former une fine cordelette. Ariane la sectionna d'un petit coup de ciseaux et la noua aux deux bouts.

– Nous allons la coudre à ce chapeau, à partir de là, juste au-dessus de l'œil gauche…, expliqua-t-elle, épinglant la cordelette en fil d'araignée au chapeau. Et la fixer dans le sens des aiguilles d'une montre.

Cordelia observa avec admiration sa tante qui faisait adroitement le tour du chapeau.

– Cela devrait aider le roi à se concentrer – ce sont les consignes que nous avons reçues.

Cordelia acquiesça. Sa tante se tourna vers elle.

– Peux-tu me dire pourquoi j'ai choisi le fil d'une araignée brune de bureau ?

Cordelia réfléchit un moment avant de répondre :

– Vous avez choisi du fil d'araignée parce que les

araignées travaillent dur pour tisser leur toile, et ce chapeau doit aider le roi à travailler dur… et une araignée brune de bureau aime le papier et le silence, et le roi a besoin de papier et de silence pour se concentrer.

– Excellent, approuva Ariane en souriant. Nous allons parachever notre œuvre avec une fleur fraîche de Saint-Égide. Veux-tu m'en chercher une ?

Cordelia plongea sous les fils d'araignée en train de sécher, tout juste teintés, et grimpa les escaliers quatre à quatre. Lorsqu'elle passa devant la porte du salon d'alchimie, un nuage de fumée bleu ciel s'en échappait.

– Superbe ! entendit-elle sa grand-tante s'autocongratuler. La goutte de verre sagace est presque prête !

Cordelia changea de direction et se précipita à l'intérieur de la pièce sombre. Petronella tenait une goutte scintillante entre deux pinces en fer, semblable à de la lumière de soleil liquide. Une odeur de chaud flottait dans l'air. L'alchimie, aux yeux de Cordelia, était un étrange mariage entre la poésie et la science.

– Ah, mon enfant, va me chercher le bocal sur le rebord de la fenêtre. Fais attention, il est plein de pluie de tonnerre.

Cordelia ouvrit la fenêtre et souleva avec précaution le bocal posé sur le rebord. Il était plein à ras bord d'eau de pluie gris orage, qui se renversa légèrement lorsqu'elle traversa la pièce. Un grondement de tonnerre s'éleva du bocal et un minuscule éclair zébra la surface de l'eau.

– Elle est toute fraîche, se réjouit Petronella, tandis que Cordelia le posait sur la table.

Sa grand-tante plongea la gouttelette scintillante dans l'eau. Immédiatement, un nuage de vapeur se forma dans la pièce, tandis qu'autour d'elles crépitaient de minuscules éclairs.

Lorsque Petronella émergea du nuage, Cordelia vit que la gouttelette de verre était à présent aussi transparente que du cristal.

– Ce verre sagace aidera le roi à se concentrer sur l'essentiel.

– Comment l'eau a-t-elle pu le changer à ce point ? s'enquit Cordelia.

– L'eau d'orage est le meilleur des durcisseurs. Survivre à une tempête forge un caractère.

Cordelia sentit sa gorge se nouer. Les yeux de Petronella se fixèrent sur elle, deux lueurs vives au milieu des mille plis de son visage.

– Que faut-il pour survivre à une tempête ? reprit-elle. Un bon cœur et du bon sens. Prospero avait l'un et l'autre.

– Pensez-vous que... ?

La vieille dame la fit taire en levant une main aussi pâle que le papier.

– Les Verrier, à Venise, sont de grands connaisseurs des orages. Ils ont d'immenses barriques, où ils recueillent les eaux des différentes sortes de tempêtes. Et elles sont assez grandes pour qu'un éléphant s'y baigne. Les Vénitiens sont les maîtres incontestés du verre.

– Vous êtes déjà allée là-bas ? Vous les avez rencontrés ? s'étonna Cordelia, les yeux écarquillés.

– Ah… Il y a fort longtemps…, commença sa grand-tante, interrompue par un cri venant de l'étage inférieur.

– Cordelia ! Où est cette fleur ?

– J'arrive, ma tante !

Elle jaillit hors du petit salon d'alchimie et grimpa l'escalier qui menait sur le toit.

Quelques minutes plus tard, la goutte de verre sagace était cousue sur le haut du chapeau, semblable à une grosse perle d'eau pure, et une fleur jaune pâle de vigne de Saint-Égide illuminait le bord. On emporta le chapeau dans la salle de pesée.

Une grande balance en bois trônait au milieu de la pièce, tandis que des centaines de poids en laiton étaient disposés sur des étagères tapissant les murs.

Tiberius choisit un poids de la taille d'une pomme.

– Concentration, dit-il en le posant sur l'un des plateaux de la balance. Intensité dix.

Ariane plaça précautionneusement le chapeau sur

l'autre plateau. Le mécanisme en bois oscilla lentement et le chapeau descendit à la même hauteur que le poids.

– Bravo ! applaudit Tiberius. De la concentration, en veux-tu en voilà !

– Vérifie la pondération, suggéra Ariane.

– Qu'est-ce que c'est ? chuchota Cordelia en voyant Tiberius attraper un poids de la taille d'un boulet de canon.

– C'est une forme particulière de raison, chuchota sa tante.

Le chapeau était un chouïa plus léger que le poids de pondération, aussi Tiberius le changea pour un plus petit. Cette fois, le chapeau plongea.

Ariane hocha la tête.

– Ça ira.

Enfin, Tiberius posa un poids à peine plus gros qu'une coccinelle sur le plateau.

Le chapeau et le poids étaient parfaitement équilibrés.

– À quoi correspond cette mesure ? s'enquit Cordelia.

– À la joie, murmura Tiberius. Il en faut une lichette. Pour alléger la lourde charge du travail.

Les Chapelier examinèrent leur création. C'était un chapeau élégant, d'un gris-vert pâle, orné de fil argenté et de romarin. Cordelia pensa qu'avec ce chapeau, le roi voudrait passer ses jours et ses nuits à travailler assidûment dans son bureau.

Son oncle renifla.

– Il aurait été préférable d'avoir la plume d'oreille de chouette athénienne, regretta-t-il, la voix brisée par la tristesse.

– Allons, Tiberius, le consola Ariane.

Une fois un chapeau pesé, il était déposé dans le monte-charge et descendu directement dans la boutique des Chapelier située au rez-de-chaussée.

Ce chapeau-là, cependant, était destiné au roi.

Le chapeau fut donc enveloppé dans de la soie fine, puis glissé dans une jolie boîte grise au ruban bleu marine. Enfin, on le porta dans la calèche, que Jones avait garée devant la porte d'entrée. Assis sur le siège du cocher, il tenait les rênes de deux beaux chevaux au poil lustré, qui piaffaient et hennissaient, impatients de se mettre en route.

Ariane et Cordelia grimpèrent à bord les premières, puis Tiberius suivit, tenant précieusement la boîte à chapeau. Petronella leur fit un signe depuis sa fenêtre.

D'un claquement de langue, Jones fit partir les chevaux au trot. La boîte tressauta sur les genoux de Tiberius de Wimpole Street jusqu'au palais.

À l'intérieur de la calèche, personne ne parlait. De temps à autre, Ariane reniflait, serrant la main de Cordelia avec force. Tiberius gardait les yeux rivés sur la boîte, les sourcils froncés. Tous deux avaient de nouveau troqué leur joyeuse charlotte d'allégresse pour leur sombre chapeau de deuil, qui projetait des ombres dans la voiture. Ce fut un trajet calme et silencieux.

Au palais, en revanche, régnait le plus grand tumulte.

Des valets de pied vêtus de rouge, aux bérets en velours noir et aux jambes maigres moulées dans des bas blancs (ils avaient l'air assez ridicules, pensa Cordelia) couraient en tous sens dans la vaste cour intérieure, désespérant d'attraper des centaines de lettres et de feuilles qui tourbillonnaient dans le vent.

La calèche s'arrêta au milieu de ce remue-ménage. Un valet ouvrit la portière d'un air digne et les Chapelier descendirent.

– Par ici, je vous prie, indiqua-t-il, les conduisant vers les portes dorées du palais.

Ses louables efforts pour ignorer le chaos qui régnait autour de lui furent réduits à néant lorsqu'une feuille de papier vint se plaquer sur son visage.

Cordelia parcourut les premières lignes d'une écriture en pattes de mouche :

Sa Majesté le roi passe commande de dix mille canons à la manufacture de Ferfeu…

Avant qu'elle ait eu le temps de lire la suite, un jeune serviteur paniqué, dont le couvre-chef de velours rouge lui tombait sur les yeux, plongea pour attraper la feuille et renversa le valet.

Les Chapelier, qui connaissaient le chemin jusqu'aux appartements du roi, s'engagèrent dans le labyrinthe des couloirs, Tiberius portant fièrement l'imposante boîte à chapeau devant lui. Dames de la cour, servantes et courtisans en perruque blanche se retournaient tous sur leur passage. Cordelia, remplie de fierté, marchait près de la boîte destinée au roi.

Une servante, du linge plein les bras, s'écria :

– Mince alors ! Les *Chapelier* !

Cordelia lui sourit, et la servante en laissa tomber son linge de surprise.

Quatre soldats en uniforme noir et argent montaient la garde devant les appartements du roi. Ils semblaient faire de leur mieux pour ne pas réagir aux étranges bêlements qui leur parvenaient à travers les portes. Détail curieux, une bottine bleu pâle traînait par terre, renversée sur le côté.

– Ah ! Les Chapelier ! s'exclama l'un d'eux. Vous êtes attendus !

Il poussa les portes, et les laissa entrer.

Le roi George était sur son trône. Mais c'était bien la seule chose de normale dans la scène qui se présenta à leurs yeux.

Le roi ne portait qu'une culotte longue en dentelles, des souliers en peau de serpent et une veste rouge non boutonnée. Et il n'était pas assis sur son trône, il se tenait debout sur un pied, bêêêlant comme un mouton égaré. Un gant en velours était accroché à son oreille, un radis lui sortait d'une narine et la seconde bottine bleue était posée en équilibre sur sa tête.

– Votre Majesté, prononça Ariane en s'inclinant profondément.

Cordelia et Tiberius l'imitèrent.

Dans la chambre du roi régnait un grand désordre. Des feuilles et des vêtements jonchaient le sol, un paon battait des ailes sur un repose-pied et les rideaux se gonflaient devant les fenêtres ouvertes. Quant à la perruque blanche du roi, elle était perchée, de travers, sur la statue d'une déesse grecque.

La princesse Georgina se tenait près du trône de son père, vêtue d'une superbe robe en soie rose pâle. Elle paraissait au bord de la crise de nerfs. Elle serrait dans ses poings une cape violette moirée et semblait se retenir de pleurer.

Lord Witloof était de l'autre côté du trône, l'air encore plus fatigué que la veille au soir quand il s'était présenté à la porte des Chapelier. Mais il était là, vaillant, prêt à rattraper Sa Majesté si elle perdait l'équilibre.

– Ah, voilà mes gens ! s'exclama le roi. Une cuillère reste une cuillère jusqu'à ce qu'elle soit trouée. Elle devient alors une fourchette pour manger du roulé !

Tiberius pencha gravement la tête.

– Tout à fait, Votre Majesté.

– Écrivez ça, Perkins, lança le roi au paon, avant de sortir le radis de sa narine et de croquer dedans.

Cordelia laissa fuser un petit rire, mais sa tante lui enfonça son coude dans les côtes.

Le roi regarda Cordelia avec intérêt.

– Il n'y a pas meilleur médicament que le rire d'un enfant, dit-il en agitant les fanes du radis. Sauf, bien entendu, en cas de hoquet sévère. Il faut alors qu'un caniche roux s'assoie sur vous jusqu'à ce que le hoquet s'arrête.

Cordelia acquiesça poliment.

– Mettez ce fou aux fers, cria-t-il, sautant à bas du trône.

Il atterrit sur une montre à gousset en argent qu'il écrasa sous son poids, puis il donna un grand coup de pied dans une pile de papiers et ricana tandis qu'ils virevoltaient autour de lui comme des feuilles d'automne.

– Majesté, je vous en supplie, implora Lord Witloof. Ce sont des documents importants qui doivent garantir la paix avec la France !

– Voulez-vous que nous fassions un nouvel essai, messire ? proposa la princesse en montrant la cape violette.

Lord Witloof hocha la tête.

– Je prépare le contrat, chuchota-t-il.

Il profita de ce que le roi s'était laissé distraire par son reflet dans une assiette dorée pour remettre les feuilles en ordre, puis il les posa sur le bureau près de la fenêtre et plongea une plume de cygne dans l'encrier.

– Pouvez-vous refaire l'appât, s'il vous plaît ? demanda la princesse.

Dans un soupir, il tint la plume au-dessus de sa tête comme la huppe d'un cacatoès.

– Attrapez-moi, Votre Majesté ! roucoula-t-il.

Le roi cessa de faire des grimaces à l'assiette. Il s'approcha du chambellan comme un chat d'un moineau. Lorsqu'il s'arrêta pour laver, soi-disant, ses poils de moustache, la princesse jeta la cape sur ses épaules.

Le roi resta immobile, droit et grand, soudain royal, la cape flottant sur ses épaules. Lord Witloof le poussa vers le bureau.

– Apposez votre signature ici, Votre Majesté ! Juste

GR, ça suffira, l'encouragea Lord Witloof d'une voix joviale.

Le roi prit la plume, le regard posé sur la pile de feuilles.

Tout le monde retint son souffle lorsqu'il leva la plume, la fit tourner une fois entre ses doigts... et s'en servit pour chatouiller le nez de Lord Witloof.

– *Aa-tchoum !*

Avec une joie féroce, le roi jeta le contrat par la fenêtre ouverte et balança à terre l'encrier.

La princesse laissa échapper un sanglot.

– Assez de sottises ! cria le roi en sautant en l'air. Regardez plutôt comme je danse la polka !

Sa Majesté se mit à tournoyer au milieu de la pièce en désordre, agitant sa cape pour la faire battre comme les ailes d'un chardonneret.

Lord Witloof, penché à la fenêtre, regardait désespérément les feuilles voleter jusqu'au sol.

– Ce contrat aurait dû être renvoyé il y a déjà longtemps, soupira-t-il, tout en fouillant les poches de sa veste.

Il en sortit une montre à gousset décorée d'un papillon bleu et laissa échapper un grognement.

– Seigneur, *horriblement* longtemps ! Et le comportement de Sa Majesté ne fait qu'empirer ! Il a commencé par se montrer imprévisible, à jouer avec sa nourriture, à parler d'une voix idiote, ce genre de choses.

Mais maintenant, c'est au point qu'il ne peut pas rester concentré une seule minute ! Il ne pense plus qu'à péter et à danser, et refuse même de mettre un pantalon !

Cordelia comprenait à quel point il devait être difficile de voir le roi pris de folie furieuse, même si elle trouvait qu'il dansait très bien la polka. Le souverain voulut entraîner sa fille dans la danse, mais celle-ci le repoussa.

« Son père a *disparu* lui aussi, même si c'est d'une façon différente du mien », songea-t-elle.

– Tous nos essais ont tourné court ! s'écria la princesse. La montre logique des Horloger n'a marché que deux secondes, et maintenant, elle est en miettes ; on n'a même pas réussi à lui faire enfiler les bottes cogiteuses des Bottier ; les gants mains lourdes des Gantier n'ont pas mis ses doigts en repos une seule seconde. Et la ca… oh, non !

La cape, le roi venait de la jeter par-dessus le balcon. Il la regarda, émerveillé, flotter dans l'air comme une étrange méduse violette.

– Vous êtes notre dernière chance, les Chapelier ! Si ce chapeau ne guérit pas mon père de son étrange comportement, je ne sais pas ce que nous pourrons faire de plus !

– Je me suis permis d'appeler le médecin du roi, intervint Lord Witloof, au cas où il pourrait nous éclairer sur son cas. Allez le chercher, Probert.

Il fit signe à un valet de pied, qui se dépêcha de sortir.

– Mince alors, murmura Tiberius. Un médecin. Comme c'est moderne…

Un peu plus tard, le valet réapparut, suivi d'un homme de haute taille qui affichait un air sérieux assorti à sa moustache austère.

– Ah, docteur Sangsue, entrez !

– Bonjour, Votre Altesse, déclara le médecin d'un air grave. Lord Witloof.

Il haussa un sourcil en direction des Chapelier, avant de poser sa sacoche noire sur le bureau.

– Je disais justement aux Chapelier à quel point il était vital que le roi cesse ses sottises, continua Lord Witloof. La France menace de déclarer la guerre. Et si Sa Majesté ne peut pas rester concentrée assez longtemps pour signer ces documents, le royaume entier est en danger. La situation est des plus préoccupantes.

Ariane sortit le chapeau de concentration de sa boîte. Le Dr Sangsue lui jeta un regard dédaigneux.

– Je suis au regret de vous annoncer, Votre Altesse et Votre Excellence, dit Ariane, que ce chapeau n'est pas tout à fait terminé.

La princesse Georgina parut découragée.

– Comme Lord Witloof vous l'a peut-être dit, Votre Altesse, mon frère, Prospero Chapelier, a disparu en mer avec son bateau, commença Tiberius, avant de s'interrompre pour sortir son mouchoir en soie verte.

Le roi passa devant eux en bondissant, à califourchon sur son sceptre.

– Il rapportait une plume rare de chouette athénienne, qui aurait très certainement aidé Sa Majesté..., expliqua Ariane.

Le médecin se racla la gorge, mais Cordelia eut l'impression qu'il réprimait un rire de mépris. La voix d'Ariane s'effilocha et un silence chargé de tristesse s'installa dans la pièce, ponctué des *cataclop cataclop* du roi.

– Prospero Chapelier était un brave homme, déclara Lord Witloof. Nous étions à Cambridge ensemble en alchimie théorique et pratique – il avait quelques années de moins que moi, naturellement. Il a remporté le prix Dé en première année pour avoir décocté du *spiritus sancti*, si je me souviens bien. L'Angleterre a perdu un grand aventurier et un excellent chapelier !

« C'est ce que nous verrons ! » s'indigna intérieurement Cordelia.

Tiberius renifla, puis déclara d'une voix ferme :

– Nous devons chapeauter le roi et, en l'absence de la plume de chouette athénienne, nous pensons avoir fait au mieux.

– Bien sûr, ajouta Ariane avec tact, dans la plus

pure tradition des artisans de la Garde-Robe royale, les habits sont plus puissants quand ils sont tous portés en même temps...

Elle jeta un regard aux vêtements éparpillés dans la pièce.

Lord Witloof poussa un soupir.

– En effet, mais il est déjà assez difficile de le convaincre d'en enfiler un seul, madame Chapelier.

Toutes les têtes se tournèrent vers le roi, qui avait abandonné son sceptre et faisait le cochon pendu le long d'un rideau en velours. Il était clairement difficile (bien que pas impossible) de porter un chapeau la tête en bas.

– Votre Majesté, reprit Lord Witloof d'un ton cajoleur, pourriez-vous descendre de là-haut, je vous prie ? Vous êtes le commandant en chef de l'armée royale et le grand amiral de la marine royale, mais vous ne pouvez décemment être ni l'un ni l'autre si vous avez les pieds au-dessus de votre tête.

– Majesté, voilà un très beau chapeau qu'il faudrait que vous essayiez, tenta Ariane d'une voix chantante.

Le roi jeta un regard en biais au chapeau. Lord Witloof s'avança d'un pas, mais le roi poussa un cri et essaya de grimper plus haut.

– Il va tomber ! s'écria la princesse.

Le roi hurla en s'accrochant à la tringle en laiton. La princesse, Lord Witloof et les Chapelier le supplièrent en chœur de bien vouloir descendre. Le médecin, lui, observait la scène les bras croisés.

« Pauvre roi, pensa Cordelia. Ce doit être si pénible de devoir être raisonnable tout le temps ! Et pour ceux qui vous entourent, ce doit être affreux de devoir vous prendre toujours au sérieux. On doit se sentir si seul quand personne ne veut danser avec vous ! »

Sans réfléchir, elle se mit à danser. Elle releva ses jupes et dansa en rond, tout en sifflotant une chanson de marin que son père lui avait apprise. Puis elle sauta en l'air, leva les bras au-dessus de sa tête et remua les doigts.

Le roi l'observa, fasciné, les yeux émerveillés. Il descendit lentement du rideau… Ariane fit discrètement signe aux autres de s'écarter.

Le roi s'approcha de Cordelia et se mit à siffler avec elle.

Elle tapa du pied ; il tapa du pied.

Elle virevolta ; il virevolta.

Elle se dressa sur la pointe des pieds et écarta les bras ; il l'imita, et…

– Maintenant, souffla Ariane.

Elle enfonça le chapeau sur la tête du roi.

Cordelia se trouvait presque nez à nez avec lui quand la magie du chapeau de concentration opéra.

L'expression de folie quitta le visage du roi. Cordelia fut surprise de voir apparaître dans ses yeux un chagrin infini.

– Oh ! dit-elle tout doucement.

– Oui, répondit le roi en poussant un soupir.

– Pourquoi ? chuchota-t-elle.

– Je vais te le dire, répondit-il, mais je dois d'abord retirer mes souliers.

Il se mit à sautiller sur un pied en tirant sur ses boucles pour les défaire.

– Oh, mon Dieu, marmonna Lord Witloof.

– Le chapeau n'a pas eu l'effet attendu, constata le Dr Sangsue en s'avançant.

– Bien sûr que si ! protesta Cordelia.

Sans lui prêter la moindre attention, le médecin attrapa le roi par les poignets. Celui-ci résista et tendit la main vers ses chaussures.

– Est-ce qu'on ne pourrait pas essayer de lui mettre tous les habits en même temps ? suggéra Ariane en ramassant un des gants mains lourdes.

– Oui, il faut essayer, approuva Lord Witloof, tandis que Cordelia récupérait une des bottes cogiteuses bleu ciel. Tout doit être tenté.

Dans la lutte entre le médecin et le roi, le superbe chapeau vert et argent tomba de la tête royale et fut piétiné. Le roi se prit le pied dans le fil d'araignée et une odeur de romarin écrasé se répandit dans la pièce.

– Non ! gémit Tiberius.

– Nous perdons notre temps avec ces billevesées ! déclara le médecin d'un ton sec tout en donnant un coup de pied dans le chapeau pour l'envoyer plus loin. L'heure est à la science, pas aux superstitions absurdes et démodées !

– Absurdes ?! répéta Tiberius, indigné.

Ariane posa la main sur son bras, ce qui le fit taire. Le médecin enfonça le doigt dans l'oreille du roi.

– C'est bien ce que je pensais, déclara-t-il. Son cerveau est brûlant. Il faut l'envoyer en bord de mer. L'air marin chassera l'excès de chaleur.

Le front de Lord Witloof se plissa.

– N'y aurait-il pas un remède plus rapide ? Il vaudrait mieux que le roi ne quitte pas le palais…

Le médecin secoua la tête avec fermeté. La princesse Georgina laissa échapper un sanglot et le chambellan posa sur son bras une main réconfortante.

– Faisons confiance au médecin, Votre Altesse. Un séjour à la mer lui rafraîchira les idées. Vous verrez qu'il nous reviendra guéri.

Le roi faisait à présent des bruits de pet avec sa bouche à l'intention du médecin.

– J'emmène Sa Majesté dans sa chambre à coucher, annonça le médecin. Je fais préparer ses affaires pour un départ ce soir.

Il fit sortir le roi, supportant stoïquement les bruits grossiers. La princesse Georgina le suivit d'un regard triste.

Tiberius et Ariane ne disaient rien, mais Cordelia ne put s'empêcher de protester.

– Il voulait seulement retirer ses souliers !

– Un roi ne doit jamais se montrer déchaussé, répliqua Lord Witloof avec le plus grand sérieux. C'est indigne de son rang.

Il se tourna vers la princesse avec un geste cérémonieux.

– Votre Altesse, princesse Georgina, en tant qu'unique héritière, il est de votre devoir d'assumer les responsabilités de votre père pendant son absence.

La princesse jeta un regard perplexe au chaos que le roi avait laissé derrière lui.

– N'ayez crainte, Votre Altesse, continua-t-il. En tant que conseiller privé, je ne vous quitterai pas d'une semelle.

Il s'inclina si bas que son nez frôla son genou. La princesse le remercia d'un sourire reconnaissant.

Une idée traversa soudain l'esprit de Cordelia.

– Cela signifie-t-il que vous êtes la grande amirale de la marine royale, à présent, Votre Altesse ?

La princesse interrogea Lord Witloof d'un regard hésitant. Celui-ci acquiesça.

– Oui, dit-elle. Je crois.

Cordelia sentit une vague d'espoir la traverser.

– Pourriez-vous envoyer un navire à la recherche de mon père, s'il vous plaît ? Il a disparu en mer. Si on envoyait le bateau le plus rapide de la marine, on le retrouverait bien plus vite, je…

Avant même que la princesse ait pu répondre, Lord Witloof secoua la tête.

– Je crains que ce ne soit impossible, très chère demoiselle, déclara-t-il d'un air grave. Nous ne pouvons nous priver d'un navire alors que la France menace de déclarer la guerre. Tous nos bateaux doivent rester dans la Manche en cas d'attaque.

– Mais…, protesta Cordelia.

La princesse Georgina fut plus rapide :

– Un seul bateau ne fait…

– Je regrette, rétorqua-t-il, agacé. Tous les bateaux sont réquisitionnés. Même celui de la poste. La guerre peut survenir à tout instant et nous avons besoin de toute notre flotte pour défendre nos côtes. Le roi m'approuverait, Votre Altesse, s'il n'avait pas perdu la boule.

La princesse rougit. Cordelia ravala ses protestations quand elle vit Lord Witloof lui sourire avec bienveillance.

– Même si votre cher père avait survécu au naufrage, dit-il, les courants au niveau des rochers de Rivermouth sont terriblement traîtres.

Lorsque les Chapelier s'assirent à table pour dîner ce soir-là, l'absence de Prospero devint tangible, comme l'eau se transformant en glace.

Ariane fixait la nappe en silence, tandis que Tiberius maugréait dans sa barbe contre les médecins. Petronella s'agitait sur sa chaise. Cordelia se retournait sans cesse vers la fenêtre. Un épais manteau de brouillard recouvrait peu à peu les maisons du voisinage.

Agatha allait-elle passer la nuit à se reposer ou allait-elle tenter de retrouver le chemin de son foyer, dans le noir, pour leur apporter un message du capitaine ?

Si aucun des Chapelier n'avait envie d'avaler la moindre bouchée, la cuisinière ne l'entendait pas de cette oreille. Chaque plat qu'elle avait préparé était une véritable symphonie de saveurs.

– La cuisine aussi, c'est de la magie, comme la chapellerie, avait-elle chuchoté un jour à l'oreille de Cordelia en saupoudrant un plat de poivre. Un bon petit plat peut guérir bien des maux !

Pour soigner les chagrins, elle préparait des ragoûts aux herbes parfumées ; pour consoler les cœurs en peine, des gâteaux au miel ; des tourtes croustillantes pour redonner courage et des feuilletés au fromage pour revigorer les âmes fatiguées. Son velouté de concombre pouvait calmer les emportements d'un colérique et son pain perdu suscitait de la bonté chez les plus acariâtres. Quant à ses pommes de terre au four, c'était le remède à tout.

Ce soir-là, elle déposa sur la table un plat immense. L'odeur dorée des pommes de terre leur fit relever la tête.

– Ah, j'aime mieux ça, gloussa-t-elle en déposant une petite portion dans chaque assiette. Dégustez-moi ça, vous m'en direz des nouvelles.

Grâce à d'habiles louanges, elle parvint à leur faire terminer leur assiette. Puis elle apporta un flan au caramel et un pot de crème. Une demi-heure plus tard, elle les envoyait au lit.

– Dormez bien, mon petit, dit-elle en embrassant Cordelia sur la tête. Vous vous sentirez un petit peu mieux demain matin.

Cordelia lui sourit d'un air assoupi, tout en pensant : « Je ne dormirai pas ! Je resterai éveillée jusqu'au retour d'Agatha. »

Mais lorsqu'elle se glissa sous les couvertures, ses membres se firent de plus en plus lourds, et le sommeil l'entraîna dans ses profondeurs.

Lorsqu'elle se réveilla, le soleil matinal avait dispersé le brouillard, mais il n'y avait toujours pas le moindre signe d'Agatha. Descendue à la bibliothèque, Cordelia remplit de graines la mangeoire des pigeons messagers, les sourcils obstinément froncés.

Les oiseaux roucoulaient et clignaient de l'œil. Un voile de doute s'accrochait à ses pensées comme une toile d'araignée, mais elle l'arracha et le jeta au loin.

– Agatha sera bientôt de retour, et on connaîtra le lieu exact où se trouve papa, déclara-t-elle en chatouillant l'aile fauve de Margaret. Il aura dessiné une carte des étoiles pour m'indiquer où il est. Je prendrai la tête de l'expédition de sauvetage.

Soudain, un cri horrible retentit dehors :

– *ROOOOOOOOAFOU !*

Elle se débattit avec le loquet de la fenêtre et passa la tête dans l'air matinal.

Elle aperçut une petite silhouette dans la rue tout en bas. C'était un humain, mais il battait des ailes comme un gros oiseau marron. Il portait des vêtements mal assortis et usés et une casquette d'ouvrier trop grande pour lui. Dans chaque main il tenait un journal qu'il agitait sous le nez des passants.

– *ROOOOOOOOOAFOU !* cria-t-il.

Un gentleman en gilet bleu qui passait par là fit un bond de côté, mais un cocher lui en prit un exemplaire et lui jeta une piécette.

– *ROOOOOOOA...*

– BONJOUR ! cria Cordelia.

Il releva la tête et elle découvrit un visage crasseux avec de grands yeux et un sourire encore plus grand. C'était un garçon de son âge. Il brandit un journal vers elle.

– *ROOOOOOOA...*

Elle l'interrompit :

– Pourquoi cries-tu si fort de si bon matin ?

– J'vends l'journal, tiens !

– Tu ne peux pas le faire plus discrètement ?

– Si j'fais pas d'bruit, j'les vends pas, rétorqua-t-il. Faut que j'hurle les nouvelles pour qu'ils m'l'achètent !

– Juste par curiosité, quelles sont les nouvelles ce matin ? s'enquit-elle.

– *ROOOOOAFOU!* hurla le garçon à pleins poumons, effrayant un laitier et un pigeon.

Les chevaux des Chapelier hennirent dans leur écurie et l'âne de l'autre côté de la rue se mit à braire.

Cordelia se couvrit les oreilles.

– Qu'est-ce que veut dire « rooooooafou », en anglais normal ?

Il toussa et dit :

– Le roi est devenu fou.

– Attends une minute, s'il te plaît, je descends.

Dans la cuisine, Cordelia prit la bouilloire en cuivre suspendue dans la cheminée et remplit deux tasses de thé au lait et au miel. Elle les emporta, fumantes, dans la rue et en tendit une au garçon qui la prit avec reconnaissance.

– Mon Dieu ! s'exclama-t-il après l'avoir bue d'un trait.

Ses yeux se posèrent sur la tasse encore pleine de Cordelia, qui la lui offrit.

– Essaie de la boire par petites gorgées, conseilla-t-elle.

Mais il l'avait déjà vidée.

– *ROOOOOOAFOU !* hurla-t-il, la faisant sursauter.

Une dame lui arracha un journal des mains, lui jeta

une pièce en cuivre et s'éloigna à grands pas, les sourcils froncés. Cordelia fronça elle aussi les sourcils en découvrant les lettres noires imprimées.

~ *LE CANARD DÉCHAÎNÉ* ~
SA MAJESTOQUÉ FAIT LE BOUFFON EN SLIP

Sous le titre suivaient des commentaires peu flatteurs pour le roi.

– Comment ont-ils su qu'il était en slip ? s'étonna Cordelia.

– Hé ! s'insurgea le garçon. Si tu veux lire, faut payer !

Cordelia rougit, mais il lui fit un clin d'œil et repoussa légèrement sa casquette pour se gratter le front.

– J'gaspillerais pas mes sous, à ta place, continua-t-il en souriant. Chaque fois qu'un adulte m'achète un journal, il tire la tronche. Pourquoi dépenser ses sous pour un truc qui t'rend malheureux ? J'préfère mille fois les garder pour mon canari !

– Tu as un canari ?

– Non. Mais j'mets des sous d'côté pour en acheter un.

Cordelia pensa qu'elle pouvait facilement être l'amie de quelqu'un qui voulait un canari. Elle lui tendit la main.

– Ravie de faire ta connaissance. Je suis Cordelia Chapelier.

– Cor, dit le garçon. T'es une vraie Chapelier ?

– Cordelia, corrigea-t-elle, mais tu peux m'appeler Cor si tu préfères.

Le garçon frotta ses mains sales sur sa jambe de pantalon sale.

– Sam Doiléger, dit-il en lui serrant la main avec vigueur, les yeux aussi brillants que ceux d'un moineau.

– Enchantée, Sam, dit-elle en souriant.

– Mademoiselle Chapelier ! Veuillez rentrer, s'il vous plaît !

C'était Mlle Fixefond, qui lui faisait signe depuis la porte de la cuisine. Mlle Fixefond était sa gouvernante. Elle s'appuyait sur une canne fine, ce qui la faisait ressembler (d'après Cordelia) à un héron à longues pattes. Son rire était à l'avenant : long et pointu. Elle était exactement ce qu'on pouvait attendre d'une gouvernante : austère et sérieuse. Mais Cordelia savait aussi qu'elle gardait une réserve secrète de bonbons dans les poches de ses robes gris nuage.

Lorsqu'elle l'avait rencontrée pour la première fois, trois ans plus tôt, elle l'avait scrutée de la tête aux pieds, et son regard s'était arrêté sur sa canne.

– À quoi cela sert-il ? avait-elle demandé.

Mlle Fixefond l'avait observée un long moment.

– À désigner des choses, avait-elle dit enfin.

– Quelles sortes de choses ?

– Des équations d'algèbre.

Cordelia avait regretté d'avoir posé la question. Mais Mlle Fixefond avait glissé la main dans sa poche et en avait sorti un bonbon enveloppé de papier coloré. Celui-ci avait fait un joli froufrou lorsqu'elle l'avait ouvert, et elle avait décidé, tout en mâchonnant le caramel collant, que sa nouvelle gouvernante méritait qu'elle lui laisse une seconde chance.

Ce jour-là, la canne martelait les marches du perron. Cordelia dit au revoir à Sam Doiléger et courut à l'intérieur avec les tasses vides.

– Pas si vite, Cordelia ! s'exclama Mlle Fixefond.

Elle ralentit pour prendre une allure mesurée et digne.

– Voilà qui est mieux, approuva la gouvernante. N'oubliez pas de vous comporter comme une dame en toutes circonstances.

Elle referma la porte derrière Cordelia et ne la vit pas lever les yeux au ciel. Mais lorsqu'elle découvrit ses mains, elle poussa un cri.

– Vos mains sont répugnantes, mon enfant ! Vous ne devez jamais serrer la main d'un va-nu-pieds ! Allez les laver tout de suite. C'est l'heure de notre promenade matinale.

Les mains de Cordelia étaient, en effet, noires.

Mais elle rit de bon cœur en attrapant la savonnette que lui tendait la cuisinière.

– Ce n'est pas un va-nu-pieds, mademoiselle Fixefond ! C'est un vendeur de journaux, voyez-vous ? Ce n'est que de l'encre.

Le savon devint noir et l'eau plus noire encore. Lorsque ses mains furent assez propres même aux yeux de sa gouvernante, Cordelia déroba deux tranches de pain généreusement tartinées de miel qu'elle trouva sur la table de la cuisine. En sortant, elle en donna une à Sam Doiléger.

– Merci, Cor ! chuchota-t-il, tandis qu'elle traversait la rue avec Mlle Fixefond.

Le temps qu'elles arrivent à Hyde Park (au rythme d'escargot qui plaisait à la gouvernante), la tartine avait disparu, mais les lèvres de Cordelia avaient gardé le goût du miel. Elles marchèrent jusqu'à la Serpentine, un lac qui formait un ruban scintillant dans un écrin de verdure.

Un garçon petit et rondouillard à la coiffure ingrate se tenait près de l'eau, un bateau miniature sous le bras.

– Lulu ! appela Cordelia en s'élançant vers lui.

Il sourit.

– Coucou, Cordelia !

– Bonjour, maître Bottier, dit Mlle Fixefond d'un ton grave.

– Bonjour, mademoiselle Fixefond, répondit-il en s'inclinant poliment.

La gouvernante regarda autour d'eux pour vérifier que personne ne les observait. Il était tout à fait inhabituel qu'un Chapelier et un Bottier s'adressent la parole. Pour tout dire, cela faisait même plusieurs générations qu'un Chapelier ne s'était pas lié d'amitié avec un Bottier. Mlle Fixefond (sans parler des enfants) se serait retrouvée en bien fâcheuse posture si l'une des deux familles avait découvert que Lulu et Cordelia étaient amis. La chose aurait été aussi mal vue qu'un roi déchaussé.

Cordelia et Lulu se rencontraient secrètement à Hyde Park plusieurs fois par semaine. Il se trouve que Mlle Fixefond était également la gouvernante de Lulu, détail qu'elle avait opportunément omis de préciser aux Chapelier et aux Bottier. Les lundi, mercredi et vendredi, Mlle Fixefond instruisait Cordelia dans la maison des Chapelier. Les mardi, jeudi et samedi, elle se rendait trois rues plus loin, dans l'hôtel particulier des Bottier, pour enseigner à Lulu les rudiments de l'arithmétique, du dessin et de la littérature. Le dimanche, elle allait à l'église et cirait ses escarpins pointus.

Bien que Mlle Fixefond leur fasse étudier l'algèbre et les oblige à marcher au rythme d'une limace, Cordelia et Lulu éprouvaient une certaine affection pour leur gouvernante. Il faut dire qu'elle avait toujours des caramels plein les poches. Et c'était grâce à elle s'ils s'étaient rencontrés, alors qu'ils avaient toujours connu, l'un comme l'autre, une vie plutôt solitaire. Bien sûr, Cordelia adorait sa famille, Coco la cuisinière, Jones, les pigeons messagers et les souris qui vivaient derrière la plinthe du cellier. Mais rien ne remplaçait le plaisir de se promener avec quelqu'un qui faisait votre taille. Car ceux-ci partagent la même vision du monde que vous.

Cependant, ce n'était pas par pure bonté d'âme que Mlle Fixefond les avait fait se rencontrer trois ans plus tôt. Et c'était d'ailleurs une des raisons pour lesquelles Cordelia et Lulu admiraient secrètement leur gouvernante. Pendant que les enfants se voyaient au parc, Mlle Fixefond retrouvait un monsieur dans les buissons. Cet arrangement convenait à tout le monde.

– Qu'as-tu sous le bras ? demanda Cordelia en désignant le bateau en bois, tandis que Mlle Fixefond disparaissait dans les taillis.

– C'est une réplique exacte de la *Botte Cirée*, expliqua Lulu, les yeux brillants. Regarde, il y a même mon frère Ignatius au gouvernail !

Lulu leva le bateau pour que Cordelia puisse le voir. Des voiles de la taille d'un mouchoir en papier étaient fixées aux mâts fuselés, avec de fines cordelettes pour gréement. La coque et les bastingages avaient été sculptés avec délicatesse, et derrière le minuscule gouvernail se tenait un capitaine taillé au couteau.

– C'est magnifique ! s'exclama Cordelia.

Lulu se rengorgea de fierté.

– Ignatius a passé tout le voyage à le fabriquer pour moi, dit-il. Il me l'a offert en rentrant.

Cordelia fit une pause.

– Le bateau de ton frère n'a-t-il pas été malmené par la tempête ? demanda-t-elle, le ventre noué. Il a pu franchir les rochers qui sont à l'entrée de Rivermouth ?

– Je ne crois pas qu'il ait rencontré de difficulté particulière. Le phare les a aidés à contourner les rochers comme d'habitude.

Cordelia cligna des yeux. Pourquoi le phare n'avait-il pas pu guider la *Joyeuse Bonnette* et son équipage ? C'était un passage que les marins de Londres connaissaient par cœur. Son père lui avait dit un jour : « Lorsque tu alignes la figure de proue sur la lanterne du phare, le bateau passe entre les écueils comme en un rêve. » Le capitaine Chapelier avait plus de cent fois manœuvré le navire entre les rochers escarpés.

Le visage de Cordelia s'assombrit. Lulu cessa de s'intéresser à son bateau.

– Pourquoi me poses-tu cette question ?

Cordelia aurait voulu rendre ses mots aussi légers qu'une plume, mais quelle que soit la façon de les prononcer, ils pesaient plus lourd que du plomb.

– Mon père a disparu en mer, lâcha-t-elle. La *Joyeuse Bonnette* s'est fracassée sur les rochers de Rivermouth.

Lulu se voûta légèrement.

– Cordelia, murmura-t-il, je suis tellement dé…

– Il n'est pas mort, protesta-t-elle d'une voix forte. Il a juste disparu. On va le retrouver. Très vite.

Il hocha maladroitement la tête.

– Est-ce qu'il flotte ? s'enquit Cordelia en désignant le petit bateau, afin que son ami cesse de la regarder avec pitié.

En guise de réponse, Lulu s'agenouilla et déposa prudemment le galion miniature sur l'eau. Il tangua doucement sous l'effet des vaguelettes. Le garçon arrangea le gréement et tourna délicatement la roue du gouvernail.

– Si on l'oriente dans le sens du vent et qu'on lui donne un peu d'élan… OUI !

Le petit bateau fila vers le milieu du lac, les voiles gonflées par le vent. Cordelia poussa un cri de joie, tandis que Lulu dansait sur place, les mains en l'air.

– Regarde-le s'en aller !

– Comme un vrai navire sur l'océan !

La *Botte Cirée* avait maintenant atteint le milieu de la Serpentine. Un couple en barque s'arrêta pour le laisser passer. Les enfants le regardèrent devenir de plus en plus petit.

– Lulu…, dit Cordelia, soudain traversée par une pensée.

– Oui ?

– Comment ton bateau va-t-il revenir ?

Lulu fit la tête de quelqu'un qui vient de mordre dans un citron.

Ils s'élancèrent le long du lac. Les rubans du chapeau de Cordelia volaient derrière elle tandis que les bottes de Lulu martelaient le sol. Cordelia espéra que Mlle Fixefond n'était pas dans les parages et qu'elle ne la verrait pas en train de galoper à toutes jambes, pas du tout comme une dame.

Mais lorsqu'ils arrivèrent au bout du lac, ils eurent à affronter un problème bien plus grand qu'une gouvernante contrariée.

Cordelia pila net et Lulu la percuta une seconde après. Quatre enfants leur barraient le passage : deux jumeaux et deux jumelles, qui observaient Cordelia et Lulu avec un sourire cruel.

C'était les enfants Gantier.

– Qu'est-ce que nous avons là ? s'écria un des garçon Gantier avec dédain. Une Chapelier et un Bottier qui ont l'air de s'entendre comme larrons en foire !

Cordelia releva le menton d'un geste plein de défi (et aussi pour regarder le garçon dans les yeux, car il la dépassait d'une tête).

– Ce ne sont pas tes affaires ! déclara-t-elle, espérant paraître plus assurée qu'elle ne l'était.

Elle entendit Lulu gémir derrière elle. Les Gantier ricanèrent. Une des filles fit craquer ses articulations à travers ses gants de velours.

– Ne devrais-tu pas être en train de ramasser des têtes coupées pour vos chapeaux, Chapelier ?

– Et toi des boyaux pour vos lacets, Bottier ? ajouta sa jumelle avec jubilation.

– Qu'est-ce que vous racontez ? s'exclama Cordelia.

– Papa dit que les Chapelier utilisent des têtes de criminels pour former leurs chapeaux, expliqua l'un des garçons.

– Il dit que vous attendez au pied de la Tour de Londres que les têtes des traîtres tombent de leur pique, poursuivit son jumeau. Puis que vous les mettez dans un sac pour les rapporter chez vous.

– Ce n'est pas vrai ! cria Cordelia.

Elle pivota sur elle-même afin de garder un œil sur les quatre Gantier à la fois. Lulu ne lui était d'aucune aide. Il tremblait si fort qu'elle entendait ses dents claquer.

– Le petit Bottier ne m'a pas l'air assez courageux pour nouer ses lacets, alors retirer des boyaux d'un cadavre pour en fabriquer de nouveaux, j'ai de la peine à l'imaginer, lança une des filles pour le provoquer.

– Qu'est-ce qui t'arrive, Bottier ? se moqua l'un des garçons. Chapelier t'a coupé la langue ?

Ses sœurs pouffèrent.

– Elle va la mettre sur un chapeau ! s'écria l'une d'elles.

– Beurk !

– Un chapeau de langue !

Les quatre Gantier agitèrent la langue en grimaçant.

– Chapeau de langue ! Chapeau de langue !

Lulu paniqua. Il voulut s'enfuir en forçant le passage, mais le garçon le repoussa au milieu du cercle.

– T'as peur qu'on érafle tes belles bottes brillantes ? lança-t-il, méprisant, avant de lui écraser l'orteil.

Poussant un petit cri, Lulu attrapa son pied à deux mains.

– Hé ! s'écria Cordelia en faisant volte-face.

D'un coup, une des deux filles envoya son chapeau rouler à terre. Sa jumelle s'empressa de le piétiner.

Cordelia ramassa son chapeau froissé sous les rires des Bottier. Elle rassembla toute sa colère, son dégoût, sa peur et sa fureur, et les laissa éclater d'un coup.

– Eh bien moi, ce qu'on m'a raconté, commença-t-elle, cherchant la main de Lulu et la serrant très fort, c'est que les Gantier ont un jour réalisé pour la reine Élisabeth une paire de gants… QUI L'A OBLIGÉE À SE GIFLER ELLE-MÊME PENDANT UNE DEMI-HEURE DEVANT LE ROI D'ESPAGNE !

Sous l'effet de la surprise, les visages des Gantier se figèrent.

Cordelia profita de leur stupéfaction et plongea entre les deux sœurs, entraînant son ami avec elle.

– Cours, Lulu !

Ils dévalèrent le chemin sans se lâcher la main, suivis par les cris des Gantier.

Cordelia courait vite, et la peur donnait des ailes à Lulu. Ils longèrent le rivage à toute allure, mais les Gantier les avaient pris en chasse.

– Lulu, il faut qu'on se cache !

– Où ça ? gémit-il.

Cordelia l'entraîna hors du chemin et fonça au milieu de plusieurs dizaines de canards installés sur la berge. Ils s'égaillèrent en cancanant et s'envolèrent en direction d'un paisible groupe de dames qui se promenait.

– Parfait !

Ils foncèrent au milieu des ombrelles qui claquaient, des canards qui battaient des ailes et des dames qui battaient des bras. Ils trouvèrent refuge sous un saule pleureur dont les branches retombaient dans l'eau. Le rideau de feuilles se referma derrière eux, les dissimulant entièrement.

Lulu tomba à genoux dans l'eau peu profonde, le visage rouge, tremblant. Cordelia s'assit sur une racine qui affleurait à la surface. Elle posa un doigt sur ses lèvres pour lui intimer de se taire, mais c'était une précaution inutile, Lulu avait l'air trop traumatisé pour être capable de proférer le moindre son.

Ils entendirent les dames protester vivement quand les Gantier les bousculèrent pour passer.

– Où sont-ils ?

– Nous les avons perdus !

Au grand soulagement de Cordelia, les Gantier continuèrent à courir sur le chemin. Elle écarta le rideau de feuilles et les regarda disparaître au-delà des joncs.

– Ils sont partis, dit-elle dans un soupir.

Lulu regardait son bateau miniature, qui se cognait doucement à son genou, bercé par le clapotis des vagues.

– Je l'ai retrouvé, murmura-t-il.

Cordelia sourit.

– À quelque chose malheur est bon.

Le proverbe arracha un pauvre sourire à Lulu.

– Crois-tu qu'ils vont raconter que nous sommes amis, tous les deux ?

Cordelia se mordit la lèvre.

– S'ils parlent, ce sera à leurs parents. Et les Chapelier n'ont pas adressé la parole aux Gantier depuis des années.

– Pareil pour les Bottier.

– Je crois que notre secret est bien gardé.

– Mais il faut qu'on soit plus prudents…

Ils décidèrent de rester cachés sous le saule pleureur le temps de s'assurer que leurs poursuivants ne revenaient pas. Tandis que Cordelia comptait les coups lointains de l'église de Saint-Auspice sonnant le quart, elle entendit un bruit de rame dans l'eau. Puis la voix de Mlle Fixefond se détacha nettement, toute proche :

– D'accord, Whitstable, mais quand ?

– Je ne sais pas, Delilah, répondit une voix quelque peu réticente. Cela nécessite de l'organisation, *ergo* un certain retard.

Mlle Fixefond passait à proximité dans une barque avec son mystérieux ami.

– Je suis fatiguée d'attendre, dit-elle dans un soupir. Cela fait des années que je patiente.

Cordelia et Lulu se regardèrent, horrifiés de surprendre une conversation privée entre leur gouvernante et son amoureux. Cordelia aurait voulu enfoncer ses doigts dans ses oreilles et chanter à tue-tête, mais elle pensa que cela ne ferait qu'empirer la situation.

– Moi, je suis prête, si vous, vous ne l'êtes pas, entendirent-ils.

Sa voix fut couverte par le clapotis de l'eau contre la berge.

Le visage de Lulu était tout rouge et Cordelia sentait ses oreilles la brûler.

– Pauvre Mlle Fixefond, chuchota-t-elle.

– D'après mère, ça fait des années qu'elle attend une demande en mariage, ajouta-t-il.

Cordelia décida de redoubler d'efforts pendant ses leçons afin de compenser les déboires amoureux de sa gouvernante.

– Que veut dire « *ergo* » ? demanda Lulu en sortant son bateau de l'eau.

Elle haussa les épaules.

– Mieux vaut ne pas le lui demander, conseilla-t-elle. Mais je crois que nous pouvons sortir de notre cachette, maintenant.

Mlle Fixefond n'ouvrit guère la bouche du reste de la journée. De retour à la maison des Chapelier, elle donna à Cordelia cinquante problèmes d'algèbre et, pendant que celle-ci tâchait de les résoudre, mangea des bonbons en fredonnant un air triste. Lorsque Cordelia eut fini, sa gouvernante ne prit même pas la peine d'y jeter un regard. Elle lui fit arpenter le corridor devant la bibliothèque avec un livre sur la tête.

– Mais, mademoiselle Fixefond, ne serait-ce pas plus utile de le lire, ce livre, plutôt que de tourner en rond en le portant sur ma tête ?

– Malheureusement, Cordelia, lui répondit-elle en refoulant une larme, personne ne prend la peine d'écouter une dame qui ne sait pas marcher avec élégance.

Cordelia n'en croyait pas un mot, mais elle ne voulut pas se disputer avec sa gouvernante alors que celle-ci était d'humeur si mélancolique. Elle lui donna son mouchoir afin de s'essuyer les yeux et s'appliqua à glisser avec grâce le long du corridor. Le livre tomba plus d'une fois.

Elle fut ravie lorsque Mlle Fixefond déclara les leçons finies. En vérité, elle l'était toujours, car cela signifiait que son cours de chapellerie pouvait commencer.

Il est impossible de décrire le déroulement d'un cours de chapellerie, car chacun était absolument unique.

Un jour, son oncle Tiberius lui avait fait passer différents fils entre les doigts et lui avait demandé de penser à un mot pour décrire chacun d'entre eux.

– C'est le fil qui tient la création, lui avait-il dit, comme la mélodie d'une chanson tient les notes ensemble.

Une autre fois, sa grand-tante Petronella avait attisé le feu et jeté dans les flammes diverses poudres, feuilles et brindilles afin de lui montrer comment elles passaient de doré à vert émeraude, puis de rouge brique à bleu ciel en passant par le pourpre royal.

Sa tante Ariane lui donnait des instructions compliquées, mesurant au compas les angles entre les différentes parties de sa tête, avant de dessiner à la craie sur le tableau noir des hypoténuses et des triangles pointus.

Son père lui montrait comment s'incliner avec respect avant de cueillir une fleur ou comment convaincre un paon de céder une des plumes de sa queue, et l'emmenait ramasser des brisures de rayons de lune tombées sur les toits de Mayfair.

– Lorsque tu recueilles des matériaux, Dilly, n'en prends jamais plus que tu n'en as besoin.

Toutes ses leçons de chapellerie étaient fascinantes. Mais celle qu'elle avait préférée entre toutes, c'était un cours que lui avait donné son père il y avait un an, au retour d'un de ses longs voyages.

Il l'avait portée sur son dos à travers Londres jusqu'au port. La *Joyeuse Bonnette* était amarrée à un quai très animé. Des marins grimpaient dans le gréement, aussi agiles que des singes, chantant et sifflant pour communiquer entre eux. Ils étaient en train de ravitailler le navire pour la prochaine expédition. Prospero l'avait posée sur le pont.

– Maintenant, ma fille, la règle la plus importante quand tu cherches des matériaux : garde toujours un grain de folie et la magie au bout des doigts te viendra.

Il avait sorti de sa poche sept haricots sauteurs de Sicile.

– Attrape ces haricots, Cordelia, en faisant appel à ton grain de folie et à ta magie !

Il les avait lancés en l'air.

On pourrait croire qu'il n'y a rien de plus simple que d'attraper une poignée de haricots. Que nenni ! Les haricots sauteurs refusaient de se laisser capturer. Ils traversaient le pont en bondissant, se cachaient derrière les tonneaux et sautaient par-dessus les hamacs des marins. Cordelia avait beau se jeter sur eux, ils lui échappaient à chaque fois.

Après avoir passé vingt minutes à refermer sa main sur le vide, elle s'était allongée sur le pont de dunette, à bout de souffle. Prospero l'observait depuis le nid-de-pie, tout en haut du mât.

– Utilise ton grain de folie et ta magie, Cordelia !

Un haricot sauteur s'était attardé près de la roue du gouvernail, hors de sa portée. Quelques marins, juchés dans le gréement, s'étaient mis à miser sur Cordelia ou sur le haricot.

Elle avait essayé de se mettre dans la peau d'un haricot : ils étaient fanfarons, curieux et un peu coquins. Alors elle avait ouvert la bouche, fermé les yeux et fait semblant de ronfler tout doucement.

Le haricot s'était approché en sautillant. Cordelia avait gardé les yeux fermés et ronflé plus fort. Dès qu'il avait sauté dans sa bouche ouverte, elle l'avait refermée.

Lorsqu'elle avait recraché le haricot tout frétillant dans sa main, les marins l'avaient applaudie. Elle avait sauté en l'air pour célébrer sa victoire, ce qui avait provoqué une compétition acharnée chez les haricots restants, qui voulaient tous sauter plus haut qu'elle. Elle avait traversé le pont en sautillant et s'était hissée dans un hamac vide. Les haricots l'avaient suivie en bondissant le plus haut possible. Ils avaient sauté dans le hamac au moment où elle roulait sur le côté pour en descendre. Repliant le tissu sur lui-même, elle les avait tous attrapés d'un coup. Elle les avait entendus se cogner avec humeur contre le tissu, cherchant un moyen de s'échapper.

Prospero était descendu du mât, le visage éclairé par un immense sourire.

– Bravo, ma fille ! Lorsque mon père m'avait fait attraper les haricots sauteurs, ça m'avait pris deux fois plus longtemps que toi !

Cordelia avait rayonné de fierté.

– C'est bien, petite Chapelier, avait-il ajouté en replaçant les haricots dans un flacon en verre. Tu t'es servie de ton grain de folie et de ta magie.

– Mais en quoi consiste ma magie ?

– Il y en a en chacun de nous, petite Chapelier, avait expliqué Prospero en lui donnant le flacon. Mais c'est à toi de la découvrir. Il faut que tu partes en exploration à l'intérieur de toi.

Il l’avait entraînée dans sa cabine de capitaine. C’était un lieu qui regorgeait de vie : des plantes exotiques poussaient dans des tonneaux et des papillons voletaient entre leurs feuilles. Juchée sur le télescope, une perruche piaillait tandis qu’un carillon de coquillages tintait devant la fenêtre. Des livres dans des langues inconnues étaient ouverts sur le bureau, à côté des instruments indispensables à la navigation, et d’immenses cartes étaient déroulées par terre.

Cordelia avait aperçu une boîte en bois contenant des fioles scellées à la cire.

– Qu’est-ce que c’est, père ?

– Ah ! Ce sont des encres spéciales ! s’était-il exclamé en saisissant l’une des fioles pour la lui montrer. Celle-là est invisible, mais elle se révèle à la chaleur d’une flamme de bougie. Celle-ci ne se voit qu’à la lueur des étoiles. Celle-là n’apparaît que les mardis. C’est idéal pour envoyer des messages secrets.

Cordelia sentait le flacon vibrer dans sa poche. Elle l’avait sorti et avait observé les haricots en train de sauter en tous sens.

– Comment est-ce possible ?

– C’est de la magie, Dilly. La magie est partout dans la nature. Dans le vent, les rivières, la terre, la lumière du soleil. Elle est dans les fleurs, les arbres, les rochers, dans chaque créature. Mais la plupart des gens l'ont oublié ou – pire – ils pensent que c'est démodé.

– Mais comment peut-on oublier cela ?

Prospero s'était assis par terre et avait attiré Cordelia sur ses genoux.

– Certains n'ont jamais appris et d'autres passent leur vie entière à s'efforcer d'être raisonnable.

Cordelia avait secoué la tête.

– Je n'ai jamais compris l'intérêt d'être raisonnable, avoua-t-elle.

Ça l'avait fait rire. Il lui avait ébouriffé les cheveux.

– Ce qu'on appelait autrefois la Grande Époque de la magie est maintenant appelé les Temps obscurs par des gens qui croient tout savoir mieux que tout le monde, avait-il continué. Alors qu'on fabrique de plus en plus de machines et que les enfants sont toujours plus nombreux à travailler dans des manufactures lugubres, on appelle ça l'âge des Lumières.

– Mais pourquoi ?

– Pour se convaincre que c'est mieux, j'imagine.

Elle avait froncé les sourcils.

– Mais ce n'est pas mieux, avait-elle protesté. Pas si les gens oublient la magie !

– Nos chapeaux les aident à se souvenir, grâce à la magie contenue dans les trésors que je rapporte. Et ils les reconnectent avec leur magie intérieure, même quand ils en ignorent l'existence.

– Est-ce que certaines personnes ont perdu leur magie ? avait chuchoté Cordelia.

– Elle ne se perd jamais vraiment, avait assuré Prospero. La magie oubliée est comme une fleur en hiver. Elle disparaît dans les profondeurs de la personne, si bien qu'on pourrait penser qu'elle s'est complètement tarie. Mais elle n'est pas tarie, elle a juste besoin d'être réveillée.

– Comment savez-vous tout ça ? avait-elle demandé dans un souffle. Est-ce que vous l'avez toujours su ?

Son père avait secoué la tête en souriant.

– J'ai étudié l'alchimie dans les livres pendant des années. Et puis, un beau matin, alors que dehors le soleil brillait de tous ses feux, j'ai vu la poussière du laboratoire flotter dans l'air et j'ai compris que je ne cherchais pas au bon endroit. Vois-tu, les alchimistes cherchent un moyen de changer l'argile en or, mais j'ai compris que ce n'était pas possible, en tout cas pas de la façon dont le racontent les livres. Le vrai alchimiste change son âme en or. Pour cela, nous devons nous jeter à corps perdu dans la grande expérience de la vie.

» Alors, ce matin-là, je suis sorti de mon laboratoire, j'ai plongé dans la lumière dorée du soleil, et je me suis senti plus riche qu'un roi. Je savais que j'avais ma place au sein de la nature et que la nature avait sa place en moi. J'ai vu une pâquerette solitaire au milieu de l'herbe et, à ce moment-là, j'ai compris que cette simple fleur contenait plus de magie que toutes les richesses fabriquées par l'homme dans les palais des princes. C'est ainsi qu'ont commencé mes grandes expéditions à la découverte de la magie sauvage du monde et de celle qui se trouve en moi-même.

Les yeux de Cordelia avaient étincelé.

– Et vous avez dessiné des cartes de tous les endroits où vous avez voyagé ? demanda-t-elle en regardant les cartes déployées dans la cabine. Pour que je puisse y aller, moi aussi, un jour ?

Il avait souri.

– Certaines de ces cartes représentent des lieux, d'autres la route pour y parvenir. Certaines sont des cartes de villes, d'autres d'États, d'autres encore d'états d'esprit. Enfin, certaines font partie d'autres cartes.

– Font partie d'autres cartes ?

– Oui. Tout peut faire partie d'une carte. Ces sept taches de rousseur que tu as sur le nez, par exemple, avait-il ajouté, les effleurant du bout du doigt, elles pourraient faire partie d'une carte.

Cordelia s'observa dans le miroir. Elle suivit du doigt les sept taches de rousseur qui formaient une constellation sur son nez et ses joues, comme son père l'avait fait ce jour-là à bord du navire.

– Cordelia ! appela sa tante.

C'était l'heure de son cours de chapellerie.

Pourtant, lorsqu'elle arriva dans l'atelier, elle vit Ariane enfiler sa charlotte de sagacité. Tiberius portait déjà son haut-de-forme de logicien.

– Pas de leçon aujourd'hui, Cordelia, lui expliqua sa tante. La princesse nous a convoqués au palais de toute urgence. Il faut que tu gardes la boutique pendant notre absence !

La boutique des Chapelier était dotée de grandes vitrines étincelantes qui donnaient sur Wimpole Street.

Une collection de chapeaux les plus variés y était présentée. Ce jour-là, on pouvait admirer une charlotte bleu ciel ornée d'une plume de lunaile, un béret rouge vif brodé d'ailes de coléoptères vifamour, un élégant haut-de-forme violet dont le bord avait été trempé dans du verre argenté et enfin, un turban en soie jaune avec une fleur de cactus de Saturne cousue sur le ruban.

À l'intérieur, les étagères croulaient sous les chapeaux de toutes les couleurs et de tous les styles. Il y avait un large comptoir en bois et un meuble vitrine qui abritait les chapeaux à la magie la plus puissante. Derrière le comptoir, une trappe livrait accès au monte-charge, activé par un système de poulie, qui permettait de descendre les chapeaux directement de la salle de pesée à la boutique au rez-de-chaussée.

Cordelia fit reluire le miroir mural afin que les clients puissent se rendre compte par eux-mêmes de l'allure de leur chapeau. Un charismomètre était vissé au mur : une règle en laiton où étaient gravées des inscriptions telles que « Noble », « Beau », « Splendide », « Imposant »… avec un petit curseur qui montait et descendait selon l'effet produit par le chapeau.

Cordelia s'installa derrière le comptoir, debout sur un tabouret pour paraître plus grande et plus importante. C'était la première fois qu'on lui confiait la responsabilité de la boutique.

Elle s'entraîna à accueillir les clients d'une voix mélodieuse :

– Bonjour, madame… Bonjour, monsieur.

À cet instant, la cloche de la porte sonna et un jeune homme entra.

– J'ai besoin d'un chapeau, ma brave dame, pour remporter un duel.

Cordelia était surprise. D'abord, on ne l'avait jamais appelée « dame » et, ensuite, l'homme tenait à la main un étui à pistolets. Elle tressaillit lorsqu'il le posa sur le comptoir.

– Hum… b-bonjour, monsieur, balbutia-t-elle.

– Mon adversaire est un fin tireur, mais il faut que je sois meilleur que lui !

C'était un très jeune homme, qui semblait tout juste sorti de l'enfance. Cordelia observa avec scepticisme le duvet de sa lèvre supérieure, qui évoquait davantage la peau d'une pêche que la moustache touffue d'un duelliste endurci.

– Puis-je vous demander la cause de votre querelle ? s'enquit-elle. Cela m'aidera à trouver le chapeau idéal.

– Il a osé insulter ma dulcinée ! s'écria le garçon, les joues roses de colère. J'exige réparation !

Elle hocha la tête. « Rappelle-toi la devise des Chapelier, Cordelia, résonna la voix de sa tante. *Noli nocere* : ne cause de tort à personne. »

Tout en sentant son regard intense posé sur elle, Cordelia sauta à bas de son tabouret, choisit un chapeau et le déposa sur le comptoir.

– Quel effet produit-il ?

Elle le leva à bout de bras. C'était le béret rouge vif, brodé d'ailes de coléoptère vifamour roses scintillantes.

– Ce chapeau rend très belliqueux. Ces petites… écailles… roses proviennent d'un dragon chinois, mentit Cordelia en désignant les ailes de coléoptère vifamour (en vérité, ceux-ci étaient de charmants petits insectes qui vivaient au cœur des roses parfumées de Bulgarie).

– Pourquoi sont-elles roses ?

– Parce que ce sont des écailles de bébé dragon. Elles sont rouges quand ils sont adultes, mais roses lorsqu'ils sont encore jeunes, inventa Cordelia.

– Un bébé dragon ? se moqua le garçon, sarcastique. Comment un bébé dragon peut-il être dangereux ?

– Ils ne contrôlent pas encore leurs flammes, expliqua Cordelia. Ça les rend bien plus dangereux. Un petit hoquet, et vous prenez feu.

Le garçon sembla satisfait. Il sortit une bourse en velours et déversa des pièces d'or et d'argent sur le comptoir tandis que Cordelia enveloppait le chapeau de papier de soie et le rangeait dans une boîte.

– Surtout, ne le portez pas à l'avance, insista-t-elle. Sinon, vous pourriez vous battre avec tous ceux que vous croiserez et je ne veux pas avoir cela sur ma conscience !

Il hocha la tête, s'empara de la boîte à chapeau, de ses pistolets, puis sortit de la boutique comme un ouragan, faisant tinter la clochette derrière lui.

Entra ensuite une dame mûre qui voulait une charlotte qui lui donne l'air jeune, puis une jeune femme qui voulait une coiffe qui lui donne l'air mûre. Alors que Cordelia aidait un monsieur corpulent à poser sur sa tête un bicorne couleur noisette, un second jeune homme fit irruption dans la boutique.

– Mademoiselle ! aboya-t-il en direction de Cordelia. Il me faut un chapeau *illico presto*.

Cordelia n'était pas certaine du sens du mot « illico presto », mais le jeune homme arpentait la boutique avec la plus grande fébrilité.

– Si vous voulez bien m'excuser, monsieur, dit-elle à l'homme corpulent occupé à tester le bicorne au charismomètre, qui indiquait « Quelle prestance ! »

– Il me faut un chapeau pour m'aider à gagner un duel ! expliqua le jeune homme agité, faisant semblant de diriger un pistolet vers son propre reflet dans le miroir.

Cordelia lutta pour ne pas hausser les sourcils.

– Et puis-je vous demander l'objet de votre... ?

– Il a pris ombrage d'un petit sobriquet que j'ai donné à sa chère et tendre ! coupa-t-il. Juste parce que j'ai osé dire qu'elle avait la voix d'une chèvre qui souffre d'un rhume de cerveau... et que je l'ai appelée la bique bêcheuse enrhubée.

Cordelia réprima le sourire qui lui montait aux lèvres. Elle hocha lentement la tête, ce qui lui laissa le temps d'afficher une expression pleine de dignité.

– Vous avez donc besoin d'un chapeau qui vous aide à garder la tête froide et le cœur bien accroché.

– Vous m'ôtez les mots de la bouche !

Elle alla chercher une casquette pastel décorée d'un ruban argenté et d'une plume de colombe blanche commune, ornée d'un cristal de la montagne Pacificatrice.

– Ce chapeau vous donnera du sang-froid et des nerfs d'acier, annonça-t-elle. Le ruban est tissé de fibres de cœuracier et la plume provient d'un morillon maniaque.

– Qu'est-ce qu'un morillon maniaque ? s'enquit-il, les yeux écarquillés.

– L'oiseau le plus impitoyable au monde, répondit-elle. Et ce cristal a été volé dans le tombeau d'un prince infâme.

Elle savait que ce n'était pas bien de mentir, mais ne valait-il pas mieux un petit bobard si cela devait empêcher deux jeunes hommes de se tirer dessus ?

– Vous ne devrez l'enfiler qu'une fois face à votre adversaire, lui conseilla-t-elle. Sinon, avec le sang si froid, vous risquez d'attraper une pneumonie.

Il hocha la tête, jeta une poignée de pièces sur le comptoir, attrapa le chapeau et s'élança hors de la boutique.

Cordelia se laissa tomber sur le tabouret. Sans doute n'y avait-il rien de plus excitant que de permettre d'éviter un duel ?

La suite lui prouva le contraire.

Un homme pénétra dans la boutique en faisant voltiger sa cape, ses longs cheveux lâchés, enveloppé d'un nuage de musc. Il se jeta par terre en gémissant.

– Être... ou ne pas être !

Cordelia bondit.

– Est-ce que ça va, monsieur ? s'enquit-elle, inquiète de le voir se tordre de douleur.

– Hélas ! Pauvre Yorick ! Je l'ai connu, Horatio ! pleura-t-il la tête dans le tapis.

– Est-ce que je peux faire quelque chose pour vous, monsieur ? Ou pour votre ami Horatio ?

Il se retourna et la regarda.

– ENTRE AU COUVENT ! rugit-il en se relevant brusquement.

– ET POURQUOI ÇA ? rugit-elle en retour, si choquée qu'elle ne put s'empêcher de crier elle aussi.

L'homme dégagea ses cheveux de son visage, s'appuya contre le comptoir d'un air misérable et marmonna :

– Mademoiselle Chapelier, j'ai absolument besoin de votre aide ! Je dois jouer Hamlet ce soir à Drury Lane et je suis affligé d'un trac terrible !

Cordelia comprit enfin : c'était un acteur ! Il ne pouvait pas s'empêcher de se rouler par terre en gémissant, car c'était ainsi que se comportaient les acteurs ! Face à l'expression désespérée de son visage, elle lui sourit d'un air réconfortant.

– Aidez-moi, mademoiselle Chapelier ! reprit-il, la lèvre tremblante, tombant à genoux. La princesse Georgina va assister à la représentation de ce soir et j'ai peur de me vautrer dans le ridicule !

– La princesse Georgina ? répéta-t-elle.

– Eh oui ! Cette nymphe si vertueuse à la beauté sans pareille ! Cette exquise damoiselle à la grâce sans rivale !

Il continua à couvrir la princesse de louanges, mais Cordelia ne l'écoutait qu'à moitié.

« Si j'allais au théâtre et que j'arrivais à parler à la princesse, pensa-t-elle, je pourrais la convaincre de me prêter un bateau. Elle était à deux doigts de dire oui, tout à l'heure au palais, mais le chambellan l'en a empêchée. Je suis sûre que si je lui expliquais la situation, elle accepterait sur-le-champ. Je pourrais partir avec la marée ce soir ! »

– Sans compter, bien sûr, qu'elle est immensément riche, conclut l'acteur.

Cordelia sourit.

– Si je vous trouve le chapeau parfait, promettez-vous de me faire une immense faveur ?

– Dites, ô faiseuse de chapeaux !

– Pourrez-vous me procurer un billet pour la représentation de ce soir ?

– Sans faute, très chère chapelière ! déclara le comédien, avant de changer de couleur. Oh, mon Dieu, ce soir ! Si tôt ! J'ai si peur de la scène et de ses redoutables planches !

Cordelia lui tapota la tête.

– Ne vous inquiétez donc pas, monsieur. Je vais vous trouver notre meilleur chapeau.

Elle leva les yeux vers les étagères, où s'entassaient des centaines de chapeaux de tous les styles et de toutes les couleurs.

– Que pensez-vous de ce joli béret d'aplomb ? suggéra-t-elle. Ce violet n'est-il pas du plus bel effet ?

Mais il balaya la proposition d'un geste impatient.

– Non, non, non ! Il me faut un chapeau aussi

unique que moi ! Il doit avoir été conçu pour ma tête, et pour ma tête seulement !

Elle resta silencieuse un instant. Elle avait dû suivre un millier de leçons de chapellerie, mais bien sûr, il lui était strictement interdit de coudre quoi que ce soit.

Elle se mordilla la lèvre. Le comédien la regardait, plein d'espoir.

– Écoutez, reprit-elle. Si je vous fais un chapeau en partant de zéro, je devrai le mouler et le coudre et il ne sera pas prêt avant deux jours au moins !

– Mais il me le faut immédiatement ! s'écria-t-il en pâlissant. La pièce est ce soir !

– Alors laissez-moi vous en choisir un, monsieur. Je suis certaine que je peux vous en trouver un merveilleux, qui vous débarrassera à coup sûr de votre trac.

D'un geste de la main, elle désigna les centaines de chapeaux, plus beaux les uns que les autres, qui attendaient leur propriétaire.

– Entendu, dit-il docilement. Mais... peut-être sera-t-il possible de lui ajouter une plume ou je ne sais quoi ? S'il n'est pas assez richement orné ?

Elle acquiesça.

– Tout à fait. C'est ce que nous allons faire !

Elle grimpa à l'échelle et entreprit de descendre les chapeaux des étagères. Elle lui présenta des tricornes et des bicornes, des hauts-de-forme en feutre, des chapeaux cloches en paille, des brassées entières de toques, de turbans en velours, de bonnets de nuit en lin, et même un casque rutilant. Après avoir essayé et rejeté une cinquantaine de couvre-chefs, il jeta son dévolu sur un tricorne d'un bleu turquoise éclatant.

– Excellente décision, monsieur, approuva Cordelia en descendant de l'échelle.

Tiberius disait qu'il fallait toujours féliciter le client pour son choix judicieux.

Elle lut l'étiquette épinglée à l'intérieur.

– Ce chapeau est bordé d'un ruban vocaliseur et orné d'un saphir chantant, lui dit-elle. Et il a ceci...

Elle désigna les trois gros boutons en laiton sur chacune des trois cornes.

– Oui ! s'extasia le comédien. Des boutons en or !

Cordelia ne précisa pas qu'on les appelait des boutons de fanfaron.

Elle trouvait que le chapeau ne manquait pas d'ornements, tant s'en faut, mais l'homme frappa dans ses mains.

– Une plume, ô Séraphin ! s'écria-t-il. Il me faut une plume !

Le visage d'Ariane surgit devant les yeux de Cordelia. « Tu n'as pas le droit de fabriquer des chapeaux, Cordelia. Point final. »

Mais l'enjeu lui parut plus important que le respect scrupuleux des règles de sa tante.

« Elle sera si heureuse lorsqu'elle me verra revenir avec père », pensa Cordelia.

Elle grimpa à l'atelier et attrapa un bouquet de plumes exotiques, qu'elle présenta en éventail au comédien. Il choisit la plus brillante du lot.

– C'est la plume de queue d'un corbeau carriériste, indiqua-t-elle.

Elle réfléchit un moment.

– Vous savez ce qui irait admirablement avec… ?

– Une autre plume ? suggéra-t-il.

– Non…

Elle monta quatre à quatre l'escalier en colimaçon jusqu'à la serre, envahie par les jeunes pousses vert tendre des plantes grimpantes. L'air chaud et humide était parfumé. Quelques lilas loquaces avaient fleuri et leurs étamines dorées laissaient échapper un nuage de pollen. Cordelia en cueillit quelques brins, qu'elle porta avec autant de délicatesse que si c'était des papillons vivants.

Au retour, la vue d'instruments en cuivre en passant dans le petit salon d'alchimie la fit s'arrêter. Elle savait qu'elle aurait dû peser et mesurer, vérifier la carte des étoiles, faire de savants calculs… Comment le lilas allait-il réagir en présence d'un saphir chantant ? Des boutons de fanfaron et une plume de queue d'un corbeau carriériste, n'était-ce pas trop pour un seul chapeau ?

Soudain, son œil fut attiré par quelque chose de bien plus intéressant que ces considérations techniques. Posés sur l'établi se trouvaient une dizaine de sequins en forme d'étoile, découpés dans de l'or fin. Leurs pointes, acérées et étincelantes, étaient une pure merveille. Ils seraient magnifiques sur le chapeau du comédien.

« Si j'en prends trois, ça ne manquera pas », songea Cordelia en scrutant la pénombre pour vérifier que sa grand-tante dormait.

Elle glissa trois sequins dans sa poche, sortit sur la pointe des pieds et dévala l'escalier.

– Ah ! s'exclama l'acteur en découvrant le lilas. Cueilli sur les hauteurs mêmes du paradis !

Cordelia, ravie, plongea la main dans ses poches. Les yeux de l'homme s'éclairèrent lorsqu'il aperçut les étoiles dorées.

Les ajouter au chapeau fut une partie de plaisir.

Elle passa derrière le comptoir et entreprit de coudre les sequins, la plume et le lilas sur le tricorne turquoise. Pendant ce temps, le comédien la divertissait en lui servant un catalogue de ses tirades préférées. Il se jeta au sol (encore une fois) et pleura une fille appelée Juliette. Puis, grimpant sur une chaise, avec une voix aussi aiguë qu'une corde de violon, il se lamenta au sujet d'un garçon nommé Roméo. Il fit le projet d'assassiner quelqu'un qui s'appelait César, chanta *Hey Nonny Nonny* et, enfin, prit un inquiétant accent écossais et prétendit voir un fantôme.

Lorsque Cordelia lui présenta le chapeau achevé, il le posa sur sa tête d'un geste théâtral et prit la pose. Le charismomètre indiqua : « Magnifique arrogance ! »

– Ah ah ! s'écria-t-il. Vous m'avez fait un chapeau digne d'un empereur, ma gente dame !

Il s'admira un long moment dans le miroir, non sans évoquer à Cordelia un pigeon qui roucoulait en regardant son reflet dans une vitre. Les étoiles du chapeau étincelaient de mille feux.

– Moi, Sir Hugo Gushforth, suis à jamais votre obligé, maîtresse chapelière ! dit-il enfin d'une voix vibrante d'émotion.

Il se pencha pour lui baiser la main – lui chatouillant le nez au passage avec la plume de son chapeau.

– Si vous me trouvez un billet pour ce soir, votre dette sera effacée, lui dit-elle, se retenant d'éternuer. Pensez-vous que je puisse venir avec mon ami Lulu ?

– Ma généreuse bienfaitrice, vos amis seront reçus comme des princes ! déclara-t-il. Donnez votre nom au théâtre et vous aurez une des meilleures loges de la maison !

Après quoi, Sir Hugo Gushforth quitta la boutique. Tandis qu'il s'éloignait dans la rue, elle l'entendit déclamer de la poésie à gorge déployée.

Les vers de Sir Hugo flottaient encore dans l'air lorsque Cordelia entendit la calèche s'arrêter devant la porte de la maison des Chapelier.

Ariane et Tiberius se ruèrent à l'intérieur.

– Quelle étoffe nous faut-il ? demanda Tiberius.

– Du feutre de trêvelaine des montagnes galloises, répondit Ariane.

– Avec des perles de coquille Saint-Pax, de la baie Quiétude, ajouta Tiberius en remontant ses manches d'un air concentré.

– Des fleurs cordiales, continua Ariane. Et un chouïa de lueur d'étoiles tamisée.

– Que se passe-t-il ? s'enquit Cordelia.

Ariane l'embrassa sur le front, tandis que Tiberius tournait vers elle un visage sérieux. Ils étaient l'un et l'autre si absorbés qu'ils ne remarquèrent pas le désordre qui régnait dans la boutique, où Cordelia n'avait pas eu le temps de ranger les chapeaux essayés par Sir Hugo.

– La princesse Georgina a engagé des pourparlers de paix, expliqua Ariane. Avec le jeune et fougueux roi de France.

– Il n'a pas cessé de lui envoyer des lettres de plus en plus grossières, gronda Tiberius.

– Un ruban cogiteur. Et des cordons diplomatiques, l'interrompit sa tante.

Son oncle acquiesça.

– Il faut rassembler tout ça *illico presto*.

– La princesse nous a commandé un chapeau de paix, Cordelia, lui expliqua sa tante. Il doit être prêt à midi dans trois jours. Et les autres artisans eux aussi vont lui confectionner des habits de paix…

– Peuh ! Comme si des bottes pouvaient lui être d'une quelconque utilité ! se moqua Tiberius. Pour qu'elle piétine la diplomatie et qu'elle foule aux pieds tous les efforts de paix ? C'est le chapeau qui peut faire la différence ! C'est dans la tête que se forment les pensées et c'est le chapeau qu'on porte sur la tête !

– Allons, allons, Tiberius, en des temps pareils, nous devrions laisser de côté nos différends. Espérons que tous les habits de paix réunis auront l'effet souhaité, et que nous pourrons éviter la guerre.

– Où auront lieu les pourparlers de paix ? s'enquit Cordelia.

– Sur un navire au milieu de la Manche, répondit Ariane.

Elle sortit de sa poche une montre astronomique en argent.

– Nous commencerons lorsque Vénus se lèvera ce soir, annonça-t-elle. Et le Verseau est en phase ascendante, ce qui aidera Petronella. Il faut qu'elle distille de l'esprit d'équipe.

Tiberius monta l'escalier d'un pas lourd.

– Je vais consulter le planétaire ! Avant de commencer les rubans !

– Il faut fermer la boutique pour le reste de la journée, dit Ariane à Cordelia en verrouillant la porte. Tous nos efforts doivent être consacrés au chapeau de paix.

Cordelia se troubla.

– Est-ce qu'il va vraiment y avoir la... guerre ? balbutia-t-elle. Je dois secourir père avant qu'elle commence !

Ariane la regarda.

– Si nous faisons tous de notre mieux, murmura-t-elle, la guerre sera peut-être évitée.

– Que puis-je faire pour vous aider ?

Voyant sa tante hésiter, Cordelia prit son expression la plus décidée – un mélange de profonde sincérité et d'obstination. Sa tante se laissa convaincre.

– Cherche dans les livres le symbole runique de la paix. Dessine-le sur un papier, ton oncle le coudra à

Puis elle se rua dans la bibliothèque et commença à sortir un à un les livres des étagères pour trouver le symbole runique.

l'intérieur avec du fil d'argent, lâcha-t-elle avant de s'élancer dans l'escalier.

Restée seule dans la boutique, Cordelia eut soudain froid, comme si elle venait d'être plongée dans une mer glacée.

Elle se demanda si les pourparlers de paix empêcheraient la princesse de lui prêter un bateau.

Elle secoua la tête. « Non. » Elle larguerait les amarres avec la marée de minuit et trouverait son père avant midi le lendemain.

– Je pars à votre recherche, père, annonça-t-elle.

Puis elle se rua dans la bibliothèque et commença à sortir un à un les livres des étagères pour trouver le symbole runique.

Elle dénicha la rune qu'elle cherchait dans le quatrième volume qu'elle consulta et dessina le symbole en forme de diamant sur un morceau de papier fin.

– Voilà, mon oncle, je l'ai ! cria-t-elle en déboulant dans l'atelier.

– Chut ! la fit taire Ariane.

Tiberius, penché sur un petit métier à tisser en bois, tressait un ruban de fils d'argent. Ses grandes mains maniaient avec habileté les fils délicats et il tirait la langue sous l'effet de la concentration.

– Il faut dire…, marmonna-t-il, autant pour lui-même que pour les autres, qu'il faut beaucoup de tact et de politesse pour assembler ces fils… et le silence est vital, Dilly.

– Désolée, chuchota-t-elle.

– Pose le papier ici, merci, lui dit Ariane.

Ses bras, plongés jusqu'aux coudes dans une cuve de teinture, avaient pris une teinte bleu pâle. Cordelia reconnut les odeurs de camomille et d'herbe de Saint-Philippe qui émanaient de l'eau chaude.

– Je peux faire quelque chose d'autre ? offrit Cordelia, mais sa tante secoua la tête.

– File. Va jouer. Sans bruit.

Cordelia posa le croquis de la rune sur la table et quitta l'atelier à contrecœur. Elle referma la porte derrière elle aussi doucement que possible. Il lui restait une heure à tuer avant d'aller au théâtre. Elle éprouvait une sorte de fébrilité intérieure et aurait aimé se rendre utile pour faire passer le temps plus vite.

Dans le petit salon d'alchimie, elle trouva Petronella l'œil rivé à son télescope, en train d'essayer de faire des nœuds compliqués avec un fil de cuivre.

– Grand-tante, puis-je vous aider à quoi que ce soit ?

– *Για να δώσετε μια ασημένια γλώσσα στην πριγ κίπισσα*, répondit celle-ci tout en réglant les cadrans.

Cordelia soupira. Lorsque sa grand-tante se mettait à parler en grec ancien, il était inutile d'insister. Elle savait qu'elle ne pourrait pas lui soutirer un mot d'anglais avant plusieurs heures.

Elle revint dans la bibliothèque, ouvrit la fenêtre et scruta le ciel à la recherche d'Agatha. Toujours rien.

– J'aimerais qu'elle se dépêche, confia Cordelia en caressant l'aile de Margaret. Ce serait pratique si je pouvais recevoir un message de père avant mon départ ce soir, pour que je connaisse sa localisation et que je puisse le trouver grâce aux étoiles.

Margaret roucoula d'un air compatissant.

Cordelia pensa tout à coup qu'elle n'avait pas prévenu Lulu de leur sortie au théâtre. Elle griffonna un petit mot, lui donnant rendez-vous au coin de sa rue à dix-neuf heures.

– Tu dois chercher un garçon, chuchota-t-elle à Margaret en roulant le message. À peu près grand comme ça, très intelligent, avec une coiffure un peu étrange. Il a l'air timide, sauf lorsqu'il parle de bateaux. Tu le trouveras à trois rues d'ici, dans l'hôtel particulier des Bottier, sans doute dans la salle d'étude. Prends soin de ne pas te faire voir par sa mère. Tape à la fenêtre avec ton bec.

Elle observa Margaret s'envoler dans le crépuscule. Le ciel s'assombrissait, profond comme l'océan. Elle fixa l'horizon à en avoir les larmes aux yeux, désespérant d'apercevoir un petit point noir avec des ailes. Le monde était si vaste ! Combien de temps faudrait-il à l'oiseau pour voler jusqu'à son père ?

Un peu plus tard, Cordelia ouvrait doucement la

porte de l'atelier et trouvait sa tante et son oncle toujours aussi occupés. Vénus brillait derrière la fenêtre tandis qu'ils passaient le feutre à la vapeur pour le mouler et l'épingler sur la forme posée au milieu de l'établi. Pendant quelques instants, Cordelia regarda, fascinée, le chapeau se modeler sous ses yeux. Puis elle repartit sur la pointe des pieds.

Dans le petit salon, Petronella attisait son feu et, dans la cuisine, la cuisinière s'affairait parmi ses casseroles.

Cordelia laissa un petit mot dans le vestibule :

Partie au théâtre voir une pièce sur un couvent.

Bises, Dilly

Puis elle se faufila dehors. Elle portait sa plus belle pèlerine et un joli chapeau qu'elle avait emprunté à la vitrine, garni d'une plume de lunaile couleur prune.

Elle marcha d'un pas rapide jusqu'au bas de Bulstrode Street. Les Chapelier et les Bottier étant ennemis jurés, Cordelia n'aurait pas été bien reçue dans la maison de Lulu. Celle-ci était d'ailleurs particulièrement peu accueillante. C'était un bâtiment haut et gris, aux fenêtres sombres et à la façade ornée de sculptures alambiquées. Cordelia patienta au coin de la rue, à une bonne distance de sécurité.

Tout près, l'église de Saint-Auspice sonna sept

heures. Une petite silhouette surgit alors par la porte d'entrée et se hâta de la rejoindre.

– 'soir, Cordelia, souffla Lulu, déjà hors d'haleine. C'est très excitant !

Elle sourit.

– Bonsoir, Lulu ! Tu as réussi à sortir, alors ! Quelle excuse as-tu donnée à tes parents ? s'enquit-elle, jetant un regard vers le sinistre hôtel particulier des Bottier.

Lulu fit un geste de la main.

– Oh, ils étaient tous les deux très occupés à travailler sur... hum... une commande importante. Ils ne remarqueront même pas que je suis parti.

– Tiens, enfile ça.

Cordelia sortit un chapeau de camouflage de sous sa pèlerine. À première vue, il avait l'air d'un haut-de-forme ordinaire, mais il était équipé d'un fil de fer habilement caché sous le menton, où étaient fixées une barbe broussailleuse et une imposante moustache (de la laine de mouton ondulée, teintée couleur rouille). Lorsque Lulu l'enfila, Cordelia éclata de rire.

– Tu as l'air très adulte, d'un coup !

– C'est tellement malin ! s'extasia-t-il en tortillant la pointe de sa nouvelle moustache. C'est la première fois que je porte un chapeau des Chapelier !

Ils se mirent en route vers le théâtre et marchèrent

d'un bon pas à travers les rues de Londres. Alors qu'ils remontaient Bond Street, ils aperçurent Sam Doiléger qui vendait un journal appelé *Le Ricaneur libéré* en criant les gros titres.

– ACH'TEZ VOT'*RICANEUR LIBÉRÉ* ! POUR TOUT SAVOIR SUR CES FICHUS FRANÇAIS !

– Traversons, supplia Lulu en tirant Cordelia par le coude, c'est le manoir des Tailleur. Je ne veux pas passer devant leur porte.

Cordelia dut se contenter de saluer Sam de loin. Il la salua en retour.

– Tu veux des NOUVELLES ? cria-t-il. Elles sont ultramauvaises, ce soir !

– Non merci ! cria-t-elle en courant après Lulu.

Chapelier et Bottier longeaient les arbres de Berkeley Square quand un cri leur parvint :

– Hola, monsieur ! Retournez-vous, je l'exige !

Cordelia et Lulu firent volte-face, surpris.

– Ah ! Espèce de crapule sans courage ! rétorqua une autre voix. Je vous ai cherché partout !

C'étaient les deux jeunes hommes venus lui acheter un chapeau pour gagner leur duel. Ils marchaient l'un vers l'autre, le visage rouge. Cordelia constata avec plaisir qu'ils portaient tous deux leur boîte à chapeau. L'un d'eux était accompagné d'une fille vêtue d'une robe à volants, qui faisait des simagrées.

– Oh, Archibald ! Je vous en prie, ne vous battez

pas pour mes beaux yeux ! s'écria-t-elle en agitant un mouchoir en dentelle. Ayez pitié !

– Restez en dehors de cette affaire, Janet, rétorqua d'un ton sec le dénommé Archibald.

Elle parut vexée.

– *Vous !* s'exclama Archibald en tendant le doigt vers l'autre garçon. Ferdinand Gargouilleur ! Cela fait trop longtemps que vous êtes une épine dans mon pied !

– Ah ! mugit Ferdinand. Vous n'êtes pas assez fin pour être une épine, Baldie Émoussard. Vous êtes un caillou dans ma chaussure ! Un caillou gris et sans intérêt !

– Il est temps de régler cette affaire au pistolet, dit Archibald, écartant Janet, sans quitter Ferdinand des yeux.

Cordelia entraîna Lulu derrière un arbre au cas où les choses tourneraient mal.

– Pauvre de moi ! gémissait Janet d'une voix stridente.

– Cessez donc de *bêler*, bique bêcheuse enrhubée ! lui lança Ferdinand tout en prenant un pistolet.

– Comment osez-vous ? pleurnicha-t-elle.

– Dix pas ! hurla Archibald.

Cordelia pencha la tête pour voir la scène.

Les garçons, leur pistolet en main, firent dix longues enjambées dans des directions opposées, avant de se retourner et d'ouvrir leur boîte à chapeau. Cordelia aperçut la lueur claire de la casquette pastel et le rouge vif du béret.

Janet les regardait d'un air triomphant. Lulu gémissait. Cordelia retenait son souffle.

Le moment était venu de tirer.

Le moment passa.

Archibald cligna plusieurs fois des yeux. Les ailes de coléoptère vifamour scintillaient sur son chapeau. Dans un petit soupir, Ferdinand porta la main à son cœur, tandis que l'autre (celle qui tenait le pistolet) retombait mollement le long de son corps.

Archibald lâcha son arme sur la pelouse. Il fixait Ferdinand avec adoration. Celui-ci lui répondit par un regard infiniment tendre.

Les deux garçons s'avancèrent timidement l'un vers l'autre.

– Que faites-vous, Dieu du ciel ? lança Janet à Archibald, qui ne lui prêta aucune attention.

Lulu, accroupi derrière l'arbre, fermait les yeux très fort, les doigts enfoncés dans ses oreilles. Cordelia lui tapota le bras.

– Lulu, chuchota-t-elle, la magie des chapeaux a opéré !

Les deux garçons étaient maintenant face à face.

– Oh, Baldie, soupira Ferdinand.

– Ferdie, répondit doucement Archibald, vous

n'êtes pas une épine... vous êtes la plus belle des roses !

– Et vous n'êtes pas un vulgaire caillou, murmura Ferdinand, vous êtes un pur diamant !

Il effleura doucement la joue d'Archibald, qui rougit. Dans un élan spontané, Ferdinand l'embrassa.

– HEIN ? s'étrangla Janet. Mais... ce n'est pas du tout comme ça que ça devait se passer !

Archibald et Ferdinand s'embrassaient si fougueusement que les deux chapeaux tombèrent.

Cordelia avala péniblement sa salive. Les deux garçons s'écartèrent et se regardèrent d'un air surpris. Pendant un moment terrible, Cordelia pensa qu'ils allaient s'étriper.

Puis, contre toute attente, Archibald se pencha et embrassa à nouveau Ferdinand.

Une cloche sonna triomphalement sept heures et quart. Cordelia attrapa son ami par la main et l'aida à se redresser.

– Viens, Lulu ! Nous ne pouvons pas être en retard au théâtre ! cria-t-elle en s'élançant dans la rue à toutes jambes.

Le théâtre royal, situé sur Drury Lane, était un bâtiment imposant, à la porte entourée de hauts piliers et de statues d'angelots dorés. À l'intérieur, des dames couvertes de bijoux et de nobles messieurs en perruque blanche arpentaient le foyer éclairé aux chandelles.

– Cordelia Chapelier, annonça-t-elle lorsqu'un ouvreur à l'air sévère et au gilet brodé d'or lui demanda son nom.

Aussitôt, il s'inclina très bas.

– Je vous en prie, mademoiselle Chapelier, ainsi que monsieur. Par ici. Nous vous avons réservé notre seconde meilleure loge.

Il les entraîna dans un escalier au tapis rouge et les fit entrer dans une loge luxueuse tapissée de velours. Les enfants se laissèrent tomber dans les fauteuils moelleux et observèrent la scène étourdissante qui se déroulait au parterre.

Le théâtre bondé était une véritable ruche. Cordelia scruta la foule à la recherche de la princesse, mais ne la vit nulle part. En revanche, elle reconnut un grand nombre de chapeaux des Chapelier. Des garçons se bousculaient et se jetaient des poignées de cacahuètes dans l'espoir d'impressionner des dames qui portaient des soieries colorées qui les faisaient ressembler à des oiseaux de paradis. La foule des spectateurs ressemblait à une énorme bête, impatiente, qui piaffait en attendant le début de la pièce.

Un jeune homme entra sur scène et souffla dans une trompette.

– Prière de vous lever pour Son Altesse Royale, la princesse Georgina !

Il continua à jouer de la trompette jusqu'à ce qu'une longue perche munie d'un crochet surgisse des coulisses, l'attrape par la ceinture et le tire derrière le rideau.

Le silence se fit et tous les regards se tournèrent vers Cordelia. Pendant un moment, elle crut que le public les regardait, Lulu et elle. Puis elle comprit que la princesse Georgina se trouvait dans la loge voisine – la loge royale !

– Parfait ! chuchota Cordelia.

La paroi qui séparait leurs deux loges l'empêchait de voir davantage que le bout du nez délicat de la princesse en train de saluer le public. Cordelia décida qu'elle solliciterait une entrevue à l'entracte.

Les chandelles furent mouchées, plongeant la salle dans l'obscurité, et les rideaux en velours violet s'ouvrirent. Sir Hugo Gushforth apparut au milieu de la scène dans une pose héroïque. Il portait le magnifique chapeau que Cordelia lui avait confectionné, ainsi qu'un costume plein de froufrous.

Les applaudissements crépitèrent. Les étoiles dorées scintillèrent sur son chapeau, tandis que la plume de corbeau carriériste plongeait en frétillant à chaque nouvelle révérence.

– N'est-ce pas à la fin qu'il devrait saluer ? chuchota Lulu à l'oreille de Cordelia lorsque le comédien envoya un baiser à la princesse.

– Peut-être que les nobles saluent au début, suggéra Cordelia.

Ils entendirent un soupir en provenance de la loge royale.

– Vous ne vous sentez pas bien, princesse ? demanda une voix d'homme important, qui lui parut quelque peu familière.

– Je vous ai dit que je n'avais pas envie de venir au théâtre, répondit la princesse. C'est une occupation bien trop frivole quand une guerre menace.

– Mais, Votre Altesse, au contraire, votre présence ce soir rassure le peuple, il se dit que tout va bien.

– Vous avez raison, Lord Witloof, soupira-t-elle. Comme vous ne manquez pas de me le rappeler, je suis cruellement dépourvue de sens politique.

Cordelia fronça les sourcils. Si Lord Witloof était avec la princesse, il s'opposerait à nouveau à ce qu'elle lui prête un navire. Il fallait qu'elle réussisse à parler à la princesse en tête à tête.

Avant qu'elle ait pu imaginer un plan, Sir Hugo se jeta par terre. Pendant un bref et terrible instant, Cordelia crut que son chapeau lui jouait des tours, puis elle comprit : la pièce avait commencé !

D'abord, un fantôme blanc comme neige descendit en piqué sur la scène en gémissant et en geignant. Puis une damoiselle gémit et geignit un peu. Un oncle fomenta un complot au vu et au su de tous, puis Sir Hugo flanqua des gifles et fit un croche-pied à deux jeunes gens, qui dansèrent tout autour de la scène en essayant de l'éviter.

Cordelia se réjouit de voir que son chapeau fonctionnait à merveille : Sir Hugo ne montrait pas le moindre signe de trac. Il s'arrêtait même régulièrement au milieu d'une tirade pour saluer et envoyer des baisers au public. Lors de ces interruptions, les autres acteurs attendaient en trépignant qu'il daigne recommencer à jouer. Il intervenait même dans des scènes où il n'avait rien à faire.

Au milieu de la pièce eut lieu un entracte. Le rideau tomba. Le théâtre se mit à bruire d'un brouhaha excité, tandis qu'un brouillard de fumée de pipe envahissait la salle. On servit à Cordelia et Lulu des glaces à la fraise dans des coupes en argent. Alors que Lulu savourait la sienne, Cordelia se pencha pour jeter un regard dans la loge royale. Ni Lord Witloof ni la princesse ne semblaient décidés à bouger. Elle se mordilla la lèvre, songeuse. Comment allait-elle s'y prendre pour parler à la jeune souveraine seule à seule ?

Elle entendit alors Lord Witloof annoncer :

– Votre Altesse, je viens de recevoir une nouvelle lettre du roi de France.

Il y eut un bruit de cuillère en argent qui tinte contre la coupe.

– J'espère qu'elle n'est pas aussi grossière et désagréable que les précédentes.

Il y eut une pause assez longue, puis elle ajouta :

– À votre silence, messire, dois-je en déduire que la lettre est grossière et désagréable ?

Lord Witloof toussa délicatement.

– Le roi de France est un insupportable freluquet,

déclara-t-il. Il a un ego démesuré et une obsession pathologique pour les fruits exotiques.

Elle poussa un soupir.

– Lisez-moi la lettre, je vous prie.

– Je crains de heurter les oreilles délicates de Votre Altesse…

– Mais si je cesse de correspondre avec le roi Louis, plaida la princesse d'une voix patiente, il n'y aura plus aucun espoir d'améliorer les relations entre l'Angleterre et la France.

Lord Witloof froissa les feuilles.

– Votre Altesse devrait déguster sa glace à la fraise sans être incommodée par les insultes de ce niquedouille.

– Si je veux bien gouverner, je dois savoir écouter les gens qui ne sont pas d'accord avec moi, argumenta-t-elle. En outre, quand j'avais cinq ans, Lady Elsa Clustertrunce (elle-même âgée de cinq ans et demi à l'époque) m'a traitée de « sale pleurnichouineuse » parce que je restais trop longtemps sur son cheval à bascule. Je doute que le roi de France puisse trouver pire.

Lord Witloof laissa échapper un léger soupir, puis se mit à lire :

Princesse Georgina,

Vous n'êtes qu'une petite fille qui joue dans son palais avec son service à thé en porcelaine. Et votre père a la tête aussi trouée qu'une passoire. Mes espions m'ont rapporté que vous redoutiez de me parler, sans doute parce que je suis le roi du plus grand pays au monde : la France. Peut-être devriez-vous laisser un homme prendre les rênes de l'Angleterre, qui était une nation puissante et audacieuse lorsqu'elle était gouvernée par un homme. Si vous n'en trouvez pas, je vous propose un des caniches de ma mère, Frou-Frou. Frou-Frou le Caniche est un très bon chien. Il s'assoit quand on le lui demande et sait compter jusqu'à dix. On ne peut pas en dire autant de vous, d'après ce que j'ai pu entendre.

Votre respectueux

Louis, roi de France

Un silence suivit. Puis le froissement sec du papier qu'on plie.

– Bien. C'est une nouvelle démonstration d'insolence, dit la princesse.

Même si elle paraissait calme, sa voix trahissait de la fragilité, comme un tissu sur le point de s'effilocher.

– En effet, convint Lord Witloof d'un ton grave. C'est une chose que de faire espionner ses voisins, une autre de le reconnaître ouvertement.

– En effet, je croyais que la présence d'espions devait rester secrète… Comme c'est étrange.

– Et il vous insulte ! Et votre père, et les passoires, et pour ainsi dire tout le monde en Angleterre ! s'écria Lord Witloof.

– Il est cruel et désobligeant, admit-elle, la voix tremblante.

– Allons, princesse, fit Lord Witloof d'un ton soudain réconfortant. Peut-être changera-t-il de manières si vous lui répondez que vous savez compter jusqu'à dix mille. Et que vous avez compté personnellement chacun de vos nouveaux canons.

– Mes nouveaux canons ? murmura-t-elle. Quels nouveaux canons ?

– Si vous signez ce papier, Votre Altesse, je peux donner dès ce soir l'ordre à la manufacture de Ferfeu de produire dix mille canons. Votre père aurait dû le signer hier.

– Mais j'ai commandé des habits de paix auprès des artisans, protesta la princesse. J'aimerais que les pourparlers de paix aboutissent.

– Moi de même, Votre Altesse. Mais les artisans nous ont déjà déçus. Faut-il vraiment leur accorder notre confiance cette fois encore ? Leurs méthodes sont assez démodées, vous savez…

– Les habits des artisans sont une tradition importante dans ma famille, rétorqua la princesse. Je n'ai pas l'intention de la jeter aux orties à la première difficulté.

– Certes. Mais certains pensent qu'il est plus sûr de se tourner vers des inventions plus rationnelles, suggéra Lord Witloof. Comme les fusils, par exemple.

Cordelia se pencha pour voir le profil de la princesse. Une ride d'inquiétude barrait son front. Le chambellan agita une feuille de papier sous son nez, tout en lui tendant une plume à la pointe déjà trempée dans l'encrier.

– Les pourparlers de paix doivent se poursuivre comme prévu. Mais le roi de France se montrera plus courtois quand vous pointerez sur lui une batterie de canons flambant neufs.

La princesse hésitait. Une goutte d'encre noire dégoulina sur sa robe pâle.

– La manufacture de Ferfeu se tient prête, Votre Altesse, insista Lord Witloof. Elle dispose de la technologie la plus moderne. Il vous suffit de donner l'ordre de retirer l'argent des coffres et les canons seront prêts d'ici trois jours.

La princesse resta un moment silencieuse, et observa les chandelles s'éteindre à nouveau dans la salle.

– La guerre est une abomination, dit-elle enfin. Et mon père est un partisan de la paix. En attendant qu'il soit rétabli, je dois m'efforcer de suivre sa volonté. Je ne commanderai pas de canons à la manufacture de Ferfeu. Je veux d'abord tenter de préserver la paix. Je montrerai au roi Louis que je n'ai pas peur de lui parler.

– Mais, commença Lord Witloof, c'est imprudent, princesse...

– Silence, messire, la pièce recommence.

Cordelia entendit un gros soupir et un froissement de papier impatient. Elle se tourna vers Lulu. Derrière son imposante moustache, il avait l'air soucieux.

– Votre Altesse ! Mesdames et messieurs ! La très dramatique tragédie d'*Hamlet* va reprendre ! cria le garçon à la trompette lorsque le rideau se leva.

Dans la seconde partie de la pièce, on put voir Sir Hugo gesticuler et geindre, la damoiselle gémir encore plus fort, et surtout – plus excitant – un duel.

Sir Hugo faisait de grands gestes avec son épée. Son adversaire semblait soucieux de ne pas se trouver sur la trajectoire de la lame, si bien que le duel ressemblait davantage à une course-poursuite à travers la scène. Sir Hugo brandissant son épée étincelante,

Dans la seconde partie de la pièce, on put voir Sir Hugo gesticuler et geindre, la damoiselle gémir encore plus fort, et surtout – plus excitant – un duel.

tandis que son adversaire se baissait et bondissait pour l'esquiver.

« Peut-être a-t-il peur parce qu'il a une simple épée en bois peinte en gris, alors que celle de Sir Hugo semble en fer », songea Cordelia.

Elle sauta sur ses pieds dès que la pièce fut finie, prête à interpeller la princesse. Mais Sir Hugo se faufila entre les rideaux et fit dix-neuf saluts avant de quitter enfin la scène.

Lulu se leva, les mains rouges à force d'applaudir, tandis que Cordelia ouvrait déjà la porte.

Elle se retrouva face à un soldat qui montait la garde devant la loge royale.

– Bonsoir, dit-elle poliment, serait-il possible de voir la princesse une petite minute ?

Pour toute réponse, elle reçut un regard méprisant.

Cordelia et Lulu se faufilèrent entre les robes à volants et plongèrent sous les coudes des dandys.

– Mettons-nous devant la porte, nous pourrons interpeller la princesse au passage, dit Cordelia. De ton côté, peux-tu détourner l'attention de Lord Witloof ?

Lulu parut hésitant.

– Comment ?

– Je ne sais pas. Peut-être en le complimentant sur sa perruque ?

Sir Hugo fit son apparition dans le foyer, l'air dégagé, portant toujours son chapeau spectaculaire. Les sequins étoilés étincelaient et le lilas loquace diffusait autour de sa tête un halo de pollen doré. Il fut aussitôt entouré d'une horde d'admiratrices et d'admirateurs qui l'inondèrent de compliments, de fleurs, et lui envoyèrent des baisers.

– Il paraît que c'était ma plus belle prestation ! annonça-t-il d'une voix forte.

Il aperçut Cordelia et lui fit un clin d'œil. La dame qui se trouvait à côté d'elle tomba à la renverse, prise de vapeurs.

– Laissez passer Son Altesse ! aboya un garde.

La princesse apparut à son tour. Les dames firent la révérence, tandis que des légions de messieurs en perruque blanche et aux gilets aux boutons dorés s'inclinaient. Tout le monde se précipita pour lui faire son compliment et Cordelia se retrouva emportée par la foule. Sir Hugo parvint face à elle parmi les premiers.

– Ô Altesse Royale ! commença-t-il. Comparé à votre joue si pâle, un lys du jardin d'Éden paraîtrait bien fade...

– Oui, oui, dit Lord Witloof en attrapant la princesse par le coude pour l'entraîner plus loin.

Cordelia lutta pour voir malgré la cohue. La princesse arrivait déjà à la porte, séparée d'elle par une dizaine de personnes. Elle allait rater sa chance ! Puis la foule fit un bond en avant et Lord Witloof se retrouva emporté loin de la princesse.

– C'est maintenant ou jamais, Lulu ! lança Cordelia.

Elle s'accroupit pour se faufiler à travers la jungle

de jambes en bas blancs et de jupes à volants et émergea pile sur le trajet de la princesse.

– Votre Altesse ! appela Cordelia.

– Oh, mademoiselle Chapelier ! s'écria la princesse. Quel soulagement de voir un visage connu... Tous ces gens sont un peu *trop* affectueux.

Cordelia ne perdit pas un instant.

– S'il vous plaît, pouvez-vous me prêter un bateau ? demanda-t-elle. Je suis certaine que mon père est vivant, mais il me faut absolument un bateau pour aller le chercher !

Le foyer était bruyant. La princesse se pencha vers elle.

– J'aimerais pouvoir vous aider, chuchota-t-elle.

– Je n'en aurai pas besoin longtemps, la pressa Cordelia. Juste le temps de trouver mon père. Cela fait déjà presque trois jours qu'il a disparu !

La princesse Georgina posa la main sur son bras et dit à voix basse :

– Cet après-midi, on nous a rapporté que le mousse de la *Joyeuse Bonnette* avait survécu au naufrage.

Cordelia écarquilla les yeux.

– Jack ? Est-ce qu'il va bien ? Où se trouve-t-il ?

– Au dispensaire des marins, sur les quais de Wapping, répondit-elle. Lord Witloof s'y est rendu aussitôt. Le pauvre garçon délirait, mais de ce qu'il a réussi à comprendre... mademoiselle, je suis désolée, mais...

– Ô Votre Altesse très estimée !

Sir Hugo s'avança vers elles en ouvrant grand les bras et parvint, on ne sait comment, à s'intercaler entre Cordelia et la princesse.

C'est à cet instant que tout bascula.

Il y eut d'abord un cri :

– Sacrebleu !

Puis une détonation retentit. L'air parut se déchirer comme un tissu.

Autour de Cordelia, tout sembla ralentir. Le brouhaha s'épaissit et les sons se brouillèrent, jusqu'à ce qu'elle n'entende plus que les battements de son cœur.

Les visages des gens ressemblaient à des masques de théâtre aux expressions grotesques.

Quelque part, quelqu'un criait.

– Lulu ! voulut appeler Cordelia, mais sa langue lui parut trop grosse pour sa bouche.

De la poussière de plâtre tomba du plafond, lui piquant les yeux.

Et soudain, elle se retrouva au milieu d'une mer de gens. La foule tangua, submergée par la panique comme par une vague. L'air fut saturé de cris.

– ASSASSIN !

Cordelia vit un garde fendre la foule, suivi par Lord Witloof, blafard.

– Georgina ! Êtes-vous blessée ?

La princesse secoua la tête.

– C'est une tentative d'assassinat ! Regardez ! Là, la balle ! s'écria-t-il en tendant le doigt.

Dans le plafond, au-dessus de la tête de la princesse, une balle de mousquet s'était logée dans les fesses charnues d'un chérubin en plâtre.

La princesse tourna vers Lord Witloof un visage affolé.

– Mais pourquoi ? chuchota-t-elle.

– À coup sûr, ce sont les Français ! aboya-t-il. Gardes ! Le carrosse !

Une dizaine de gardes s'engouffrèrent dans le foyer, bousculant dames et dandys pour se frayer un chemin jusqu'à la princesse. Ils l'empoignèrent et l'emportèrent, suivis par Lord Witloof. S'avançant vers la porte d'un pas chancelant, Cordelia eut juste le temps de voir le carrosse s'éloigner au galop.

Puis Lulu se retrouva près d'elle.

– Viens, partons, dit-il en lui prenant la main pour l'entraîner dans la nuit londonienne.

Ils coururent, coururent, coururent. Cordelia ne s'arrêta que lorsqu'une douleur aiguë lui transperça les côtes. Elle se plia en deux, la main sur son point de côté.

Lulu s'effondra contre un mur et se laissa lentement glisser jusqu'au sol.

– Assa-ssi-nat, souffla-t-il.

– Tu l'as vu, toi ? demanda Cordelia. L'assassin ?

Il secoua la tête.

– Moi non plus.

– Est-ce qu'ils l'ont attrapé ?

– Je ne crois pas.

– Est-ce qu'elle est... saine et sauve ? La princesse ? réussit à articuler Lulu.

Elle acquiesça.

– Plus de peur que de mal.

Ses jambes flageolaient. Elle préféra s'asseoir à côté de Lulu, qui réussit à esquisser un sourire mal assuré. Elle sourit faiblement en retour.

Elle attendit d'être sûre que sa voix ne tremblerait pas.

– Mon plan n'a pas marché, dit-elle enfin. Pas de bateau.

Lulu gémit.

– Je suis désolé, Cordelia.

– Mais... Jack ! se rappela-t-elle soudain. Le mousse de la *Joyeuse Bonnette* !

Elle bondit sur ses pieds.

– Dans quelle direction se trouve Wapping ?

– Tu ne peux pas y aller maintenant ! Il est très tard, protesta Lulu en se relevant péniblement.

– Il faut que je voie Jack le plus vite possible, Lulu ! cria Cordelia. Il sait peut-être où est mon père !

Il l'attrapa par les épaules.

– Allons-y demain matin à la première heure. J'expliquerai tout à Mlle Fixefond quand elle arrivera chez moi. Nous irons ensemble. D'accord ?

Cordelia soupira.

– D'accord. Demain à la première heure.

Au coin de Wimpole Street, Lulu retira son chapeau de camouflage, et son visage barbu redevint lisse. Cordelia était si absorbée par ses pensées qu'elle ne protesta pas lorsqu'il déposa un baiser rapide sur sa joue.

– Merci pour cette… cette très… hum… merveilleuse soirée ! bredouilla-t-il avant de filer chez lui.

La maison des Chapelier était sombre et silencieuse. Toujours perdue dans le labyrinthe de ses pensées, Cordelia grimpa dans son lit et plongea dans le sommeil la tête la première.

Elle fit des rêves si profonds et si pénétrants, qu'elle n'entendit pas les pas du voleur dans l'escalier, ni le grincement de la porte de l'atelier.

– SALETÉS DE VOLEURS ! cria quelqu'un.

C'était étrange, car Cordelia se trouvait seule sur une île déserte après le naufrage de son bateau. Un perroquet rouge battit des ailes dans le palmier au-dessus de sa tête.

– MALFAITEURS SANS HONNEUR ! cria le perroquet d'une voix rauque.

La mer, sur le rivage, faisait un bruit de portes qui claquent. Le soleil qui caressait les vagues faisait un bruit – la lumière pouvait-elle faire du bruit ? – de cloche qui sonne.

– RÉVEILLE-TOI, CORDELIA !

Elle se redressa.

La tête de son oncle Tiberius apparaissait par le trou de la trappe dans le sol.

– ON A ÉTÉ CAMBRIOLÉS ! cria-t-il, avant de disparaître.

Sur l'établi, au milieu de l'atelier, il n'y avait plus rien.

La forme à chapeau en bois était nue. Le chapeau de paix avait disparu.

– J'ai fermé l'atelier à clef avant de me coucher, protesta Ariane en fouillant tiroirs et placards. Et la clef est restée à ma ceinture toute la nuit !

Boutons, plumes et rubans volèrent en tous sens. Dans le petit salon d'alchimie, Petronella, dans son fauteuil, tentait d'attraper ce qu'elle pouvait du bout de sa canne de marche.

– Appelez l'attrapeur de voleurs ! cria la cuisinière depuis le seuil de la cuisine, agitant sa cuillère en bois et éclaboussant de porridge brûlant les murs alentour.

– J'y vais de ce pas ! cria Jones en traversant le vestibule à grandes enjambées.

Cordelia observa avec perplexité la serrure de la porte de l'atelier. Ariane détenait la seule clef, mais le trou de la serrure portait la marque d'égratignures.

Tiberius retournait frénétiquement les boîtes à chapeau et Ariane arpentait la pièce en répétant d'un ton assuré :

– J'ai fermé à clef… l'horloge a sonné onze heures et j'ai fermé la porte à clef.

– Par le grand casque à cornes d'Odin ! s'écria Tiberius. Ils ont fracassé l'armoire menaçante !

Les solides portes en fer battaient librement.

– Vide ! gémit-il. La bouteille de querelles d'éclair, disparue ! Les griffes de renard orcus ! Et même le passe-partout !

Il s'évanouit en poussant un cri plaintif, et Cordelia quitta la pièce. Tout le monde avait perdu la tête, semblait-il, et pas seulement le chapeau de paix. Elle grimpa dans sa chambre.

– Je ne dois pas me laisser distraire, dit-elle à voix haute en s'habillant rapidement. Je dois me rendre à Wapping le plus vite possible. Je ne vais pas déranger mon oncle et ma tante, ils ont assez de soucis comme ça. Je leur expliquerai plus tard.

Elle se hâta de redescendre. Lorsqu'elle passa devant la bibliothèque, elle sentit un courant d'air. Elle passa la tête par la porte. Toujours pas d'Agatha. Les autres pigeons messagers se serraient les uns contre les autres dans un coin de leur volière, ébouriffés et frigorifiés. La fenêtre était grande ouverte, ce qui expliquait le courant d'air.

– Depuis combien de temps cette fenêtre est-elle ouverte ? leur demanda Cordelia.

Tabitha roucoula d'un air misérable.

– Longtemps ? Toute la nuit ?

Rouu.

En la refermant, Cordelia remarqua deux empreintes noires sur le rebord. Elles étaient dirigées vers l'intérieur de la pièce, comme si une ombre avait escaladé la fenêtre et laissé une trace derrière elle.

– Que c'est étrange…

Elle se pencha par la fenêtre.

La rue lui parut très loin. Certes, il y avait une fine gouttière sur le côté et un étroit rebord de brique sur la façade, mais il paraissait impossible de grimper jusqu'à la fenêtre… À moins que…

Tiberius, revenu à lui, se vit offrir un doigt de rosée revivifiante.

Alors que Cordelia allait s'éclipser discrètement, Jones entra avec fracas dans le vestibule, suivi d'un homme de haute taille, qui bombait le torse pour exhiber son insigne brillant.

Ariane et Tiberius apparurent en haut de l'escalier.

– Austerloi, attrapeur de voleurs, à votre service, annonça l'homme en se balançant sur ses bottes cirées.

Cordelia se rapprocha discrètement de la porte d'entrée.

– Oh, monsieur l'attrapeur ! Merci d'être venu ! dit Tiberius en portant la main à son chapeau de glace.

– Par ici, je vous prie, monsieur Austerloi, ajouta Ariane.

– Je veux voir tous ceux qui étaient présents au moment du vol, déclara celui-ci d'une voix de stentor.

– Viens, Cordelia, ordonna Ariane.

– Mais..., protesta-t-elle, contrariée, en restant devant la porte d'entrée.

– On ne fait pas attendre la loi ! déclara sèchement l'attrapeur de voleurs depuis le palier.

Cordelia soupira et monta l'escalier en traînant les pieds.

– Ah ! La scène du crime, comme on dit dans notre jargon ! déclara l'homme sur le seuil de l'atelier mis à sac.

Les Chapelier le regardèrent arpenter les lieux. Il observa le sol, le plafond, et tout ce qui se trouvait entre les deux.

– Ai-je raison de penser que le chapeau se trouvait ici hier soir ? demanda-t-il en montrant la forme nue.

Ariane acquiesça.

– Mais qu'il n'était plus là ce matin ? continua-t-il.

Elle acquiesça à nouveau. Il se tut pendant plusieurs minutes, les yeux rivés sur la forme à chapeau.

– Tout porte à croire, dit-il, que vous avez été cambriolés.

Un silence stupéfait suivit.

– Oui, dit Ariane. Nous étions déjà arrivés à cette conclusion.

– D'après mes sources, l'assassin français a été très actif ces derniers jours, déclara-t-il.

– L'assassin ? répéta Tiberius.

– Oui. Vous avez dû entendre parler de la tentative d'assassinat qui a eu lieu au théâtre hier soir ?

Ariane secoua la tête, puis posa sur Cordelia un regard surpris.

– Est-ce vrai ?

– Oui, mais la seule victime a été un chérubin en plâtre, la rassura-t-elle.

– Le gredin s'est échappé, ajouta l'attrapeur de voleurs. Comme de la fumée dans la nuit. Un être diablement rusé.

– Euh… monsieur ? Avez-vous remarqué ces égratignures ? demanda Cordelia en désignant la serrure.

M. Austerloi cligna des yeux.

– Ah, un esprit observateur, c'est bien, dit-il. Mais malheureusement, un esprit enfantin.

Il agita le doigt dans sa direction.

– Voyez-vous, fillette, ces égratignures sont situées à l'extérieur de la porte. Or, le crime s'est déroulé à l'intérieur de la pièce.

Son raisonnement laissa Cordelia – tout comme les autres Chapelier, à en juger par leur expression – pour le moins perplexe.

– Mais il y a des empreintes sur le rebord de la fenêtre de la bibliothèque, insista-t-elle. C'est peut-être par là qu'est entré le cambrioleur !

Sa tante voulut parler, mais l'attrapeur de voleurs leva la main pour la faire taire.

– Encore une fois, dit-il, la bibliothèque, je suppose, est une pièce différente de celle-ci. Moi, ce qui m'intéresse, c'est ce qui s'est passé à l'intérieur de cette pièce.

– Mais..., protesta Cordelia, tandis que l'attrapeur de voleurs se tournait vers les adultes.

– Avez-vous remarqué d'autres disparitions ?

Petronella, que Jones avait descendue dans son fauteuil, fouillait parmi les rubans.

– Trois sequins dorés en forme d'étoile, dit-elle de sa voix rauque. Ils sont en pyrite, forgés dans de la lave du Vésuve. Ils sont assez instables sans la laque d'angélite dont je voulais les recouvrir.

Cordelia se sentit rougir. Elle se mit à chercher frénétiquement des traces du voleur au milieu des boutons, le temps que ses joues retrouvent leur température normale. Les trois sequins ornaient à présent le chapeau de l'acteur le plus célèbre de Londres...

– Un chapeau de paix. Le contenu de l'armoire

menaçante. Trois sequins dorés, marmonna M. Austerloi en prenant des notes dans son carnet.

– Ce sont les Bottier ! s'écria Tiberius. Ils ont toujours été jaloux des Chapelier ! Depuis le jour où notre arrière-arrière-grand-père Pacifieur Chapelier est devenu le chapelier du roi James 1er et qu'il a orné son chapeau d'une boucle en argent ! Le vieux Plombago Bottier ne l'a pas supporté, il prétendait que les boucles devaient être réservées aux chaussures ! Les Bottier rêvent de se venger depuis 1611 !

Tiberius semblait avoir avalé un fleuve de lave du Vésuve de Petronella et se remplir de fureur brûlante. Puis, soudain, il pâlit et s'évanouit à nouveau.

Sans même un regard pour le corps de Tiberius à ses pieds, l'attrapeur de voleurs annonça à Ariane qu'il devait retourner à son bureau pour rédiger un rapport.

– Il faudra ensuite attendre assez longtemps que l'encre sèche, expliqua-t-il. Ne comptez pas que je vous l'apporte avant deux ou trois semaines.

– M-mais… et le chapeau de paix ? balbutia Ariane. Vous n'allez pas le chercher ?

Il prit une expression de profonde sagesse.

– Il est très difficile de retrouver des objets volés, madame Chapelier, car très souvent, ils ont disparu.

Cette logique était si imparable qu'Ariane en resta muette.

– Or, celui qui a volé votre chapeau est le voleur le

plus rusé que Londres ait jamais connu, continua-t-il. Aussi bien, je vous salue.

Sur ces mots, M. Austerloi quitta les lieux. Cordelia fit revenir à lui Tiberius avec un peu de rosée.

– Nous n'avons pas le choix, dit Ariane lorsqu'elle eut retrouvé l'usage de la parole. Le chapeau de paix est attendu dans deux jours. Il faut recommencer. Heureusement, il me reste un peu de feutre de trêvelaine.

– Je vais ajouter davantage de cordon diplomatique, dit Tiberius d'une voix vacillante, depuis le sol. Et tout ça, après la perte de Prospero. C'est trop dur.

– Nous pourrons récolter de la lueur d'étoiles ce soir, déclara Ariane d'un ton décidé. Plus elle est fraîche, mieux c'est.

– Mars se lève, Ariane, la mit en garde Petronella. Fais bien attention à ne pas mêler de la lueur martienne avec !

Elle hocha la tête, les sourcils froncés.

Cordelia pensa que c'était l'occasion ou jamais.

– Je pourrais cueillir des pâquerettes guillerettes, suggéra-t-elle d'un ton joyeux.

– Excellente idée, Cordelia ! approuva Ariane. Va vite en chercher !

La jeune fille attrapa un panier, une grosse part de cake sur la table de la cuisine, et s'élança dans la rue.

Elle était enfin en route pour Wapping.

Cordelia devait retrouver Lulu dans la rue à neuf heures précises, mais avec les événements du petit matin, elle avait pris du retard. Ses leçons avec Mlle Fixefond avaient dû déjà commencer et il se trouvait certainement dans la salle d'étude, située à l'arrière de l'hôtel particulier des Bottier.

Elle longeait le sinistre bâtiment gris lorsqu'elle entendit une voix familière crier :

– SSAAAA-SSIIII-NAAAAA !

C'était Sam Doiléger, sur le trottoir d'en face, qui agitait ses journaux sous le nez des passants. Elle pensa que si elle traînait en bavardant un peu, Lulu regarderait peut-être par la fenêtre et verrait qu'elle l'attendait.

– Re-bonjour ! déclara-t-elle d’une voix forte.

Sam fit volte-face en agrippant sa casquette trop grande pour ne pas qu’elle tombe.

– Oh, salut ! dit-il, souriant. SSAAAA-SSIIII-NAAAAA !

– Qu’est-ce que ça veut dire, « ssaaaa-ssiiii-naaaaa » ?

– Assassinat, répondit-il en levant le journal.

~ *LE CANARD DÉCHAÎNÉ* ~

ASSASSINAT AU THÉÂTRE

La princesse échappe au massacre mais pas Shakespeare !

– Pourquoi disent-ils que Shakespeare a été massacré ? s’étonna Cordelia. Il est mort depuis longtemps !

Puis elle revit Hamlet en train de se pavaner sur la scène et brailler chacune de ses répliques.

– Oh. Peut-être est-ce une façon désagréable de parler du jeu de Sir Hugo.

– Qu’est-ce que ça dit ? s’enquit Sam en plissant les yeux.

– Tu ne sais pas lire ? s’étonna-t-elle.

– C’est pas que j’ai pas voulu. J’ai jamais eu l’occasion d’apprendre.

– Oh.

Elle rosit.

– Je suis désolée, je ne voulais pas être désagréable.

– Boh, pas grave. Un orphelin qui sait lire récolte que des ennuis, à c'qu'on m'a dit.

Il traîna sur le trottoir sa galoche percée – qui avait plus de trous que de cuir, à vrai dire.

Cordelia jeta un regard faussement désinvolte à la fenêtre de Lulu. Toujours aucun signe de sa présence. Elle se tourna à nouveau vers Sam.

– Comment sais-tu quel gros titre annoncer ? demanda-t-elle, tentant de se faire pardonner son manque de tact par un ton poli.

– On me l'dit tous les matins, et moi je crie ce qu'on m'dit, tu vois ? SSAAAA-SSIIII-NAAAAA ! hurla-t-il pour lui faire une démonstration.

Un valet de pied s'approcha d'un pas raide, lui donna un penny et tendit la main pour le journal.

– Hé, m'sieur, le prix a monté, dit Sam d'un ton joyeux. C'est deux pennies, maint'nant.

Le valet de pied lui jeta un regard noir, mais laissa tomber une seconde pièce dans sa main et s'éloigna du même pas raide.

Toujours rien à la fenêtre.

– Pourquoi le prix a-t-il augmenté ? s'enquit-elle.

Il se gratta le nez, y laissant une trace noire.

– Les nouvelles d'aujourd'hui sont deux fois plus mauvaises, donc ça coûte deux fois plus cher.

Puis il se pencha vers Cordelia et chuchota :

– Mon patron, il dit que, quand on s'ra en guerre,

je vendrai *trois* fois plus de journaux *quatre* fois plus cher. Pasque les adultes, ils adorent ça, les mauvaises nouvelles, tu vois ?

La bizarrerie des adultes ne manquait jamais d'étonner Cordelia.

La petite porte de l'hôtel particulier des Bottier s'ouvrit brusquement, les faisant sursauter.

– Lu..., commença-t-elle, s'interrompant tout net.

Car ce n'était pas Lulu, mais sa mère, Mme Bottier, qui affichait un visage si furibond qu'elle rappela à Cordelia l'expression « une tronche de vieille savate ».

Elle tenait à la main un petit maillet en cuir.

– En train de rôder, bien sûr ! hurla-t-elle. De traîner ses guêtres sous nos fenêtres ! Avec des intentions malveillantes !

Sam afficha un sourire charmeur.

– Il ne fait que vendre des journaux ! protesta Cordelia, alors que la femme, furieuse, marchait sur eux.

Mais ce n'était pas Sam Doiléger qui provoquait chez Mme Bottier une telle explosion de rage. Elle fonça sur Cordelia et se dressa face à elle, la dominant de toute sa hauteur et lui masquant la lumière du soleil.

– J'imagine que c'est ta tante qui t'envoie, n'est-ce pas ? gronda-t-elle. Pour nous espionner ! Pour voir les fabuleuses chaussures de paix que les Bottier sont en train de confectionner pour la princesse !

Du coin de l'œil, Cordelia aperçut – enfin ! – le visage de Lulu à la fenêtre de la salle d'étude. Il paraissait horrifié de voir sa mère tomber à bras raccourcis sur son amie. Mlle Fixefond se tenait derrière lui, l'air anxieux.

– Non, m'dame, dit Cordelia en essayant d'être polie, mais ferme. Je suis juste venue acheter le journal.

– Ah ! se moqua-t-elle. Ton histoire est aussi crédible que les âneries publiées dans *Le Canard déchaîné* !

Sur ce, elle lâcha deux pennies dans la main de Sam et lui arracha un exemplaire.

– File d'ici, petite fouineuse ! cracha-t-elle. Dis à ta tante d'arrêter d'envoyer des espions pour nous voler nos idées !

PAF !

Cordelia reçut un coup de *Canard déchaîné* sur la tête, puis Mme Bottier repartit. C'était une chance qu'elle n'ait pas plutôt utilisé le maillet.

Cordelia aperçut Lulu qui grimaçait derrière la fenêtre. « Désolé ! », articula-t-il silencieusement, avant que Mlle Fixefond ne le tire en arrière.

– *Pff !* C'est un vrai dragon, s'pas ? dit Sam en souriant. J'crois que j'vais m'trouver un coin un peu plus accueillant pour vendre mes journaux.

– Wapping, c'est bien au sud-est de Londres, non ? lui demanda-t-elle alors qu'ils atteignaient le coin de Bond Street.

– Ouaip, c'est ça.

– Par là, alors ?

– 'Tends une seconde, dit-il en l'attrapant par le bras.

Du tumulte avait éclaté un peu plus loin dans la rue. Une porte claqua, puis une silhouette en chemise de nuit blanche courut dans la rue en criant :

– MALHEUR DE MALHEUR !

Quelqu'un se pencha à une fenêtre à l'étage, tapant des pots en cuivre l'un contre l'autre.

– Appelez l'attrapeur de voleurs ! On a été cambriolés !

– N'est-ce pas..., hésita-t-elle... la maison des Horloger ?

– Viens, marmonna Sam en entraînant Cordelia dans une rue adjacente. Faut pas qu'on s'retrouve mêlés à ça.

– Ça fait deux cambriolages, dit-elle, essoufflée, en courant à ses côtés. Chez nous hier soir et chez eux ce matin ! Crois-tu que ce soit la même personne ?

Il fronça les sourcils.

– Sûrement.

Alors qu'ils passaient place Henrietta, Cordelia jeta un regard à la maison des Gantier – deux bâtisses roses identiques l'une à côté de l'autre. Elle se demanda comment deux maisons si adorables pouvaient abriter des enfants aussi teigneux que les quatre jumeaux Gantier.

Sam remit sa pile de journaux en ordre.

– Ça m'paraît un bon endroit pour colporter mes mauvaises nouvelles, annonça-t-il.

– Je dois te laisser, s'excusa Cordelia. Avec ou sans Lulu, je dois aller à Wapping !

– Salut, Cor ! lança Sam quand elle s'éloigna.

Alors qu'elle marchait d'un pas rapide, elle l'entendit crier :

– D'MANDEZ VOT' GAZETTE PRÉFÉRÉE !

Cordelia sentit l'odeur des quais avant même de les voir : des effluves de goudron dont étaient badigeonnées les coques des navires, mêlés aux relents boueux de la Tamise.

Une petite vendeuse de conques la dépassa avec sa charrette à bras et des marins transportant de lourds sacs la contournèrent. Des mules brayaient en tirant des chariots chargés de tonneaux. Cordelia fut impressionnée par le volume des marchandises qui transitaient par Wapping. On aurait dit que tout ce qui arrivait à Londres passait par ces quais.

Elle se faufila au milieu de la foule et atteignit le débarcadère, où étaient amarrés d'énormes bateaux.

C'était les navires de haute mer. Leur corps énorme oscillait sur la rivière houleuse comme des géants endormis.

Des marins déchargeaient des caisses à l'aide de treuils, sifflant pour s'échanger les instructions. Des filles vantaient leurs marchandises d'une voix chantante :

– Bigorneaux frais !

– Sucre de canne des Caraïbes !

– Tabac du Nouveau Monde !

– Excusez-moi, demanda Cordelia à un marin avachi contre une balle de coton de la taille d'une charrette, où se trouve le dispensaire ?

L'homme tendit le doigt et Cordelia se fraya un passage à travers la cohue. Le dispensaire n'était rien d'autre qu'un hangar délabré. Près de la porte, à l'intérieur, elle vit des rouleaux de grosse corde et de vieux gréements visqueux entassés en piles.

– Il y a quelqu'un ? appela-t-elle.

L'air était rance et étouffant. Une vieille voile sale avait été fixée à une rambarde pour former un rideau. Elle s'avançait quand…

– *ARRR !*

Cordelia sursauta. Quelque chose remuait dans la pénombre. Elle plissa les yeux.

Affalé sur un tas de cordes se trouvait un vieux loup de mer. C'était un homme, naturellement, mais il était si grisonnant et hirsute qu'il avait réellement quelque chose d'un loup. Elle l'observa. Il tenait une bouteille serrée contre sa poitrine et tressautait nerveusement dans son sommeil.

– *RAR... arrrr*, gronda-t-il en se tassant dans le nid de corde.

Elle se demanda si elle devait le réveiller, mais pensa qu'il valait mieux laisser tranquille un loup de mer endormi. Elle souleva la voile qui servait de rideau. Là, dans un lit improvisé à partir de caisses et de vieux sacs, se trouvait Jack Fortescue, le mousse de la *Joyeuse Bonnette*.

La dernière fois que Cordelia l'avait vu, il escaladait avec agilité le gréement vers le nid-de-pie. Et voilà qu'il était étendu, petit, inerte, une expression de détresse sur le visage.

– Jack ? chuchota-t-elle.

Elle s'avança prudemment vers son lit, contente de lui avoir apporté une part de cake. Elle la sortit de son panier et la déballa.

– Jack ? chuchota-t-elle à nouveau. Tu es réveillé ?

Elle approcha le gâteau dans l'espoir que l'odeur sucrée le tirerait de son sommeil.

– Jack ?

Elle eut beau agiter le gâteau sous son nez, il ne bougea pas. Elle se décida à le secouer doucement. Son corps était aussi lourd qu'un sac de farine. Son cœur se mit à cogner dans sa poitrine. Le mousse était plongé dans un sommeil profond – trop profond.

– JACK ! cria-t-elle en le secouant plus fort. RÉVEILLE-TOI !

Elle regarda frénétiquement autour d'elle. Sur un tonneau, elle aperçut un pot à eau et un petit flacon noir qui ressemblait à un médicament. Elle attrapa le pot et jeta l'eau au visage de Jack.

– DE L'EAU ! hurla-t-il en se redressant d'un coup. DE L'EAU !

Son visage était ruisselant et terrifié. Il ouvrait la bouche, semblant éprouver de la peine à respirer.

– Tout va bien, Jack ! Tout va bien ! cria-t-elle.

– TROP D'EAU !

– Pardon, pardon, dit-elle en sanglotant. Je ne voulais pas...

– Partout ! Il y en a partout !

Il s'agitait désespérément, comme s'il luttait contre une vague qui l'entraînait.

– Tu es en sécurité ! chuchota-t-elle. Tu es en sécurité !

Elle lui attrapa les bras et les maintint fermement. Il respirait par à-coups et tout son corps tremblait. Elle plongea son regard dans ses yeux, essayant de le réconforter d'un sourire.

– Tout va bien, Jack, murmura-t-elle. Tu es en

sécurité, tu es à terre. Tu vois ? Regarde, je t'ai apporté du cake.

Il s'accrocha à elle comme s'il risquait de se noyer. Sa respiration devenait moins hachée, mais il continuait à délirer.

– Jack ?

Ses yeux papillonnèrent d'un air endormi, puis il s'effondra sur la toile de jute.

– À la baille.

Elle acquiesça. La baille, c'était ainsi que les marins désignaient parfois la mer.

– Tu es tombé à l'eau, oui, mais tu as survécu, dit-elle d'une voix apaisante.

Il frissonna et ferma les yeux.

– Je sais que ce n'est pas le bon moment pour te parler, continua-t-elle en lui caressant doucement la main, mais c'est très important. C'est au sujet de mon père, le capitaine Chapelier.

Jack rouvrit brusquement les yeux.

– Cha... Chapelier ! Le capitaine Chapelier !

– Oui ! s'écria Cordelia, l'espoir et la peur la traversant comme une décharge. Il est vivant, n'est-ce pas ?

Jack, agité, éprouva de la peine à se redresser.

– Cor... Cor..., balbutia-t-il. Dil-ly !

– Oui ! C'est moi ! Peux-tu me dire où est père ?

D'une main tremblante, Jack fouilla à l'intérieur de

sa chemise. Il en sortit un objet, tout en bredouillant des mots que Cordelia ne put comprendre. Il serrait un tube en cuir dans sa main. Elle voulut le prendre, mais il la repoussa d'un grand geste. Le flacon de médicament tomba par terre et se brisa. Une odeur âcre lui brûla les narines.

– Oh, non !

À bout de forces, Jack laissa retomber le tube sur ses genoux.

– Pour toi, murmura-t-il. De sa part.

Il sombra à nouveau dans le sommeil.

« De sa part. » Pour elle ! Cordelia s'empara du tube en cuir. Il était plus lourd qu'elle ne l'aurait cru, fermé par un couvercle à un bout, et encore trempé. Les doigts tremblants, elle le dévissa et renversa le tube.

Un instrument en laiton tomba sur le lit. C'était le précieux télescope de son père ! Une fois à bord, il ne le quittait plus.

Elle le ramassa. La dernière personne à l'avoir tenu entre ses mains, c'était son père. Mais pourquoi le lui avait-il fait passer ?

– Ce doit être un message, chuchota-t-elle. Ou une sorte de signe.

Elle attendit, comme s'il allait soudain se mettre à parler.

Elle le porta précautionneusement à son œil. Le

rouleau de corde entassé près du lit était si proche qu'elle pouvait distinguer jusqu'aux fils rugueux du chanvre. Elle l'abaissa et cligna des yeux.

C'était, pour autant qu'elle puisse le dire, un télescope ordinaire. Tous ses espoirs et sa peur s'effilochaient, la laissant vide et désemparée.

Elle porta à nouveau le télescope à son œil et balaya l'espace.

– *YAAAR !*

Des dents jaunes et un œil exorbité.

– *AAH !*

Elle abaissa vivement le télescope. C'était le vieux loup de mer. Il se tenait, chancelant, près de la voile crasseuse, et fixait Cordelia de son unique œil injecté de sang.

– Faites quoi, mam'selle ?

Une odeur de rhum parvint jusqu'à elle.

– Je... je suis sa sœur, mentit-elle. Je suis venue lui rendre visite.

Le loup de mer pencha la tête avec une expression brumeuse.

– *Arr.*

Il remarqua le flacon brisé sur le sol et donna un coup de pied dedans.

– Tonnerre ! Y va pas être content...

– Est-ce qu'il va guérir ? demanda Cordelia, glissant le télescope à l'intérieur de sa veste.

Le regard du loup de mer revint se poser sur elle.

– La mer fait des drôles de choses aux gens, marmonna-t-il, avant de repasser de l'autre côté de la voile.

Elle entendit un glouglou suivi, peu de temps après, par des ronflements sonores.

Elle baissa les yeux sur le visage endormi de Jack.

– Tu sais la vérité, j'en suis sûre, dit-elle à voix basse. Mais tout se mélange dans ta tête, pour l'instant.

– Cordelia !

Elle fit volte-face.

– Mademoiselle Fixefond !

Sa gouvernante détonnait particulièrement, avec sa stricte robe grise au milieu de ce capharnaüm de matériel pourrissant.

– Que diable êtes-vous venue faire dans un endroit pareil, enfin ? s'écria-t-elle. Lorsque M. Bottier m'a dit que vous étiez très sûrement allée à Wapping, je n'ai pas voulu le croire. Je suis malgré tout partie à votre recherche dès que j'ai pu.

Mlle Fixefond se fraya prudemment un passage au milieu des cordes visqueuses tout en jetant autour d'elle des regards dégoûtés.

– Une demoiselle n'a rien à faire ici ! s'exclama-t-elle en pinçant le bout de son nez entre le pouce et l'index.

Elle sortit un flacon de son sac à main et aspergea généreusement Cordelia d'eau de lavande.

– Est-ce… que… je serai punie ? demanda celle-ci entre deux quintes de toux, l'odeur sucrée lui chatouillant la gorge.

– Oh ça, oui, confirma Mlle Fixefond. Mais je suis soulagée de vous avoir trouvée avant qu'il ne vous soit arrivé malheur. Venez, je vous ramène à la maison. Un phaéton nous attend.

Cordelia hésita. Elle avait été si près de découvrir la vérité sur son père ! Son regard alla de sa gouvernante à Jack.

– Est-ce qu'on peut l'emmener avec nous ? Il a besoin de soins.

Mlle Fixefond examina le mousse endormi.

– Il m'a l'air assez dégoûtant, dit-elle d'un ton désapprobateur. Vous pourrez demander à votre tante quand nous serons rentrées.

– Mais il a besoin de soins maintenant ! Il est malade ! insista-t-elle.

La gouvernante haussa un sourcil. Cordelia savait que c'était une mise en garde – un sourcil signifiait « danger en vue », deux sourcils « trop tard ! ».

– Je vous en prie ! supplia-t-elle, prenant le risque.

Pour toute réponse, Mlle Fixefond l'attrapa par la main et l'entraîna vers la porte. Elles passèrent devant le vieux loup de mer, qui ronflait même éveillé.

Mlle Fixefond vida sur lui son flacon de lavande, et il fut pris d'une quinte de toux.

Elles quittèrent le hangar et longèrent le quai au pas de course. Pas très distingué pour une demoiselle mais, cette fois, la gouvernante n'avait pas l'air de s'en soucier.

Lorsque le phaéton tourna au coin de Wimpole Street, Mlle Fixefond s'éclaircit délicatement la voix.

– Naturellement, nous sommes jeudi, et officiellement, je suis la gouvernante de M. Bottier. Aussi est-il absolument impossible que je me sois trouvée à Wapping avec Mlle Chapelier.

Une lueur de conspiration brillait dans ses yeux. Cordelia sourit et se tapota le nez.

– Pas un mot, mademoiselle. Je vous le promets.

La carriole s'arrêta et Cordelia sauta à terre.

– Bonne chance, chuchota la gouvernante tout en donnant une tape sur le côté de la voiture, qui s'ébranla.

Cordelia monta les marches du perron en deux bonds et ouvrit la porte à la volée.

– Ma tante ! appela-t-elle en s'élançant dans l'escalier. Ma tante ! Où êtes-vous ?

Ariane apparut sur le seuil de l'atelier, une bouilloire fumante à la main.

– Ah, te voilà ! Il t'en a fallu du temps ! Tu as les pâquerettes guillerettes ?

– Quoi ?

Cordelia avait complètement oublié les pâquerettes guillerettes.

– Oh ! Non, je n'en ai pas trouvé. Mais, ma tante, il y a quelque chose de bien plus important ! J'ai vu Jack Fortescue. Il est vivant, il est à Wapping !

Tiberius apparut à son tour, les sourcils froncés.

– Tu es allée à Wapping ? s'étonna Ariane.

– Oui ! répondit Cordelia, essoufflée. Parce que la princesse m'a dit...

– Jack Fortescue ? marmonna Tiberius.

– Oui ! s'impatienta Cordelia. Mais il est malade. Il a besoin d'être pris en charge et pas par un vieux loup de mer imbibé de rhum !

Sa tante et son oncle la regardaient fixement. Leur lenteur était exaspérante.

– Et il sait des choses sur père. Il peut me dire comment le retrouver, j'en suis sûre ! insista-t-elle, tendue de tout son être.

– Jack a survécu au naufrage ? demanda Ariane.

Cordelia hocha la tête, puis écarquilla les yeux d'un air suppliant.

– Et là, il est dans un dispensaire à Wapping ?

– Vous parlez d'un dispensaire ! C'est un vieux hangar !

– Il faut aller le chercher et le faire soigner ici jusqu'à ce qu'il se rétablisse, déclara Ariane d'un ton décidé. Dis à Jones d'atteler la carriole.

Cordelia sentit son âme s'envoler. Elle dévala l'escalier, traversa la cuisine en coup de vent et déboula dans les écuries, à l'arrière de la maison.

– Jones, cria-t-elle, attelez la carriole !

Elle revint en courant à l'intérieur de la maison et entreprit de rassembler quelques affaires dont Jack pourrait avoir besoin pendant le trajet – une couverture, le reste du cake, une bouteille de lait.

– Tu restes ici, Cordelia, lui dit Ariane. J'ai besoin de toi pour ranger l'atelier. Il est dans un désordre épouvantable. Un atelier mal rangé produit des chapeaux incontrôlables. Nous ne pouvons pas nous permettre de poser un chapeau de paix incontrôlable sur la tête de la princesse. Cela apporterait une paix instable.

– Mais…

– Jones n'a pas besoin de toi pour aller chercher Jack.

Cordelia déposa à contrecœur les affaires dans la carriole, donna au cocher des consignes détaillées et le laissa partir.

Ariane l'appela à l'étage.

– Ton travail t'attend, Dilly ! Je dois commencer à passer le feutre à la vapeur pour le nouveau chapeau de paix. Pendant ce temps, ton oncle ira cueillir les pâquerettes guillerettes.

Poussant un soupir, Cordelia retroussa ses manches. Elle commença par ramasser les boutons et les ailes de coléoptère qui avaient volé par terre lorsqu'ils avaient cherché partout le chapeau disparu. Elle n'avait pas eu le temps de monter dans sa chambre pour ranger le télescope de son père, aussi lui rentrait-il dans les côtes chaque fois qu'elle se baissait.

« Qu'est-ce que ça veut dire ? songeait-elle tout en démêlant un tas de rubans frétillants. Pourquoi a-t-il demandé à Jack de me remettre le télescope ? Dans quel but ? »

Ranger l'atelier lui prit beaucoup de temps, même si la maison lui prêta main-forte. Sa tante n'aimait pas que le matériel ou les placards de l'atelier participent « trop activement » mais, dès qu'elle quitta la pièce, les bobines se roulèrent par terre pour rembobiner le fil drêve. Des plumes se laissèrent planer jusqu'à leur emplacement sur le mur et des champignons risibles sautillèrent jusqu'à leur boîte.

– Merci, chuchota Cordelia, alors que sa tante revenait dans l'atelier.

Tiberius la suivait, les bras chargés de pâquerettes guillerettes.

– N'oublie pas mon système de classement, Dilly ! s'exclama-t-il.

Le système de classement de Tiberius était d'une complexité extrême. Il était constitué d'un millier de petites boîtes en bois de santal, chacune portant une étiquette à l'écriture minuscule. Impossible de mettre une plume de lunaile bleu azur dans une boîte indiquant :

Plumes

Ni même :

Plumes ~ bleues

Non, il fallait trouver la boîte exacte qui portait l'étiquette :

Plumes ~ bleues ~ (fort, lumineux)
Avi-ornithologique ~ Europe du Nord
Paisible ~ Lunal ~ Phénix renaissant
Propice au rêve ~ aspect providentiel
Marque d'argent félicité
☆☆☆☾

La suite de lunes et d'étoiles avait la plus haute importance.

Tout en plissant les yeux pour déchiffrer les pattes de mouche de son oncle, Cordelia pensait par-devers elle qu'il serait bien plus amusant de créer un chapeau en suivant son instinct plutôt que de passer d'abord des heures à consulter toutes ces petites étiquettes et à feuilleter des livres. Mais elle jugea que ce n'était guère le moment d'en faire part à Tiberius, qui tentait péniblement de tisser en ruban des filaments de lichen de concorde, et dont les soupirs exaspérés brisaient régulièrement le silence.

Cordelia remit les coquillages dans leur bocal d'eau salée, frotta les cristaux de dousse, les déposa délicatement dans leur écrin garni de velours, balaya le sol (le parquet craignait les chatouilles et frissonnait à chaque caresse du balai) et replaça les formes à chapeau sur les étagères. Mais elle n'était pas plus avancée sur la question du télescope.

« Dès qu'il ira mieux, Jack pourra me dire pourquoi il me l'a envoyé, pensa-t-elle. Et où se trouve père. »

Mais Jones n'était toujours pas revenu avec Jack.

Cordelia appuya son front contre la vitre. Le soir tombait.

– Ils devraient être rentrés depuis une éternité !

Son oncle, occupé à fixer la dernière fleur de sa

délicate guirlande de pâquerettes guillerettes, haussa les épaules. Sa tante leva les yeux, le visage rosi par la vapeur. Elle essuya son front moite.

– Bravo, Cordelia, c'est merveilleusement rangé.

La cuisinière sonna la cloche du dîner.

Cordelia ne cessait de gigoter sur sa chaise. Malgré ses efforts pour se concentrer sur son assiette, elle sursautait et courait à la fenêtre chaque fois qu'elle entendait une carriole passer dans la rue.

– Cordelia ! appela sèchement sa tante pour la neuvième fois. Reste assise, s'il te plaît !

– C'est lui, cette fois ! cria Cordelia en se précipitant pour ouvrir la porte.

La cuisinière servait déjà un bol de ragoût pour Jack, mais Jones était seul.

– Où est-il ? s'exclama la jeune fille.

Il secoua la tête, retira son chapeau et se laissa lourdement tomber sur le banc.

– J'ai passé tout Wapping au peigne fin. J'ai demandé à tous les gens que j'ai croisés. Pas pu le trouver.

– Vous êtes allé au dispensaire ? interrogea Cordelia, les sourcils froncés.

– Oui, confirma-t-il. Il y avait un vieil ivrogne

assoupi et un flacon de médicament brisé par terre, comme vous me l'aviez décrit.

– Et Jack n'était pas là ?

– Introuvable. Et tous les navires sont bloqués à quai à cause de la tentative d'assassinat. Le dernier venait de lever l'ancre pour la Jamaïque lorsque je suis arrivé au port.

Cordelia secoua la tête.

– C'est impossible, murmura-t-elle. Il était dans un état de grande confusion... Il n'a pu aller nulle part !

Sa tante posa la main sur son épaule pour la consoler, mais Cordelia la repoussa.

– Sur le chemin du retour, quand je suis passé devant la maison des Gantier, ils criaient au voleur. Ils ont été cambriolés, eux aussi, cet après-midi. Et les Horloger ce matin même, à ce que j'ai entendu dire.

La cuisinière ouvrit la bouche, tandis que Tiberius laissait échapper un grognement.

– Les Horloger, les Gantier et nous, résuma Ariane d'un air sombre.

– Tous les artisans sont menacés, dit Petronella de sa voix rauque.

– Ce sont sûrement ces fichus Bottier..., commença Tiberius.

– Mais Jack ! l'interrompit Cordelia. Il sait des choses sur mon père. Je dois... je dois...

Elle sentait sa dernière chance de trouver son père lui glisser entre les doigts.

– Il faut retrouver Jack !

– Parfois, quand on a survécu à un drame, on n'est plus soi-même, dit doucement Tiberius. Le plus facile est alors de fuir.

– Mais Jack n'a pas pu s'enfuir ! Il n'avait même pas la force de rester assis ! protesta Cordelia.

Tiberius la serra contre lui tout en murmurant des paroles de réconfort, mais elle n'entendait que le bruit des vagues déferlant sur les rochers. Ou peut-être était-ce le sang qui battait contre ses tempes.

Elle se dégagea de l'étreinte de son oncle.

– Mais… il reste de l'espoir, n'est-ce pas ? chuchota-t-elle.

– Ma chérie, commença Ariane, la voix chargée d'une compassion insupportable.

Cordelia ne voulait pas l'entendre.

– Non ! gémit-elle en s'enfuyant hors de la pièce. Il y a encore de l'espoir ! Il y a…

Agatha !

Agatha était certainement revenue.

Elle grimpa l'escalier quatre à quatre. Son cœur se déchirait dans sa poitrine. Une fois dans la bibliothèque, elle ouvrit la fenêtre et se pencha dans la nuit, guettant le froissement des ailes de l'oiseau lui rapportant un message de son père.

Rien. Rien qu'un ciel immensément vide.

– Qu'est-ce que je peux faire, maintenant ? sanglota-t-elle.

De légers bruits de pas se firent entendre sur le seuil de la pièce. Ariane l'avait rejointe.

– Cordelia ? Peux-tu m'aider à installer le bol à étoiles sur le toit ? s'enquit-elle avec douceur. Je crois que nous devrions tous nous coucher de bonne heure. Nous avons besoin de toutes nos forces pour travailler sur le chapeau. Il doit être terminé et livré au palais après-demain. Nous ne devons pas oublier notre devoir, même en ces temps si difficiles.

Elle la prit par la main.

Tiberius entreprit de faire tout un tas de nœuds compliqués avec de la corde de verrouillette autour de la porte de l'atelier, tandis que Cordelia aidait sa tante à porter le bol à étoiles sur le toit.

C'était un bol profond, en argent, muni d'un couvercle bombé en verre. Elles le posèrent avec précaution sur le bord en brique de la cheminée. La planète Mars rougeoyait dans le ciel, à l'ouest, aussi Ariane dirigea-t-elle le bol vers l'est.

– Demain matin, il sera plein de lueurs d'étoiles fraîches, chuchota-t-elle.

Les astres se reflétaient déjà sur le couvercle en verre.

– Ils nous aident à trouver notre chemin, petite

Chapelier, lui avait un jour expliqué Prospero, assis sur cette même cheminée. Les étoiles nous guident à travers le monde. Elles sont toujours là, au-dessus de notre tête, mais nous ne les voyons qu'à la nuit tombée. Alors, si tu es perdue, il faut attendre qu'il fasse noir – si noir que tu ne vois même plus le bout de ton nez. Puis tu lèves les yeux vers les étoiles et tu commences déjà à te trouver.

Cordelia s'était blottie dans les bras de son père, émerveillée par sa sagesse aussi profonde que le ciel.

Ce soir-là, elle voulut regarder les étoiles, mais ses yeux la picotèrent et une larme roula sur sa joue. Elle fut soulagée que sa tante ne puisse pas voir son visage dans l'obscurité.

Lorsqu'elle se mit au lit, elle refusa de fermer les paupières. Serrant le télescope de son père contre son cœur, elle resta immobile, espérant un miracle.

« Peut-être, chuchota une petite voix dans sa tête, peut-être est-ce la dernière chose qu'il a faite avant d'être englouti par les vagues. Peut-être l'a-t-il lancé à Jack, comme ma mère m'a lancée dans la boîte à chapeau, juste avant de mourir. Pour que je puisse garder un souvenir de lui… »

– Non, déclara-t-elle d'une voix ferme. Il doit y avoir une autre raison.

Elle sortit de son lit et marcha jusqu'à la fenêtre. Elle déploya complètement le télescope. Il était

« Ils nous aident à trouver notre chemin, petite Chapelier », lui avait un jour expliqué Prospero, assis sur cette même cheminée.

presque trop long pour elle et terriblement lourd. Lorsqu'elle le porta à son œil, les cheminées d'en face lui parurent soudain à portée de main.

Elle le dirigea vers le ciel étoilé.

On aurait dit que quelqu'un avait promené ses mains tachées de lueurs d'étoiles sur une vitre. Les étoiles, floues, formaient des éclaboussures sur le tissu noir de la nuit. Cordelia fit le point, comme son père le lui avait appris, et les étoiles devinrent parfaitement nettes.

Dans un bruissement, un morceau de papier se détacha du télescope et tomba avec légèreté sur les pieds de Cordelia. Elle s'empressa de le ramasser et se rua vers la cheminée, où les braises produisaient assez de lumière pour lire.

Elle regarda le papier, puis le retourna, et le retourna encore. Il était vierge.

– Ce n'est pas possible !

Elle tisonna les braises, puis s'approcha à nouveau. Rien, un bout de papier lisse et blanc.

– Père ! s'écria Cordelia.

Le cœur chaviré, elle se rappela que l'étui en cuir du télescope était imbibé d'eau de mer lorsque Jack le lui avait donné. Il l'avait glissé sous sa chemise pour nager vers le rivage. Les mots avaient été effacés par les vagues sans remords.

Cordelia s'agenouilla sur le petit tapis devant le feu

mourant, serrant le papier blanc dans sa main. Elle se demanda avec douleur quels étaient ces mots qui avaient disparu en mer.

Elle n'aurait pas su dire combien de temps elle resta assise là, bercée par le doux chuchotement du vent qui soufflait autour de la maison des Chapelier et par le tintement infiniment délicat des lueurs d'étoiles tombant dans le bol sur le toit… Sa tête devint de plus en plus lourde. Elle appuya sa joue contre les tomettes chaudes de la cheminée.

– Il y a encore de l'espoir, marmonna-t-elle, rêvant déjà qu'elle trouverait les mots perdus de son père flottant à la dérive dans l'océan du sommeil.

Les braises rougeoyantes se transformèrent lentement en cendres.

Dans un hôtel particulier, non loin de là, une ombre escaladait la fenêtre d'une salle d'étude, laissant une empreinte sur le rebord de la fenêtre.

Cordelia se réveilla par terre dans sa chambre, la joue contre les tomettes froides de la cheminée. Des notes de carillon résonnaient dans toute la maison des Chapelier. On aurait dit que sa grand-tante avait renversé un pot de rayons de lune dans l'escalier.

Cordelia se laissa guider par le son jusqu'au vestibule, mais personne n'avait renversé le moindre rayon de lune.

Ariane surgit de l'atelier, les bras chargés de feuilles de palmiers placides.

Tiberius, penché par-dessus la balustrade, s'écria :

– Par le tricorne de Mathusalem ! Ce ne serait pas l'horloge sommante ?

– Ça fait trente ans que je n'avais pas entendu ce son, chuchota Ariane.

Cordelia allait demander ce qu'était une horloge sommante, mais la surprise lui coupa la parole.

L'antique horloge trônant dans le coin du vestibule avait bougé. Jamais, de sa vie entière, Cordelia ne l'avait vue bouger. Elle avait toujours été là, raide et impassible, telle une sentinelle gardant son secret. Elle était scellée à même le mur de la maison Chapelier et Cordelia était certaine d'avoir surpris plus d'une fois Tiberius lui jeter un regard noir. Mais si elle s'avisait de la toucher ou de vouloir tourner la clef pour la remonter, sa tante, son oncle, la cuisinière ou même une fois son père, lui tombait dessus :

– Laisse-la tranquille, Cordelia.

Et voilà que ses aiguilles s'étaient mises à tourner et qu'à l'intérieur de son corps ancien, des carillons faisaient entendre une petite musique. Soudain…

– Oh ! s'écria Cordelia.

Une petite porte en bois s'était ouverte. Et une silhouette en bois en sortit. Le personnage était vêtu de façon exquise, avec des chaussures vernies miniatures, une ample cape, une paire de gants, une montre à gousset de la taille d'un pépin de pomme et un chapeau noir démodé orné d'une minuscule plume. Il portait à la main une élégante canne de marche, aussi fine qu'une brindille, parée d'un délicat pommeau en argent.

Ariane et Tiberius descendirent rejoindre Cordelia dans le vestibule. Tous trois regardèrent l'habitant secret de la pendule les saluer en soulevant son chapeau, puis pivoter sur ses talons et repartir à l'intérieur.

La petite porte claqua, les aiguilles se figèrent, les carillons se turent.

– Vous savez ce que cela signifie, Ariane, marmonna Tiberius.

– En effet, répondit-elle d'un air sombre.

– Que..., commença Cordelia.

– Cordelia, va enfiler tes plus beaux vêtements, lui ordonna sa tante.

Son expression était si sévère que la jeune fille fila dans l'escalier sans poser aucune des questions qui lui trottaient dans la tête.

Vingt minutes plus tard, les Chapelier marchaient le long de Bond Street, vêtus de leurs plus beaux atours et portant des chapeaux à l'allure spectaculaire.

– Où allons-nous ? demanda Cordelia, obligée de trottiner pour ne pas se laisser distancer.

– À la maison des Guildes, répondit Ariane, qui

marchait avec la détermination d'un bateau de guerre, toutes voiles dehors.

– Qu'est-ce que la maison des Guildes ? demanda Cordelia, essoufflée, peinant à rester dans son sillage.

– Tu verras quand nous y serons, ahana Tiberius, qui suivait en poussant le fauteuil roulant de Petronella.

Celle-ci riait de plaisir quand le vent rabattait les pans de son châle noir sur son visage.

– Mais pourquoi l'horloge a-t-elle sonné ? Est-ce que vous l'avez remontée, mon oncle ?

Tiberius avançait péniblement à travers la foule, se servant de Petronella et de son fauteuil pour se frayer un passage.

– Non, ce n'est pas moi, souffla-t-il. Elle a été taillée dans un chêne de Roiterre, qui a été foudroyé lors de la grande tempête de 1492. Six horloges identiques ont été sculptées dans son bois et, lorsqu'on remonte l'une d'elles, les six autres sonnent en même temps. C'est pourquoi tu avais ordre de ne jamais la toucher. Tu aurais déclenché des carillons aux quatre coins de la ville.

Cordelia s'arrêta sur place, fascinée.

– Mais où sont les cinq autres horloges ? demanda-t-elle en bondissant pour rattraper son oncle.

Il ne l'entendit pas.

Sur le trottoir d'en face, par-delà le défilé de

charrettes et de carrioles, Cordelia aperçut les Tailleur qui marchaient dans la même direction qu'eux. La grande famille de huit formait une élégante procession. Ils portaient eux aussi leurs plus beaux habits et l'expression la plus glaciale.

« Étrange. »

– Mon oncle, regardez, dit Cordelia en les désignant.

Il grogna et plissa les yeux, mais ne parut pas surpris.

– Par ici ! appela Ariane en disparaissant au coin de la rue.

Cordelia accéléra.

Ils s'engouffrèrent dans une ruelle. De chaque côté, l'arrière des bâtiments se dressait comme les parois d'un canyon. La ruelle, tortueuse, faisait des zigzags, de plus en plus sombre et de plus en plus étroite.

Après un virage en épingle, Ariane s'arrêta si brusquement que Cordelia lui rentra dedans. Les roues du fauteuil de Petronella grincèrent.

Les Chapelier se trouvaient sur une place délabrée, face à un bâtiment très ancien, imposant, avec des murs en brique rouge rubis, des fenêtres à croisillons et des cheminées hélicoïdales.

Le linteau qui surplombait la porte en chêne cloutée portait une statue identique au petit personnage en bois apparu dans le vestibule des Chapelier, à ceci près qu'il était de taille humaine. Il affichait un sourire triomphant et ne semblait pas prendre ombrage de ce que son chapeau soit effrité, ni de ce que sa canne élégante soit brisée.

Malgré son caractère grandiose, le bâtiment avait un air triste et abandonné, comme si ses murs et ses fenêtres vides attendaient quelque chose.

– Ma tante, quel est donc cet endroit ? s'enquit Cordelia, à bout de souffle.

Ariane la regarda avec un mélange de tristesse et de fierté.

– Seuls les artisans et les monarques peuvent ouvrir ces portes, répondit-elle en posant la main sur la poignée en laiton.

Elle la tourna.

La porte s'ouvrit en grinçant sur un vestibule plongé dans la pénombre.

Cordelia pénétra à l'intérieur.

CHAPITRE 19

L'air était chargé de poussière et de magie.

Avant même que ses yeux s'habituent à l'obscurité, Cordelia se sentit enveloppée par l'histoire des lieux : le froid qui émanait du sol en marbre, la douce odeur de résine des panneaux de bois qui couvraient les murs. Elle avança à tâtons et effleura en passant des rideaux en velours rendus rêches par le temps.

Elle se retrouva dans une immense salle circulaire, entourée de hauts piliers. La lumière filtrait à travers le vitrail d'une vaste fenêtre, projetant un motif chatoyant et coloré sur le parquet. Le plafond, un dôme, était orné de fleurs en plâtre, des tapisseries et des tableaux décoraient les murs, chaque porte était surmontée d'armoiries en bois sculpté, et un grand escalier en acajou montait avec élégance vers une galerie.

Cordelia s'avança au milieu de l'immense salle, laissant derrière elle l'empreinte de ses pas dans la poussière. Autour d'elle, l'air vibrait d'une magie inexprimée. Elle se sentait comme à l'intérieur d'un secret.

– Je suis désolée de ne t'avoir jamais parlé de la maison des Guildes, murmura Ariane en la rejoignant, mais nous ne savions pas par quel bout commencer. En outre, cela fait bien trente ans qu'une assemblée des artisans n'avait pas été convoquée...

– Elle a été bâtie il y a plus de deux cent cinquante ans par le roi Henri VIII, que tu peux voir ici, ajouta Tiberius, qui lui fit signe de se rapprocher d'une grande peinture à l'huile. Notoirement vaniteux, tel était le roi Henri. Il nommait les familles d'artisans de la Garde-Robe royale et, toutes les deux à trois semaines, il venait essayer de nouveaux habits. C'est ici que travaillaient nos ancêtres, qui créaient des chapeaux pour le roi.

Cordelia observa le tableau. Elle reconnut le monarque à son large visage. Il était entouré d'artisans diligents, tous occupés à le parer de somptueux accessoires.

– Oh, le roi Henri était un vilain garçon, soupira

Cordelia s'avança au milieu
de l'immense salle, laissant derrière
elle l'empreinte de ses pas dans la poussière.

Petronella en regardant la peinture. Après qu'il a fait décapiter sa seconde épouse, ma mère me faisait cacher dans la penderie lorsqu'il venait pour les essayages. Elle redoutait qu'il ne s'entiche de moi.

Cordelia se tourna vers sa grand-tante.

– Mais… c'était il y a plus de deux cents ans !

– Oui, approuva Petronella. J'étais bien jeune, à l'époque.

Cordelia observa la gracieuse jeune fille peinte en train de poser une toque brodée sur la tête du roi, puis elle se tourna pour examiner le visage parcheminé de sa grand-tante, aux rides si marquées qu'elles semblaient taillées dans du marbre.

– Grand-tante, quel âge avez-vous exactement, si je peux me permettre ? demanda Cordelia, tâchant de se montrer le plus polie possible.

Petronella posa sur elle un regard pétillant.

– Oh, j'ai cessé de compter après cent ans…

– Mais c'était il y a combien de temps ?

– Ah, mon petit, le temps est une chose toute relative !

Cordelia ne put décider si sa grand-tante plaisantait. Elle se tourna à nouveau vers la peinture, toujours aussi perplexe, puis elle remarqua un détail qui lui parut curieux.

– Mais… il y a six artisans sur ce tableau !

s'exclama-t-elle. Chapeau, cape, gants, montre, bottes et... est-ce un bâton de marche ?

– Une canne, la corrigea son oncle, les mâchoires serrées. Les Cannier.

– Qui sont les Cannier ? Pourquoi sont-ils représentés sur ce tableau ? Je croyais qu'il n'y avait que cinq familles d'artisans.

– Il y en avait six, reconnut Ariane, dont les pas résonnèrent dans l'immense salle vide. À l'origine, le roi Henri avait nommé six familles d'artisans. Il n'était pas seulement vaniteux, il était également paranoïaque, hanté par la peur d'être renversé par ses ennemis ! Il dota les six meilleures familles d'artisans d'une charte royale et fit fermer boutique aux autres.

– Parce qu'il y en avait d'autres ?

– Oh oui, dit Petronella. Il fut un temps où tout le monde en Angleterre était libre de créer ce que bon lui semblait, et pas seulement des habits. Puis le roi décida qu'il voulait garder ce pouvoir pour lui seul, et quiconque surpris en train de fabriquer quoi que ce soit en dehors de la charte royale était jeté en prison.

– Mais pourquoi ? s'écria Cordelia.

– Le roi craignait que quelqu'un invente un chapeau qui le rende plus intelligent ou des gants qui lui confèrent une plus grande force ou une montre d'une élégance irrésistible, et qu'il essaie de le détrôner pour prendre sa place. Il fit signer aux six familles l'engagement de ne jamais nuire. C'est de là que vient la devise des artisans : *Noli nocere*, ne cause de tort à personne.

– Je croyais que c'était la devise de notre famille ? s'étonna Cordelia.

Sa tante secoua la tête.

– C'est celle de tous les artisans, dit-elle, ignorant les grincements de dents de Tiberius dans son dos.

Cordelia fronça les sourcils.

– Mais les Cannier… Que leur est-il arrivé ?

– Après la mort du roi Henri, nous avons continué notre ouvrage. Les six familles nommées par le roi se rendaient chaque jour à la maison des Guildes et travaillaient pour la famille royale. En 1632, le roi Charles 1er élargit notre clientèle aux membres de l'aristocratie. Nous créions des tenues pour la noblesse, mais devions réserver les plus belles pour le roi. Ainsi était-il sûr de garder son prestige et de rester le plus puissant. Chaque famille d'artisans disposait d'un atelier ouvrant sur cette grande salle. Celui des Chapelier se trouvait juste là…

Elle désigna une grande porte surmontée d'un bouclier avec un chapeau orné d'un panache de plumes et entouré de sept étoiles.

– Oh ! s'exclama Cordelia.

Elle était surprise de voir à quel point l'emblème

des Chapelier semblait parfaitement à sa place dans ce lieu étrange et ancien.

– Sais-tu pourquoi nos armoiries comptent sept étoiles ? lui demanda Ariane.

Elle secoua la tête.

– Il y en a une pour chaque famille, lui expliqua sa tante. La septième représente l'idée que les artisans brillent plus fort lorsqu'ils œuvrent ensemble. Si tu as un chapeau, une paire de gants ou une cape, c'est bien, mais seuls, ils ont moins de pouvoir. Le dicton veut que la magie la plus puissante surgisse quand les six artisans s'unissent.

Tiberius gronda en regardant le portrait d'un Gantier potelé qui souriait d'un air innocent.

– Nous partagions volontiers nos petits secrets et nos ingrédients, nos nouvelles techniques et nos découvertes, raconta Petronella. Il y eut bien une petite querelle entre les Chapelier et les Bottier au début des années 1600, et des soucis au milieu du siècle avec un dénommé Oliver Cromwell. Mais, de façon générale, les générations d'artisans s'entendirent à merveille pendant environ deux cents ans…

Elle s'interrompit.

– Et alors… que s'est-il passé ? interrogea Cordelia.

– Il y a trente ans… Solomon Cannier brisa le serment des artisans.

– La promesse de ne pas causer de tort ?

Petronella hocha gravement la tête.

– Il se mit à fabriquer secrètement des cannes-épées. Il incrustait le pommeau de ses cannes avec des pierres précieuses ou des sculptures qui renforçaient l'impulsivité, l'orgueil ou la vanité, et il cachait une fine lame à l'intérieur de la canne.

Cordelia chercha des yeux les armoiries des Cannier. Elle les aperçut à l'opposé de la porte des Chapelier : deux cannes croisées qui se terminaient par un éclair.

– Il utilisait des éléments menaçants dans ses créations, continua Petronella.

Cordelia écarquilla les yeux.

– À l'époque, tous les matériaux dangereux que les artisans rapportaient de leurs voyages étaient enfermés dans l'armoire menaçante, ici, à la maison des Guildes.

Elle tendit le doigt vers le mur. Au centre du panneau de bois se trouvait une grande porte en fer. Cordelia frissonna en apercevant, gravé dans la porte, un crâne ricanant.

– Comme dans la maison Chapelier ? demanda-t-elle.

– Oui, dit sa grand-tante. Mais celle-ci est bien plus grande. Et elle était fermée avec six verrous – vois-tu les serrures ?

Cordelia s'approcha de l'armoire. Sous le crâne, elle découvrit une rangée de six os, chacun percé d'un trou.

– Chaque famille d'artisans disposait d'une des clefs. Ainsi, l'armoire menaçante ne pouvait être ouverte qu'avec l'accord de tous. Le but était d'empêcher l'usage de matériaux dangereux.

Cordelia hocha la tête. Le crâne la fixait de ses orbites creuses.

– Mais Solomon Cannier avait une autre idée sur la question. Il partit à la recherche d'éléments menaçants et les accumula en secret. Il ne toucha mot à personne des matériaux qu'il avait récoltés à travers le monde.

Cordelia se tourna vers sa grand-tante.

– Mais pourquoi ?

– C'était un homme cupide. Il voulait que tout le monde, à Londres, possède une canne de chez Cannier. Et pour cela, il voulait que les gens aient peur de se déplacer sans la protection de leur propre canne. Peut-être que le plus dangereux de tous les matériaux utilisés était ses mauvaises intentions : il instillait le mal dans chaque canne-épée. Il en fabriqua des centaines avant d'être pris en flagrant délit.

– Que s'est-il passé ?

Le visage de Petronella s'assombrit.

– Un jeune homme fut tué, dit-elle à voix basse.

Un très jeune homme, encore un enfant. Il s'appelait Abel Dudluk, c'était le benjamin du duc de Dudluk. Un soir, à Piccadilly, le jeune Abel échangea des mots un peu vifs avec le fils d'un écuyer. Les témoins dirent que la querelle s'envenima très vite. On entendit bientôt le bruit des cannes s'entrechoquant, puis soudain, on vit un éclat métallique, un second, et un instant plus tard, l'un des garçons gisait sur le trottoir et l'autre s'était enfui. On découvrit qu'ils avaient tous deux acheté leur canne le jour même.

Cordelia se sentit glacée d'effroi. Un artisan était responsable de cette mort !

– Le duc n'eut de cesse que le meurtrier de son fils soit puni, continua Petronella d'une voix pesante. Le pauvre garçon fut retrouvé et pendu à Newgate. Lorsque le sieur conseiller privé trouva la canne-épée qui avait causé le drame, il comprit la duperie des Cannier. La famille fut exclue de la charte royale, tandis que Solomon fut accusé de traîtrise et exécuté sur Tower Hill. Mme Cannier et ses deux enfants, déshonorés et sans un sou, trouvèrent refuge dans un asile de pauvres. Ils moururent moins d'un an plus tard. La jeune Cannier n'avait même pas ton âge. Ce fut une terrible tragédie.

Cordelia observa le blason des Cannier, qui dégageait quelque chose d'effrayant. Les éclairs semblaient représenter la foudre de la vengeance. Elle pensa à la jeune Cannier, arrachée à sa vie dorée pour finir dans un asile misérable et puant, où elle avait trouvé la mort.

Elle frissonna.

– Mais pourquoi la maison des Guildes est-elle déserte ? demanda-t-elle, balayant du regard la salle abandonnée, puis levant les yeux vers le grand vitrail, qui figurait six artisans vêtus à la mode élisabéthaine.

Le visage de Cannier avait été brisé, si bien qu'il ne restait plus qu'un terrifiant corps sans tête.

– Pourquoi tout le monde est-il parti, si seuls les Cannier étaient coupables ?

– Vois-tu, mon petit, les anciennes rancœurs resurgissent souvent dans les moments de crise, répondit sa grand-tante. Tout le monde était éprouvé par ce qui s'était passé et les émotions étaient vives. Puis les Bottier accusèrent les Chapelier de leur voler leurs idées...

– Peuh ! explosa Tiberius, sa voix résonnant dans la salle immense. Les Bottier gardaient des secrets. Et les Tailleur ne partageaient pas tout non plus ! Les Horloger furent les premiers à partir. Ils prétendirent qu'ils n'entendaient pas le tic-tac de leurs précieuses montres avec toutes ces querelles qui éclataient dans la grande salle. Ensuite, ce fut au tour des Tailleur de faire leurs valises. Puis les Gantier ne tardèrent pas à suivre. Il ne resta que les Chapelier et les Bottier, et nous ne pouvions plus supporter la vue de ces inutiles…

– Tiberius ! siffla Ariane.

Il s'interrompit net. Cordelia se retourna.

Tous les artisans de Londres étaient là.

Les dix Gantier arboraient tous la même expression furieuse. Le vieil Horloger se tenait discrètement derrière un pilier, serrant les mains de ses deux petits-enfants. Les Tailleur s'étaient rassemblés au pied de l'escalier. Et les quatre Bottier ruminaient sur le seuil.

Cordelia, à deux doigts de saluer Lulu, se ressaisit de justesse. Ils devaient faire semblant d'être ennemis. Il affichait un visage hostile et elle s'appliqua à suivre son exemple, avançant la mâchoire inférieure et fronçant les sourcils. Il était très convaincant.

– Tiberius Chapelier ! lança Mme Bottier. Comme toujours, votre voix est encore plus criarde que votre chapeau. Ce qui n'est pas peu dire.

Cordelia crut entendre son oncle rugir. La plume rouge de crête de dindon dodu qui trônait tout en haut de son immense chapeau frémit.

– Nigella Bottier, riposta-t-il, ôtant son chapeau et exécutant une révérence théâtrale, votre tronche, comme toujours, ressemble à votre plus belle savate.

Mme Bottier tordit le nez. Cordelia jeta discrètement un regard à Lulu, qui fixait Tiberius d'un air furieux.

Un des jumeaux Gantier tourna la tête pour tirer la langue à Cordelia. Elle y répondit par sa grimace la plus expressive.

– Allons, allons, essayons de rester courtois, déclara le plus grand des Tailleur d'une voix traînante, tout en faisant ondoyer sa cape moirée. Ne nous abaissons pas...

– Ha ! s'exclama Mme Bottier d'une voix forte. Nous savons bien que vous, les Tailleur, vous vous considérez au-dessus de tout. Y compris de *nous*.

Le vieil Horloger fit entendre sa désapprobation, tandis que les deux petits Horloger clignaient des yeux comme des hiboux. Le plus jeune suçait son pouce.

– Quelqu'un ici est en dessous de tous les autres, rétorqua le grand Tailleur, tandis que son regard passait d'une famille à l'autre. Quelqu'un ici est un gredin de la plus basse espèce.

– Ne regardez pas dans notre direction, explosa M. Bottier, C'est nous qui avons été volés la nuit dernière !

– Et nous, nous avons été volés hier après-midi ! s'écrièrent en chœur deux Gantier.

– Et nous, hier matin ! rétorqua sèchement le grand Tailleur.

– Nous avons été cambriolés l'avant-dernière nuit ! tonna Tiberius. Je vous défends de tendre vos doigts gantés vers les Chapelier !

– L'horloger est le seul à ne pas avoir été volé, dit un jeune Tailleur d'un ton énervé. Ce doit être lui le voleur !

Tout le monde se tourna vers le vieil homme, qui se recroquevilla contre le pilier.

– Ne soyez pas ridicules ! se moqua Ignatius, le frère aîné de Lulu. Un vieillard comme lui ? Il serait incapable de voler un cookie dans la boîte à biscuits !

– Je vous demande pardon..., commença l'horloger d'une voix tremblante, qui se retrouva vite noyée sous les vociférations.

– Comment être sûr que vous ne vous êtes pas volée vous-même, espèce de vieille botte ? cria Tiberius. Histoire de passer pour innocente !

– C'est absurde !

– Insensé !

– Nos gants de paix ont disparu !

– La cape était presque terminée !

– Notre armoire menaçante a été forcée !

– Qui est le voleur ?

– Vaurien !

– BON À RIEN !

Cordelia observait les artisans se déchaîner les uns contre les autres, le visage déformé par la colère.

Peut-être la maison des Guildes avait-elle connu pareille cacophonie trente ans plus tôt, lorsque l'infamie de Cannier fut révélée au grand jour et que la peine et la méfiance firent voler en éclats leur bonne entente.

Cordelia se mordilla la lèvre en voyant Lulu proférer des insultes dans sa direction. Il prenait son rôle vraiment très à cœur.

– Qui a remonté l'horloge sommante ? demanda Ariane au milieu du vacarme. QUI a remonté L'HORLOGE SOMMANTE ?

Tous les artisans se turent.

BAM ! BAM ! BAM !

Quelqu'un frappait à la porte de la maison des Guildes.

– Qui cela peut-il être ? s'impatienta Mme Bottier. Lucas, va voir.

Lulu sortit précipitamment de la salle.

– Personne ne veut reconnaître avoir convoqué

cette réunion ? demanda Ariane d'un ton brusque. Et s'expliquer sur ses raisons ?

Cordelia examina les visages des artisans, qui se jetaient des regards haineux en attendant que le coupable se désigne. Elle entendit un petit ricanement. Elle fusilla du regard les filles Gantier, qui lui répondirent par un sourire méprisant.

Lulu revint dans la salle, talonné par Lord Witloof. L'attrapeur de voleurs les suivait.

– Lord Witloof ! déclara Mme Bottier en faisant une profonde révérence.

Soucieux de ne pas demeurer en reste, les autres artisans l'imitèrent. Le nez d'un Gantier faillit toucher le sol, tant il s'inclina bas.

– Votre Grâce daigne nous honorer de sa présence, ce matin, commença Mme Bottier. Je suis votre très humble...

Mais Lord Witloof la fit taire d'un geste agacé de la main. Il se fraya un chemin au milieu des uns et des autres et grimpa sur la deuxième marche du grand escalier afin d'être vu de tous.

Austerloi l'attrapeur de voleurs resta près de la porte.

Lord Witloof se racla la gorge.

– Je suis très étonné de vous trouver tous rassemblés ici à faire la fête alors que les habits de paix ont pris un retard considérable !

Mme Bottier bomba le torse comme un pigeon, ouvrit la bouche pour protester avant de se dégonfler lentement lorsqu'il ajouta :

– Les pourparlers de paix ont lieu après-demain et vous, vous prenez du bon temps ! Jamais, depuis que je suis conseiller privé, je n'ai vu un comportement aussi indigne !

– Mais, messire, commença le grand Tailleur, irrité, nous avons tous été volés...

Lord Witloof fronça les sourcils et cligna plusieurs fois des yeux.

– Peuh ! se moqua l'attrapeur de voleurs. Je vous soupçonne d'avoir mis en scène ces cambriolages afin de vous faire passer pour des victimes.

Le tailleur en resta bouche bée.

– Exactement ! Avez-vous réellement commencé à confectionner les habits ? s'exclama Lord Witloof avec humeur, en se tordant les mains. Vous souciez-vous seulement de vos devoirs envers la Couronne ?

– Messire, nous avons travaillé jour et nuit..., commença Ariane, mais Lord Witloof continua sa diatribe d'une voix indignée.

– Désirez-vous voir les pourparlers échouer ? Vous réjouirez-vous si l'Angleterre succombe face à la France ? Accueillerez-vous comme une bénédiction une invasion qui vous permettra de vendre plus de gants, plus de capes, plus de chapeaux ?

– Et plus de bottes ! compléta Ignatius Bottier.

Sa mère lui donna un coup de coude dans les côtes.

Lord Witloof frémit de colère.

– D'abord, vous échouez à aider le roi, et voilà maintenant que vous échouez à réaliser les habits de paix. Son Altesse m'a confié qu'elle envisageait sérieusement de déchirer la charte des artisans.

Cordelia entendit sa tante retenir son souffle et son oncle pousser un gémissement de désespoir. Une clameur s'éleva, mais Lord Witloof tendit la main pour obtenir le silence.

– Vous savez ce que cela signifie, n'est-ce pas ? Sans charte royale, vous n'aurez rien le droit de fabriquer. Ce serait la fin de la tradition des artisans en Angleterre.

Cordelia sentit son cœur chavirer. « La fin des artisans ! » Elle avait la nausée rien que d'y penser.

– Lord Witloof, vous devez nous croire ! s'écria Mme Bottier. Nous avons quitté notre atelier à minuit hier soir et, lorsque j'ai rouvert la porte ce matin à l'aube, les bottes de paix avaient disparu. Notre armoire menaçante avait été forcée, et entièrement vidée !

Sa voix était tendue comme la corde d'un arc à deux doigts de craquer… et soudain, elle craqua.

– C'est ELLE ! cria-t-elle en désignant Cordelia d'un geste rageur. C'EST ELLE LA VOLEUSE !

La salle retint son souffle comme un gros animal et tous les regards se fixèrent sur Cordelia, qui eut soudain l'impression d'être privée d'oxygène.

– Cette accusation est scandaleuse ! rétorqua sèchement Ariane.

– Grotesque ! aboya Tiberius.

– Absurde ! lança Petronella.

– Elle traînait ses guêtres sous la fenêtre de notre atelier hier matin ! Juste avant le vol ! Elle rôdait ! ELLE AVAIT DES INTENTIONS MALVEILLANTES ! hurla Mme Bottier.

Ses yeux lançaient des flammes et sa bouche était pleine de dents.

L'attrapeur de voleurs marcha sur Cordelia. Saisie de vertige, elle se mit à trembler. Son cœur cognait terriblement fort.

– Elle traînait ses guêtres sous la fenêtre ? Elle rôdait ? Elle avait des intentions malveillantes ? déclama-t-il, se penchant pour l'observer.

Son nez s'arrêta à un centimètre du sien et ses yeux la fixèrent sans ciller, comme ceux d'un poisson.

La voix de Cordelia avait fui très loin. Elle alla la chercher, tout au fond de son estomac.

– Je... je... jamais je ne ferais quelque chose avec des intentions malveillantes ! balbutia-t-elle. Je ne sais même pas ce que c'est ! Et je n'ai jamais volé ni dérobé ni chapardé quoi que ce soit !

Les regards de la foule – certains suspicieux, d'autres surpris – la transperçaient comme des aiguilles. Lord Witloof l'observait depuis l'escalier.

– Je ne sais pas qui a commis les vols, mais Cordelia n'est pas coupable, c'est ridicule, déclara Ariane d'un ton qui ne tolérait aucune contestation. C'est de l'hystérie pure.

– Si jamais je vous surprends en train de traîner vos guêtres ou de rôder avec des intentions malveillantes, à quelque endroit où vous n'avez rien à faire, mademoiselle Chapelier, gronda l'attrapeur de voleurs, la voix lourde de menace, vous vous retrouverez dans mon fourgon avant d'avoir le temps de dire ouf.

Il se redressa, mais continua à la toiser de toute sa hauteur. Cordelia chercha le regard amical de Lulu au milieu de la foule, mais il fixait obstinément ses chaussures. Elle aurait aimé qu'il relève la tête.

– Je crois que la pression a eu raison de vous, madame Bottier, déclara Ariane, la voix coupante comme une épée. Peut-être avez-vous besoin d'un peu de repos.

– Bien essayé, Chapelier ! cracha Mme Bottier. Je vous fais des souliers bien plus beaux que vos chapeaux quand vous voulez !

– Alors faites-le, je vous prie ! supplia Lord Witloof d'un air épuisé. Par ordre de la princesse héritière, je vous somme de rentrer chez vous et de vous mettre au travail ! Vous avez jusqu'à demain midi pour confectionner des habits de paix. Si vous échouez, les pourparlers échoueront eux aussi et notre pays entrera en guerre. Et vous n'aurez plus jamais le droit de confectionner quoi que ce soit !

L'assemblée des artisans se massa devant la porte, tandis que Lord Witloof les pressait de sortir. Malgré la cohue, Cordelia sentit que l'attrapeur de voleurs continuait à l'observer. Elle le défia du regard, relevant le menton pour se sentir plus courageuse, même si ses jambes la portaient à peine.

– Viens, Cordelia ! lui intima Ariane en l'attrapant par la main.

– Je me suis toujours demandé, dit Tiberius d'une voix forte, ce qui est venu en premier : une vieille savate qui ressemblait à un visage ou un visage qui ressemblait à une vieille savate ?

Mme Bottier lui jeta un regard noir en passant

devant lui, suivie par Lulu. Cordelia essaya d'établir le contact, mais il fixait le sol, le visage de marbre.

Tout le monde se retrouva entassé dans le vestibule plongé dans l'obscurité la plus totale. Les portes d'entrée étaient coincées. Les artisans commencèrent à s'agiter, à crier des conseils et à râler parce qu'ils perdaient leur temps.

Cordelia en profita. Elle retira sa main de celle de sa tante et se laissa tomber en avant, comme si elle avait trébuché. Les gens vacillèrent, déséquilibrés, et s'écartèrent. Au milieu des cris de protestation, elle entendit la voix de Lulu qui s'exclamait :

– Aïe ! Mon pied !

Elle profita de la bousculade pour l'entraîner derrière les rideaux.

– Lulu ! chuchota-t-elle. C'est moi !

Elle fut accueillie par un silence encore plus râpeux que les rideaux.

– Lulu ? répéta-t-elle. C'est moi, Cordelia !

– Qu'est-ce que tu veux ? demanda-t-il d'une voix revêche.

Elle fit une pause.

– Euh…

– Je croyais que tu étais mon amie !

Elle l'entendait à peine par-dessus les chamailleries des artisans.

– Je suis ton amie, Lulu, chuchota-t-elle.

– Alors pourquoi nous as-tu volés ?

– Volés ? Je ne vous ai pas… Tu ne crois quand même pas…, commença-t-elle.

Lulu l'interrompit :

– Tu as volé nos bottes de paix !

– Je n'ai pas volé vos bottes de paix, Lulu, balbutia-t-elle. Jamais je ne ferais une chose pareille !

– Tu mens ! cracha-t-il. Ma mère a raison ! Elle dit toujours que les Chapelier ne valent rien !

Elle secoua la tête.

– Lulu, je te le jure, je n'ai pas…

– Ah ! la coupa-t-il, ce n'est pas la peine de mentir. Regarde ce que j'ai trouvé sur le sol de ma salle d'étude ce matin… Je suppose que tu veux le récupérer ?

Il lui fourra dans les mains un morceau de tissu roulé en boule, mais il faisait trop sombre pour qu'elle puisse le voir.

– Qu'est-ce que c'est ?

– La preuve, siffla-t-il. Tu as de la chance que je ne l'aie pas donnée à l'attrapeur de voleurs. C'est la preuve que tu es une voleuse et une menteuse !

Cordelia était si stupéfaite par l'amertume de sa voix qu'elle fut incapable de répondre. Sa gorge était trop serrée.

Les portes cédèrent dans un lourd craquement et la lumière inonda le vestibule. Cordelia eut à peine le temps d'apercevoir le visage furieux de Lulu avant qu'il disparaisse dans la multitude qui se déversait hors de la maison des Guildes.

Elle regarda ce qu'il lui avait glissé dans les mains. Ce n'était qu'un bout de tissu gris et sale. Mais lorsqu'elle le déplia, elle fut si surprise qu'elle faillit le laisser tomber.

– Mon mouchoir !

Dans un coin se trouvaient brodées ses initiales : C. C.

– Cordelia ! Cor-de-lia !

Lorsqu'elle sortit d'un pas peu assuré de la maison des Guildes, la ruelle était presque déserte.

– Ah, te voilà ! s'exclama Ariane. Dépêche-toi, enfin ! Il faut que nous nous remettions immédiatement à l'ouvrage ! Oh, mon Dieu ! C'est une catastrophe ! Comment allons-nous pouvoir faire un chapeau de paix dans cet état d'esprit ?

Elle entraîna Cordelia à travers le dédale des ruelles étroites. Sur Bond Street, elles rattrapèrent Tiberius qui poussait le fauteuil roulant de Petronella. Cordelia était contente de marcher si vite car son point de côté empêchait l'autre douleur de la submerger. Elle avait perdu son meilleur ami. Lulu la prenait pour une voleuse ! Ses yeux avaient exprimé une telle haine !

– DES ESPIONS FRANÇAIS DANS LOOOOONDRES !

Cordelia s'arrêta net.

Dans la rue adjacente, Sam Doiléger agitait un journal dans chaque main. Il se trouvait juste sous la fenêtre des Horloger.

– Excusez-moi…, lui dit quelqu'un en bousculant Cordelia.

C'était le vieux M. Horloger en personne. Il la dépassa avec ses petits-enfants et se dirigea vers la porte d'entrée. Le plus jeune des Horloger regarda Cordelia en ouvrant des yeux ronds, et elle lui sourit en retour.

– Viens, Criquet, marmonna le vieil homme en le tirant par le bras.

Cordelia vit Sam sourire et brandir un journal en direction de M. Horloger, qui sortit sa clef et disparut à l'intérieur. Lorsque le regard de Sam alla de la porte à la fenêtre, la vérité lui sauta à la figure :

« C'est Sam Doiléger, le voleur ! »

– Cor-de-lia ! Viens ! appela sa tante.

C'était presque une évidence. Ces deux derniers jours, elle avait vu Sam sous les fenêtres de tous les artisans : sous celle de la bibliothèque de la maison des Chapelier, pour commencer. Devant le manoir des Tailleur le soir où elle était allée au théâtre avec Lulu. Enfin, la veille au matin – l'injustice lui restait en travers de la gorge –, il se trouvait aussi sous les fenêtres des Bottier. Puis Cordelia avait fait quelques pas avec lui et l'avait laissé près de chez les Gantier…

Et voilà maintenant qu'il rôdait près du pavillon des Horloger !

– COR-DE-LIA ! cria sa tante.

– J'arrive, ma tante ! répondit-elle en partant en trombe.

Ses jambes allaient à toute allure et son esprit plus vite encore. Si les empreintes qu'elle avait trouvées sur la fenêtre étaient noires, ce n'était pas de la suie, mais l'encre des journaux ! Et elle était certaine d'une chose : Sam allait cambrioler les Horloger ce soir.

BAM ! Cordelia fonça dans sa tante, immobile sur le trottoir. Tiberius s'était arrêté à côté, avec Petronella dans son fauteuil.

Cordelia se releva, toujours sous le choc de sa découverte. « C'est Sam, le voleur ! » Elle allait retourner tout de suite dans la rue pour le prendre en flagrant délit…

Puis elle prit conscience que les trois Chapelier la regardaient.

« Oh, non. »

Sir Hugo Gushforth jouait du luth au beau milieu de la chaussée. Et il portait le chapeau qu'elle lui avait vendu, avec les ornements qu'elle avait ajoutés sans autorisation…

Les notes grêles de l'instrument parvenaient jusqu'à eux.

Cordelia l'observa avec attention. Sir Hugo lui parut un peu... décati. Il n'était pas rasé, son chapeau était cabossé et le lilas loquace avait bruni sur les bords. Mais il ne semblait pas s'en soucier pour deux sous. Il allait et venait dans la rue, tandis que les carrioles filaient de chaque côté.

– Dois-je vous comparer à un JOUR D'ÉTÉ ? rugit-il en direction d'une passante, qui fit un bond de côté. Vous êtes plus JOLIE ! Et plus TEMPÉRÉE !

La dame pressa le pas, aussi Sir Hugo se tourna-t-il vers une charrette qui approchait.

– Les rafales de vent secouent les PRÉCIEUX BOURGEONS DE MAI !

Le cheval, effrayé, partit au galop et fit une embardée, manquant écraser l'acteur. Tout en jurant, le conducteur tira sur les rênes. La charrette bascula légèrement, et des centaines de pommes se déversèrent sur la chaussée.

Mais Sir Hugo avait repéré un groupe de religieuses à cornette attroupées sur les marches de l'église Saint-Auspice. Il allongea le pas sans prêter attention aux pommes qui roulaient à ses pieds.

– Gentes demoiselles ! déclara-t-il en s'agenouillant sur le trottoir et en égrenant quelques notes. Laissez-moi vous conter fleurette !

Les religieuses se retournèrent. Certaines rougirent. L'une d'elles laissa échapper un petit rire.

Tandis que la mère supérieure se précipitait vers Sir Hugo en brandissant un crucifix, Ariane posa sur Cordelia un regard flamboyant.

– Cordelia Chapelier, explique-toi, s'il te plaît !

Elle trembla intérieurement, mais pensa qu'il valait mieux tenter de se justifier. Malheureusement, rien ne lui vint aux lèvres. Il faut dire que son attention était distraite par le sifflement d'un chapelet qui fendait l'air et les petits cris de douleur qui provenaient des marches de l'église Saint-Auspice.

– Eh bien..., commença-t-elle courageusement, il... il est venu acheter un chapeau, voyez-vous, pour lutter contre le trac...

– Je vois en effet que tu lui en as donné un. Le tricorne turquoise avec un saphir chantant et des boutons de fanfaron en laiton. C'est moi qui l'ai fabriqué il y a un mois.

– Oui, approuva Tiberius en plissant les yeux. Je me souviens très bien l'avoir pesé. Il contenait exactement trois mesures de confiance en soi et une demi-once de bravade. Juste ce qu'il faut pour un petit coup de pouce.

Son oncle et sa tante se souvenaient avec précision de tous les chapeaux passés entre leurs mains. D'habitude, Cordelia était très fière de cette mémoire impressionnante mais, à cet instant, c'était plutôt un inconvénient.

– Eh bien, je…, balbutia-t-elle. Il voulait… Le chapeau n'avait pas de plume… et…

– Tu as pensé qu'une plume de corbeau carriériste pourrait convenir, gronda Ariane. Ainsi qu'une fleur de lilas loquace et…

Cordelia serra les dents.

– Mes sequins en étoile ! exulta Petronella.

La mère supérieure matraquait à présent Sir Hugo avec *Le Livre de la prière commune*. Le comédien abandonna son instrument pour mieux fuir. Mais deux porteurs de chaise lui donnèrent des coups dans les tibias, tandis que le conducteur de la charrette, furibond, lui lança une pomme à la tête.

– Nous avons ici, déclara Ariane d'une voix froide, l'exemple même de ce qu'il advient lorsque quelqu'un d'incompétent se mêle de chapellerie.

Cordelia rougit. Elle sentit la honte lui trouer l'estomac.

– Je vous en supplie, noble mégère, ayez pitié de moi !

Sir Hugo, à quatre pattes, tentait d'attendrir la mère supérieure, mais le livre de prières s'abattit une nouvelle fois sur sa tête.

– Pauvre âme, murmura Tiberius. Je vais lui prêter main-forte.

– Quant à toi, Cordelia, tu vas rentrer à la maison immédiatement !

La jeune fille comprit qu'elle n'était pas au bout de ses ennuis.

Alors qu'Ariane refermait la porte derrière elle, l'air froid du vestibule rafraîchit le visage brûlant de Cordelia.

– Je peux vous expliquer, commença-t-elle.

– Quelle honte ! s'écria Ariane. Cordelia, je suis profondément déçue.

– Non ! protesta-t-elle en secouant la tête. Je voulais seulement…

– La chapellerie repose sur des principes dont tu n'as pas la plus petite idée. Des principes d'équilibre et d'équanimité. Qu'en savais-tu ? Rien !

– Je voulais aider ! Je voulais agir !

La honte lui broyait le ventre.

– C'était le seul moyen que j'avais de m'approcher de la princesse. Je n'avais pas le choix !

– Tu as entendu Lord Witloof, poursuivit sa tante. Nous vivons une période délicate. Le sort des artisans est en jeu. Nous ne pouvons pas nous permettre de voir notre nom éclaboussé par un scandale ! Combien de chapeaux as-tu modifiés ?

– Juste celui-là, je le jure !

– Cordelia, c'est très grave.

– OUI ! cria Cordelia. C'est grave ! La vie de mon père en dépend ! Et personne n'en a rien à faire ! Je suis la seule à avoir tenté QUELQUE CHOSE pour le retrouver !

Un silence terrible s'abattit sur le vestibule, aspirant tout l'oxygène. La porte de la cuisine s'entrouvrit légèrement. À l'étage, Mlle Fixefond se pencha par-dessus la balustrade.

Cordelia sentait la honte lui peser sur l'estomac comme un sac de plomb.

– C'est moi qui ai essayé d'obtenir un bateau de la princesse ! cria-t-elle. MOI qui suis allée trouver Jack ! JE SUIS LA SEULE QUI ESSAIE DE SAUVER MON PÈRE !

Les lèvres d'Ariane formèrent une parfaite ligne droite.

– Jones nous a raconté hier soir qu'il avait réveillé le vieux marin du dispensaire, rétorqua-t-elle sèchement. Il lui a dit qu'il n'y avait jamais eu de mousse là-bas.

– Quoi ?

– Tu nous as fait perdre du temps avec tes affabulations, Cordelia, et tu nous as fait espérer pour rien…

– Mais c'est vrai ! gémit Cordelia. Il m'a donné le tél…

– Assez ! cria Ariane.

Un nouveau silence suivit, troublé par la respiration hachée de Cordelia.

– J'ai beaucoup d'affection pour ton père, Cordelia, finit par dire Ariane, après de visibles efforts. Et je comprends qu'il te faille du temps pour accepter qu'il est…

– Il n'est pas mort ! l'interrompit-elle.

Des larmes brûlantes lui remplirent les yeux. Elle les essuya avec colère. Elle aurait aimé que sa tante crie contre elle, mais celle-ci restait immobile, si figée et si pâle qu'elle paraissait transformée en pierre.

Ariane mit longtemps avant de reprendre la parole. Sa voix était devenue si pointue et si tranchante qu'elle fendit l'air comme une lame.

– Le chapeau de paix exige un calme absolu et une tranquillité totale. Tu apportes le conflit et la discorde dans la maison, aussi je te demande de monter dans ta chambre. Tu y resteras sans faire de bruit jusqu'à demain midi, lorsque nous aurons fini notre ouvrage et livré le chapeau de paix.

– Non ! Je ne veux…

La porte d'entrée s'ouvrit à la volée, et Tiberius entra en poussant le fauteuil de Petronella, qui somnolait. Il s'arrêta en apercevant Cordelia, les joues mouillées et les poings serrés, face à la statue implacable d'Ariane.

– Ah, chuchota-t-il. Il y a un problème ?

Il passa devant elles et déposa sur le guéridon du vestibule les tristes restes : les pétales écrasés du lilas loquace, la plume tordue du corbeau carriériste, les trois sequins.

– Tout est réglé, annonça-t-il. J'ai réussi à convaincre Sir Hugo de me laisser examiner son chapeau. Dès qu'il l'a retiré, il s'est assoupi sur les marches de l'église. Les religieuses veillent sur lui. La mère supérieure a accepté de prendre en pitié ce pauvre fou, même si elle a quand même essayé de l'enfermer dans un confessionnal.

Ariane et Cordelia continuèrent à se défier du regard sans tenir compte de lui, chacune arborant exactement la même expression têtue.

Tiberius arpenta le vestibule dans l'espoir de dissiper la tension.

– Tu sais, quand j'avais huit ans, j'ai fait un chapeau sans y avoir été autorisé, raconta-t-il d'un ton badin. Je l'avais donné à un garçon d'étable ; il s'était mis à glousser comme une poule, puis il avait couru à reculons en récitant des poésies vulgaires et avait essayé de se battre avec un dindon. J'avais été sévèrement puni !

Personne ne pipa mot. Petronella ronflait doucement dans son fauteuil.

– Bref ! s'exclama Tiberius, exagérément jovial. Cordelia, ce n'est pas bien ! Mais tout est rentré dans l'ordre ! Allons voir si la cuisinière ne nous aurait pas préparé un petit thé...

– Dans ta chambre, Cordelia. Tout de suite, ordonna Ariane. Et lorsque tu en redescendras demain, j'attends de toi des excuses sincères et mûrement réfléchies.

La jeune fille hésita à se rebeller. Mais sa tante la fixait avec une telle fureur qu'elle sut qu'elle n'avait pas le choix. Elle se dirigea vers l'escalier, la tête haute, les poings si serrés que ses ongles s'enfoncèrent dans sa paume.

Derrière elle, Tiberius poussa un soupir. Et elle crut entendre Ariane réprimer un petit sanglot.

Une fois dans sa chambre, Cordelia fut assaillie par le remords. Elle savait qu'elle n'aurait jamais dû modifier un chapeau sans permission : c'était interdit.

Quelle injustice que les choses interdites soient toujours les plus intéressantes !

– C'était le seul moyen que j'avais d'approcher la princesse. Je n'avais pas le choix ! se répéta-t-elle.

Elle se jeta à plat ventre par terre et sortit de sous son lit la boîte à chapeau cabossée qui lui avait servi de berceau lorsqu'elle était née. Son père l'avait sauvée de la noyade dans cette boîte et il l'avait ramenée à Londres lovée à l'intérieur. Le papier, plissé à cause de l'eau salée, rebiquait sur les bords. Elle caressa les rides du couvercle.

C'était là qu'elle conservait tous ses trésors : sa couverture de bébé taillée dans le drap d'une voile, une noix de muscade que son père lui avait rapportée de Ceylan, une bouteille chantante en verre vénitien, un cristal de quartz transparent qui projetait des lueurs arc-en-ciel sur le parquet, une demi-noix de coco polie qui servait de bol, un livre ancien que son père aimait lire à voix haute et qui s'intitulait *Le Créateur de mythe*, une plume iridescente d'aigle élyséen et le flacon de haricots sauteurs de Sicile.

Elle sentit les larmes lui piquer les yeux. Elle devait trouver à tout prix un moyen de repousser la vague de chagrin qui menaçait de l'engloutir.

– Je sais que vous êtes vivant, père ! s'écria-t-elle. Ce n'cst pas possible autrement !

Elle entendit une porte claquer à l'étage.

– Et c'est une catastrophe d'être enfermée jusqu'à

demain ! marmonna-t-elle. Il n'y a pas de temps à perdre !

Elle leva le flacon de haricots sauteurs de Sicile. Ils s'agitaient en tous sens, rebondissant contre les parois de verre. Elle les sentait tambouriner sous ses doigts…

– Je ne dois compter sur l'aide de personne, annonça-t-elle à la pièce déserte. Je ne peux pas obtenir un bateau de la princesse et Jack a disparu. Il faut que je trouve un autre moyen.

Lulu la prenait pour une voleuse, sa tante était furieuse contre elle, et elle n'avait plus un seul allié. Qu'à cela ne tienne ! Elle embarquerait seule et sauverait son père.

– Si j'arrive sur la côte à Rivermouth, ce sera déjà un début, décida-t-elle. Je trouverai bien une barque à emprunter.

Elle se mordilla la lèvre, plongée dans ses pensées.

– Je vais devoir attendre la tombée de la nuit. Et avant de quitter Londres, je vais m'assurer que Lulu apprenne la vérité – que je ne suis pas une voleuse !

Elle replaça délicatement les haricots sauteurs dans la boîte à chapeau avec ses précieux trésors, puis elle s'allongea et essaya de trouver le sommeil. Elle aurait besoin d'être parfaitement réveillée cette nuit, aussi faire une sieste paraissait plus raisonnable.

Mais elle ne pouvait empêcher ses pensées de

tourner en rond dans sa tête comme les aiguilles d'une horloge tandis qu'elle passait en revue, encore et encore, son plan (pourtant succinct).

Elle finit par s'assoupir alors que le soleil descendait sur l'horizon des cheminées. Lorsqu'elle se réveilla, une nuit de velours enveloppait Londres.

– Dilly ?

La tête de son oncle surgit par la trappe. Elle garda les yeux fermés, même lorsqu'il répéta son nom.

– Dilly ? Tu dors ?

Elle ne répondit pas. L'odeur de poulet rôti qui envahissait la pièce lui faisait monter l'eau à la bouche.

– Je t'ai apporté de quoi dîner, ajouta-t-il doucement. Et il y a du gâteau au chocolat, ton préféré. C'est moi qui ai discrètement demandé à la cuisinière de te le préparer.

La honte lui broya à nouveau le ventre et elle se roula en boule pour tenter de l'apaiser.

– C'est sans doute une bonne chose que tu restes là-haut, mon petit, chuchota-t-il. Ce n'est pas très rigolo, en bas. Beaucoup de stress et de pression… et Ariane a laissé échapper un mot très grossier quand elle n'arrivait pas à aplatir le gros-grain.

Cordelia resta roulée en boule.

– Pour ton bien et le mien, Dilly, soupira son oncle, mange le gâteau au chocolat, s'il te plaît. Il vaut mieux faire disparaître les preuves avant que ta tante ne découvre le pot aux roses.

Entendant la trappe se refermer, elle rouvrit les yeux.

Le gâteau au chocolat était absolument délicieux.

Elle n'aurait pas pu rêver d'un meilleur repas avant de partir en expédition.

Le monte-charge était grand pour un chapeau, mais petit pour une personne.

Cordelia savait que sa tante et son oncle resteraient éveillés jusqu'à l'aube, penchés sur le chapeau de paix dans l'atelier. Son oncle devait être en train de coudre les rubans avec sa fine aiguille en argent, des épingles coincées entre ses lèvres serrées, tandis que sa tante, éclairée par une lampe, donnait au feutre une forme élégante.

Cordelia repoussa cette idée.

« Ils ne veulent pas croire que mon père est encore en vie ! se rappela-t-elle, prenant intérieurement sa voix la plus virulente possible. Je dois le retrouver et leur prouver qu'ils ont tort ! »

La colère semblait l'aider à tenir à distance le poisseux sentiment de culpabilité qui la rongeait. Et elle se refusait à imaginer ce que sa famille éprouverait en trouvant son lit vide. Elle descendit l'échelle. Sa grand-tante dormait dans son fauteuil, le visage éclairé par la pâle lueur mauve des braises.

Cordelia savait que plusieurs marches grinçaient juste devant l'atelier, et elle savait aussi que glisser sur la balustrade serait hautement risqué. Ariane avait l'ouïe aussi fine qu'un hibou. Il ne restait qu'une seule façon de rejoindre le rez-de-chaussée…

Elle passa discrètement devant la porte du petit salon d'alchimie, se faufila dans la salle de pesée et grimpa dans le monte-charge, où elle s'assit sur le coussin de velours pourpre, les genoux repliés sous le menton. Une petite manivelle en laiton luisait sur le mur juste à côté.

C'était la partie la plus ardue.

Cordelia tendit la main pour atteindre la manivelle. Le monte-charge tressauta, elle referma la porte sur elle-même et, pendant une seconde interminable, rien ne se passa. Elle avait beau écarquiller les yeux, il faisait noir comme en un four.

Soudain, elle sentit qu'elle descendait doucement. Elle laissa échapper un petit soupir de soulagement.

Si quelqu'un était passé dans la rue à ce moment-là (ce n'était pas le cas), il aurait vu une élégante boîte en bois, assez grande pour contenir le plus spectaculaire des chapeaux à panache, descendre lentement jusqu'au rez-de-chaussée de la maison des Chapelier.

Ding !

La petite clochette en verre tinta à son arrivée dans la boutique. Les oreilles de hibou d'Ariane l'avaient-elles entendue ?

Cordelia compta cent battements de cœur afin de s'assurer que personne ne descendait inspecter les lieux, puis elle ouvrit la porte.

Il régnait dans la boutique, plongée dans la pénombre, une atmosphère étrange. Les chapeaux projetaient des ombres bizarres sur les murs, les plumes de colombe se transformaient en crête de monstre et les rubans à volants en queues de dragon.

Cordelia prit une profonde inspiration et s'extirpa du monte-charge.

Elle traversa la boutique à pas de velours.

Elle déverrouilla la porte et l'ouvrit lentement, pour ne pas faire tinter la cloche.

Le brouillard avait envahi la rue. Au loin, une église sonnait minuit moins le quart.

Cordelia plongea dans la nuit.

Aucune lumière ne filtrait du pavillon des Horloger, mais à l'étage, une fenêtre ouverte bâillait.

Sam Doiléger était déjà à l'intérieur du bâtiment.

Cordelia écarquilla les yeux, mais la lueur des étoiles ne lui permettait pas d'y voir assez clair. Par la fenêtre, elle entendit un très léger grattement et un tintement cristallin.

Elle se hissa sur la pointe des pieds, mais elle se découragea vite. Il aurait fallu qu'elle saute sur un rebord en brique, escalade une gouttière, puis se penche dangereusement pour atteindre l'ouverture.

« Je vais devoir attendre qu'il ressorte », songea-t-elle.

Au bout d'une minute, elle prit conscience, pétrifiée, qu'elle était en train de rôder sous la fenêtre. Exactement ce dont l'avait accusée Mme Bottier ! Elle essaya de prendre un air résolu et détaché, ce qui n'a rien d'évident quand on traîne dans une petite rue sombre.

« Oh, non ! Je traîne aussi ! »

Une carriole éclairée par une lanterne passa dans la rue principale. Cordelia se figea. Ses plantes de pied la démangeaient, mais elle résista à l'envie de prendre ses jambes à son cou et se força à ne pas bouger.

Voici le déroulé de son plan, tel qu'elle l'avait imaginé :

1. Sortir en cachette de la maison Chapelier.
2. Surprendre Sam Doiléger en train d'escalader la fenêtre des Horloger.
3. Lui faire promettre d'avouer la vérité à Lulu.
4. Monter à bord d'une charrette pour rejoindre la côte.
5. Emprunter une barque de pêcheur et partir chercher son père.

Mais ce délai imprévu entre la première et la deuxième étape la rendait nerveuse.

Une lampe s'alluma un peu plus loin dans la ruelle. Au coin, un cheval hennit doucement. Cordelia avait les mains moites. Elle venait de décider qu'elle n'attendrait pas plus de douze secondes quand un pied apparut par la fenêtre ouverte.

Puis la silhouette de Sam Doiléger se dessina dans l'encadrement.

Cordelia ne put s'empêcher d'admirer la grâce étonnante avec laquelle il atteignit la gouttière et la descendit. Mais lorsque le petit orphelin sauta avec légèreté dans la rue, elle l'attendait de pied ferme.

– Bien, bien, bien, dit soudain une voix.

Une voix qui n'était ni celle de Sam, ni celle de Cordelia.

Les deux enfants levèrent la tête. Au-dessus d'eux surgit le visage d'Austerloi l'attrapeur de voleurs, éclairé par la lueur rouge vacillante d'une lanterne.

Sam déguerpit.

L'attrapeur de voleurs se jeta sur Cordelia, qui l'esquiva. Elle l'entendit jurer en se fracassant contre les grilles en fer. Elle fit alors volte-face et aperçut Sam qui traversait la rue principale et disparaissait dans une ruelle. Elle s'élança à sa poursuite, aussi rapide qu'un oiseau.

Arrivée au bout de la ruelle, la silhouette de Sam parut hésiter un bref instant.

– Hé ! cria Cordelia. Je veux te parler !

Il s'enfuit. Elle le suivit.

Les pas lourds de l'attrapeur de voleurs résonnaient derrière elle.

– REVIENS ICI ! hurla-t-il.

Sam traversa Oxford Street à toute allure, puis s'enfonça dans la pénombre de Soho Square. Il tourna à un coin, suivi par Cordelia. L'attrapeur de voleurs ne parvint pas à tourner aussi vite. Il glissa sur du crottin de cheval et s'étala de tout son long dans le caniveau.

Elle l'entendit tomber dans un bruit sourd, puis *splouitch*, et :

– CROTTE !

Elle ne s'arrêta pas. Elle ne voyait même plus Sam dans ces rues obscures. Puis son attention fut attirée par un éclat métallique – la montre de paix ! C'était de la provocation ! Elle redoubla d'efforts et regagna du terrain.

Ils débouchèrent sur Piccadilly Circus, où circulaient les dernières carrioles de la journée – à moins que ce ne soient les premières du petit matin. Deux dandys, le nez rougi par le cognac, chantaient en titubant. Ils s'arrêtèrent en voyant deux enfants passer en coup de vent.

– Attends-moi ! cria Cordelia, haletante.

Elle était maintenant si près qu'elle pouvait presque le toucher. Elle tendit la main…

Mais Sam s'élança sur la chaussée traversant pile devant une charrette. Les chevaux se cabrèrent, les yeux révulsés, et Cordelia s'arrêta net.

– Oï ! À quoi qu'tu joues ? lui lança le cocher en donnant un coup de fouet.

– Désolée ! souffla Cordelia, tout en exécutant une drôle de danse pour contourner la charrette.

Entre les rayons des roues, elle aperçut Sam qui s'éloignait.

Tandis qu'elle esquivait les sabots des chevaux qui piaffaient, Sam bifurqua dans une large avenue.

– S'il te plaît, reviens ! appela-t-elle. Je veux te parler !

Il se retourna et la regarda un moment.

– Me suis pas ! cria-t-il. Rent'chez toi !

Il se faufila dans une ruelle obscure et Cordelia s'arrêta une seconde. Il se dégageait de lui quelque chose d'un peu fou, de sauvage.

Un petit frisson de peur la parcourut. Et si elle décidait de le laisser disparaître dans la nuit londonienne ? C'était le moment ou jamais : elle pouvait tourner les talons et courir vers la lumière que représentait son père.

Elle resta immobile dans la rue sombre, serrant les dents. En s'enfuyant, Sam ne volait pas seulement la montre de paix. Il volait son amitié avec Lulu. Il volait peut-être les derniers espoirs de paix du royaume.

Elle inspira profondément et repartit. Elle le suivit dans la ruelle tortueuse, se plaquant contre le mur de brique dès qu'il jetait un regard derrière lui.

Cordelia retint son souffle en le voyant dépasser un vaste vitrail et continuer le long d'une tourelle incroyablement haute.

Il se mit alors à escalader la façade d'un bâtiment avec l'agilité d'un marin qui grimpe le long d'un mât. Mais, à l'inverse d'un bateau, il n'y avait pas de gréement, pas le moindre cordage. Il s'accrochait du bout des doigts à des fissures dans les briques usées. Il grimpait avec légèreté, comme s'il échappait aux lois de la gravité.

Cordelia retint son souffle en le voyant dépasser un vaste vitrail et continuer le long d'une tourelle incroyablement haute. Lorsqu'il disparut à l'intérieur par une fenêtre étroite, elle poussa un soupir de soulagement.

C'est alors seulement qu'elle reconnut le bâtiment. Impossible de s'y tromper, les artisans élisabéthains représentés sur le vitrail étaient uniques en leur genre.

Sam était entré dans la maison des Guildes.

Cordelia n'avait pas le moindre espoir de suivre Sam sur la façade, en grimpant comme une araignée. Il lui fallut plusieurs minutes pour contourner le bâtiment et arriver devant l'entrée.

« Seuls les artisans et les monarques peuvent ouvrir ces portes », lui avait dit sa tante.

Elle tourna la poignée, qui parut chaude sous sa main.

La porte s'ouvrit.

Elle était prête à affronter l'obscurité, elle n'avait pas peur.

Elle avança à tâtons dans le vestibule où régnait toujours la même atmosphère de magie poussiéreuse, et passa entre les rideaux râpeux pour se retrouver dans le vaste espace de la grande salle.

Un goût de cendres flottait dans l'air et une odeur de fumée lui brûla les narines. Sam avait dû allumer un feu dans l'une des anciennes cheminées.

Lorsque ses yeux se furent habitués à l'obscurité, elle distingua l'immense escalier en acajou qui s'élevait vers les étages, semblable à la colonne vertébrale d'un dragon. Elle se mit à monter.

Alors qu'elle débouchait dans une longue galerie, elle se figea, le cœur battant.

Des dizaines de personnes l'attendaient à la lueur de la lune. Elles la fixaient en silence, parfaitement immobiles.

Cordelia étouffa un cri. L'une d'elles n'avait pas de tête !

Puis elle comprit.

Ce n'était pas des gens, mais des mannequins vêtus de vieilles capes en lambeaux. Ils n'avaient pas de visage. De pâles mains en plâtre jonchaient le sol et des embauchoirs en bois sculpté étaient tombés des étagères. Des cannes brisées étaient éparpillées, comme une boîte d'allumettes renversée.

Soudain, une douce mélopée lui parvint d'une autre pièce. Quelqu'un fredonnait un air qui lui parut vaguement familier, charmant et triste à la fois, comme une berceuse qui parlerait de la mort.

Au bout de la galerie, un escalier menait à la tourelle. Un rayon de lune projetait un tapis argenté sur les marches étroites. Sam devait être en haut, et chanter tout seul.

Elle monta. Curieusement, le son diminua au fur et à mesure qu'elle grimpait les marches. Elle arriva tout en haut, devant une porte, qui grinça lorsqu'elle l'ouvrit.

– J'ai la montre de paix, chef…, commença Sam en se retournant.

Il reconnut alors Cordelia et changea d'expression.

– Toi !

Elle s'avança dans la pièce. Six Cordelia se dressèrent face à elle, tandis que six Sam consternés s'affichaient sous tous les angles possibles : des miroirs étaient accrochés sur chaque mur de la tour hexagonale. Il n'y avait pas de meuble, hormis une vieille malle en bois grande ouverte et une étroite penderie coincée entre deux miroirs. Cordelia pensa que ce devait être la salle des essayages à la grande époque de la maison des Guildes. Seuls vestiges, quelques vêtements empilés dans un coin avaient été roulés pour former une sorte de nid.

– C'est là que tu dors ? s'enquit Cordelia, horrifiée.

Deux des vitres étaient brisées et le vent s'engouffrait par les fissures du plafond.

– J't'ai dit d'rentrer chez toi ! chuchota Sam. Tu d'vrais pas être ici !

Cordelia le regarda posément.

– Je suis venue chercher la montre de paix. Il faut que tu la rendes aux Horloger. Et que tu dises à Lulu que je ne suis pas une voleuse, que tu reconnaisses que c'est toi qui m'as volé mon mouchoir et l'as laissé tomber sur le sol de la salle d'étude.

– Jamais d'la vie ! protesta Sam. Quel mouchoir ?

– Tu sais parfaitement de quoi je parle, rétorqua-t-elle d'un air sévère. Celui avec mes initiales. Tu dois promettre de ne plus jamais voler. C'est mal ! Il faut que tu trouves un moyen plus honnête de gagner ta vie.

Sam cligna des yeux. Il se laissa lentement tomber sur le rebord de la malle et resta assis, fixant ses genoux.

– Facile à dire quand on est un artisan, murmura-t-il. Un moyen plus honnête… Dur d'être honnête quand t'as froid, et faim, et qu'tu sais pas où dormir.

Il serra ses bras autour de lui et renifla.

Ce n'était pas du tout la discussion qu'avait imaginée Cordelia. Elle s'était représenté Sam penaud et repentant, jurant de ne plus recommencer. Mais il se tenait là, les épaules voûtées, misérable, l'air malade et honteux.

– Tu… tu n'as pas de famille ? s'enquit-elle en posant la main sur son épaule.

L'étoffe de ses haillons lui parut rêche sous sa main.

Il secoua la tête.

– Mon frère est pu là. On vivait dans la tour d'Saint-Rigobert, à Seven Dials. On s'pelait et on s'prenait toute la pluie et l'vent, mais c'était toujours mieux que d'dormir dans la rue. Il essayait d'trouver d'quoi manger et d'gagner un penny ou deux. Moi j'essayais d'vendre des fleurs, si j'en trouvais. Mais un jour, j'suis tombé malade. J'avais d'la fièvre, j'tremblais et on avait rien à manger, alors Len, mon frérot, il était désespéré, il a chopé un poulet sur un étal du marché.

Cordelia ouvrit des yeux ronds.

– Qu'est-ce qui s'est passé ?

La bouche de Sam se crispa tandis qu'il luttait pour ne pas pleurer.

– T'sais pas c'qui arrive aux voleurs ? On les jette dans la cale d'un bateau et on les envoie de l'autre côté d'la terre. Ils reviennent jamais.

Cordelia sentit que Sam contenait en lui un océan de tristesse. Elle essaya de trouver quelques mots d'espoir, mais comment des mots pourraient-ils faire revenir un bateau de l'autre côté de la terre ?

Sam s'essuya les yeux avec sa manche.

– T'aurais pas dû m'suivre ici ! s'exclama-t-il en bondissant soudain sur ses pieds. J't'ai dit d'rentrer chez toi ! C'est dangereux. Si jamais il t'attrape…

Il tourna vivement la tête, comme un renard qui a

senti un chasseur, puis il posa sur Cordelia des yeux remplis de terreur.

– Faut t'cacher !

Sam regarda frénétiquement autour de lui. Un bruit de pas se fit entendre dans l'escalier.

– Là !

Il tira Cordelia vers la penderie.

– Fais pas d'bruit !

Prise de nausée, elle réussit tout juste à hocher la tête. De la bile lui monta dans la gorge, mais elle la ravala. La dernière chose qu'elle vit fut une fine tranche du visage effrayé de Sam lorsqu'il referma la porte de la penderie.

À l'intérieur de la penderie, l'air était étouffant et poussiéreux. Cordelia frissonna lorsque le ruban d'une vieille cape lui effleura la joue.

Une voix froide résonna dans la pièce :

– Doiléger !

– B-bonsoir, m'sieur, répondit Sam.

Très lentement, pour ne pas faire de bruit, Cordelia s'accroupit et plaqua son œil contre la serrure.

Elle aperçut une silhouette sur le seuil de la pièce. Une sinistre cagoule noire camouflait le visage de l'inconnu et sa cape était si longue que seule dépassait la pointe brillante de ses souliers. Lorsqu'il avança, Sam eut un mouvement de recul.

– J'ai la montre, m'sieur, bredouilla-t-il.

Il plongea la main dans sa poche et, dans un léger bruit de chaîne, en tira la montre de paix.

L'homme fit entendre un petit rire.

– Bien joué, bien joué.

Une main charnue, chargée de grosses bagues en or, émergea des replis de tissu noir et s'empara de la délicate montre.

Cordelia serra les poings, impuissante et furieuse.

L'homme fit balancer la montre au bout de sa chaîne d'argent, s'éloignant de Sam, qui le surveillait comme une souris guette un chat. Il se rapprochait de plus en plus de la penderie. Cordelia se raidit.

– Joli travail, petit criminel, chuchota l'étranger. Tous les habits de paix ont maintenant été volés…

Il était si près de la penderie que Cordelia entendait distinctement le tic-tac de la montre.

Tic.

Elle n'osait plus respirer.

Tac.

D'un geste brutal, l'homme jeta la montre par terre et la piétina.

Elle craqua sous son soulier noir comme les os d'un oiseau. Cordelia porta la main à sa bouche. La magnifique montre de paix n'était plus qu'un triste amas d'engrenages et de métal tordu. L'étranger les repoussa de la pointe du pied.

– Et l'armoire menaçante des Horloger ? demanda-t-il en se tournant vers Sam.

Ses deux souliers devinrent visibles et leurs boucles dorées étincelèrent.

MM

Cordelia fronça les sourcils en découvrant ces lettres.

– Y avait rien, dit Sam en fourrageant dans sa veste. Seulement ça.

Il sortit une lourde clef tachée de rouille. L'étranger s'en empara.

– Le dernier des passe-partout, souffla-t-il. Excellente prise !

Il se pencha sur Sam après avoir fait disparaître la clef dans les replis de sa cape.

– M'sieur, siou plaît, bredouilla-t-il. J'ai fait tout c'que vous m'avez demandé. J'ai volé tout c'que vous vouliez !

– Certes, petit vide-gousset, murmura-t-il.

– Alors… alors… j'suis libre, maintenant ? demanda Sam. Comme vous m'avez promis ?

Le rire de l'homme éclata dans la pièce.

– Ah, maître Doiléger, dit-il en abattant ses mains rougeaudes sur les épaules de Sam. Si seulement la vie était plus tendre envers les orphelins qui défient la loi…

Sam pâlit.

– Comment ça ?

– Je ne peux pas te laisser repartir là où je t'ai trouvé, n'est-ce pas, petit chenapan ? À voler les mouchoirs des dames à Covent Garden... Si tu racontais ce que tu as fait, tous mes plans tomberaient à l'eau.

– J... j'dirai rien ! Je l'jure ! Honneur de voleur !

Tout en laissant entendre un rire forcé, l'homme jeta Sam dans la malle ouverte puis, sans lui laisser le temps de se relever, rabattit le couvercle sur sa tête et tira le verrou en fer.

– NOOOOOON ! hurla Sam. LAISSEZ-MOI SORTIR !

– Tais-toi ! rétorqua sèchement l'homme en donnant un coup de poing sur le lourd couvercle en chêne.

Sam cessa de crier, mais Cordelia entendit ses sanglots étouffés.

– Demain matin, je dirai que j'ai trouvé le coupable, lança l'homme avec une délectation horrible. Tu seras jeté en prison. À ce moment-là, tous ces traîtres d'artisans seront enfermés dans les cachots de la Tour de Londres. Du pain bénit pour les journaux ! Je vois d'ici les gros titres : « Les artisans ne fabriquent que des problèmes. »

Cordelia sentit que la tête lui tournait et chercha un appui contre les parois de la penderie. « Les artisans, des traîtres ? Enfermés dans les cachots de la Tour de Londres ? »

L'homme fit une pause. Pendant une terrible seconde, elle crut qu'il l'avait entendue. Mais la cape bougea, et il ajouta :

– J'attendrai peut-être quelques jours avant de révéler que tu es là, Doiléger. Je ne veux pas que tu bavardes avant que les artisans aient été condamnés… et s'il ne reste de toi qu'un squelette quand l'attrapeur de voleurs viendra te chercher, eh bien, ce sera toujours une canaille de moins dans la ville.

Il quitta la pièce. Cordelia l'entendit descendre l'escalier en gloussant tout seul. Elle se força à attendre dans le noir, le cœur battant, plusieurs minutes après les derniers échos de ses pas. C'était une véritable torture. Elle entendait Sam gémir dans la malle fermée.

Lorsqu'elle fut certaine que l'homme était parti, elle s'extirpa de la penderie dans un nuage de poussière, s'agenouilla devant la malle et tira le verrou.

Elle souleva le lourd couvercle. Sam se redressa en chancelant et inspira de profondes bouffées d'oxygène.

– Merci, Cor, tu m'as sauvé la vie… merci, lâcha-t-il.

Les mains de Cordelia tremblaient.

– Il a dit que les artisans allaient être enfermés dans

les cachots de la Tour ! chuchota-t-elle. Pourquoi ? Qui est cet homme ?

Sam secoua la tête d'un air misérable.

– Chais pas. J'ai jamais vu son visage. Il a jamais r'tiré sa cape.

– Il faut que je rentre chez moi, murmura Cordelia, désespérée. Je dois prévenir ma famille !

Cordelia se dirigea vers la porte, mais Sam lui prit la main.

– Pas par là ! Elle va nous voir !

– Qui ? chuchota-t-elle à son tour.

– Celle qui chante en travaillant. Au rez-de-chaussée.

Cordelia se rappela la berceuse qu'elle avait entendue résonner dans la grande salle.

– Quelqu'un d'autre que toi se cache ici ?

Il hocha la tête.

– J'rentre et j'sors par la fenêtre, pasque j'peux pas ouvrir la porte d'entrée. Mais elle, elle peut. J'l'ai jamais vue, mais elle chante toujours la même chanson quand elle travaille.

– Mais comment se fait-il qu'elle puisse entrer ?

demanda Cordelia, les sourcils froncés. Ma tante m'a dit que seuls les artisans et les monarques pouvaient ouvrir cette porte.

Sam grimpa sur le haut de la penderie et se pencha par la fenêtre, puis il posa sur Cordelia un regard dubitatif.

– J'sais pas si tu vas réussir à descendre. T'as l'vertige ?

– Je n'ai pas le vertige si j'ai quelque chose à quoi me tenir !

Sam secoua la tête.

– Y a pas grand-chose.

– Il faut y aller, le pressa-t-elle à voix basse. Il n'y a pas de temps à perdre ! Ma famille va être enfermée dans un cachot !

D'un bond léger, Sam sauta à terre, puis se dirigea vers la porte sur la pointe des pieds, l'air sombre.

– On a pas l'choix, faut passer par là. Suis-moi.

Ils descendirent l'escalier éclairé par la lune et débouchèrent sur la galerie peuplée de mannequins silencieux.

Cordelia jeta un regard par-dessus la balustrade en bois. Un rectangle de lumière se dessinait sur le sol de la salle. La porte d'un des anciens ateliers était ouverte et un feu crépitait dans l'âtre. Deux voix mêlées lui parvinrent. L'une appartenait à l'inconnu à la cape. L'autre était féminine.

Dans la pénombre de la grande salle, deux ombres glissèrent comme des requins dans la mer. Elles s'arrêtèrent face à un mur, puis la femme alluma une lanterne et son ombre s'étira sur le sol, immense. On entendit distinctement des clefs tinter et un crissement métallique.

Les sourcils froncés, Cordelia se tourna vers Sam, qui se rongeait les sangs à côté d'elle.

– Les clefs… tu les as volées chez tous les artisans ? chuchota-t-elle.

Cling – scrrr.

Sam hocha la tête, laconique.

Un grand cri fissura soudain le silence.

Quelques instants plus tard, l'air qu'ils respiraient semblait avoir des griffes et des crocs, et leur déchirait la gorge. C'était une odeur âcre, de brûlé et de soufre – une odeur semblable à des œufs pourris pondus par des poulets de feu. Cordelia étouffait. Elle plaqua sa main sur sa bouche pour s'empêcher de tousser.

En bas dans la grande salle, la femme poussa un hurlement de joie mauvaise, tandis que le rire triomphant de l'homme se répercutait en écho à travers le dôme.

Sam courut vers la fenêtre, tout en faisant signe à Cordelia de le suivre. Elle le rejoignit alors qu'il ouvrait les battants. Ils inspirèrent à grandes goulées l'air frais de la nuit.

– Va falloir sortir par là, marmonna-t-il en se hissant sur ses bras.

Il tendit la main à Cordelia, qui grimpa à son tour sur le rebord de la fenêtre. Son estomac se noua. Le sol paraissait très loin.

Mais juste en dessous de la fenêtre se trouvait la statue de pierre de l'artisan. Ils étaient au-dessus de la porte d'entrée.

– Fais comme moi, chuchota Sam. Tout va bien se passer.

Cordelia essaya de hocher la tête, mais ne réussit qu'à faire un brusque mouvement du menton. Entre l'air putride qui s'échappait de la pièce et le vide de la nuit qui s'ouvrait devant elle, la tête lui tournait.

Sam passa les jambes par-dessus le rebord, puis tendit le pied à la recherche d'un appui. Son orteil effleura la plume en pierre du chapeau de la statue.

– Bon, murmura-t-il. C'est un peu loin. Va falloir sauter.

– Quoi ?

Elle avala péniblement sa salive. Mais Sam s'élançait déjà... Il se retrouva agrippé aux épaules de la statue, l'enveloppant comme une cape vivante.

Puis il se laissa glisser jusqu'au socle et leva le visage vers Cordelia.

– Vas-y !

Tandis qu'elle se tournait face au vide, elle maudit

intérieurement ses jupes qui battaient contre ses chevilles et l'entravaient. Plus elle la regardait, plus la statue lui paraissait loin.

– Réfléchis pas ! Juste saute !

Ses mains étaient moites, sa bouche sèche et son ventre aussi noué que des alguilles.

– Tu vas y arriver, Cor !

La voix de Sam l'aida à trouver le courage.

Puisant la force au plus profond d'elle, elle contracta tous ses muscles, serra les dents… et sauta.

– *Oumpf!*

Le choc lui coupa le souffle, mais elle ne lâcha pas prise.

– T'as réussi ! chuchota Sam d'une voix joyeuse.

Soudain, quelques centimètres sous leurs pieds, les portes de la maison des Guildes s'ouvrirent. Les deux enfants se figèrent.

Cordelia sentit la nuit remuer autour d'elle : l'inconnu venait d'apparaître sur le perron, drapé dans sa cape. L'odeur de pourriture s'échappa du bâtiment. Cordelia prit une petite inspiration et l'horrible goût – un mélange de vomi et de lait caillé – lui souleva le cœur.

Il aurait suffi que l'homme lève la tête pour découvrir Cordelia en train d'étreindre l'artisan de pierre, tandis que Sam se tenait plaqué contre le mur derrière elle, ne tenant que par le bout des doigts.

Ses mains glissèrent de deux centimètres et Sam laissa échapper un gémissement. Ils étaient coincés à mi-hauteur sur la façade. Elle s'agrippa désespérément au froid visage de pierre, les pieds dans le vide. Elle sentait l'espoir la déserter en même temps que la force quittait ses muscles. L'étranger tourna lentement la tête. Dans un instant, il allait les découvrir et n'aurait qu'à attendre qu'ils tombent, comme des oiseaux abattus en plein vol.

Puis, soudain, une voix joyeuse résonna dans la ruelle obscure :

– Vraiment, Archie chéri, vous êtes un dieu aux cartes. Je suis fier de vous !

– Que voulez-vous, mon cœur, Lord Buncle ne demandait que ça, être délesté de tout l'argent qui alourdissait ses poches ! répondit une autre voix. J'ai été plus que ravi de lui rendre service.

Deux jeunes hommes surgirent de la bouche sombre de la ruelle, rieurs.

Cordelia les reconnut malgré les gouttes de sueur froide qui lui coulaient dans les yeux. C'était Archibald et Ferdinand, les garçons qui avaient failli se battre en duel à Berkeley Square.

Ils s'arrêtèrent net en découvrant cette scène étrange : un homme en cape noire à l'allure inquiétante et deux enfants terrifiés s'accrochant à la façade au-dessus de sa tête.

– Au secours ! articula Cordelia sans un bruit. Au secours !

Les deux garçons passèrent à l'action sans attendre.

– Cher monsieur ! s'écria Ferdinand, faisant un pas de côté pour que l'homme, en le regardant, tourne le dos aux enfants. Nous sommes perdus dans ce dédale de ruelles ! Pourriez-vous nous indiquer le chemin vers… hum… la Maison du chocolat Sargasso ?

– Ah, oui ! s'écria Archibald. Nous sommes désespérément perdus. Et je rêve d'une tasse de chocolat de Mme Tempête !

Pendant un instant, l'étranger n'eut aucune réaction. Les garçons se figèrent, lui souriant d'un air hésitant. Puis une main émergea des profondeurs de la cape noire et désigna l'endroit d'où ils venaient.

Les garçons rirent et se tapèrent dans le dos en levant les yeux au ciel.

– Je t'avais bien dit que nous étions perdus, Archibald ! dit Ferdinand. Monsieur, puis-je vous demander humblement de nous montrer le chemin ? Je ne fais pas confiance à mon compagnon pour nous mener à bon port.

L'étranger grommela quelque chose qui ressemblait à « non ».

– Une fois que nous serons dans la bonne direction, nous vous laisserons à vos affaires, insista Ferdinand. Par ici, vous dites ?

Les garçons empoignèrent chacun l'homme par un bras et l'entraînèrent plus loin dans la ruelle. Avant d'être englouti par la nuit, Archibald jeta un regard derrière lui, le visage soucieux.

– Merci ! articula Cordelia.

Les trois hommes disparurent. La place devant la maison des Guildes était déserte et les voix des garçons faiblissaient au fur et à mesure qu'ils s'éloignaient dans la ruelle.

Une fois à terre, Sam porta la main à son cœur.

Cordelia, lâchant avec précaution la statue, se laissa glisser jusqu'au socle. Sous l'effet conjugué de l'effort et de la peur, son corps tout entier tremblait. Trop hébétée pour réfléchir, elle sauta.

Une vive douleur remonta le long de ses tibias et elle bascula la tête la première dans une flaque de neige fondue. Mais elle n'en avait cure. Elle posa la joue sur le pavé boueux, profondément heureuse d'avoir retrouvé le sol.

Sans prendre le temps de la féliciter, Sam l'attrapa par la main et la tira pour qu'elle se relève. Ils s'éloignèrent dans la ruelle, protégés par l'obscurité.

Ils arrivèrent trop tard.

Un lourd fourgon noir était garé devant la maison Chapelier. Des gardes en uniforme noir et argent s'activaient dans la pâle lueur de l'aube.

C'est tout ce que Cordelia eut le temps de voir avant que Sam ne la tire en arrière au coin de la rue.

– Lâche-moi ! se défendit-elle, mais il la plaqua contre le mur.

– Tu veux t'faire arrêter ? siffla-t-il entre ses dents.

Cordelia s'efforça de se calmer, mais elle avait l'impression d'avoir avalé un essaim d'abeilles frénétiques, et sa bouche était aussi sèche que le désert.

– J'vais voir c'qui s'passe, dit Sam. Bouge pas !

Tentant de refouler sa panique, elle le regarda s'engager dans la rue d'un air nonchalant. Il revint quelques minutes plus tard, le visage sombre.

– Ils les ont arrêtés.

– Qui ça ? Ariane ? Tiberius ?

– Les deux.

Avant qu'il puisse l'en empêcher, elle s'élança vers sa maison. Les soldats étaient en train de pousser son oncle dans le fourgon. Elle aperçut sa tante déjà à l'intérieur, en chemise de nuit, l'air sidéré. Cordelia se liquéfia.

Quatre gardes sortirent alors de la maison en portant Petronella dans son grand fauteuil rouge. Cordelia éprouva un élan de fierté en la voyant distribuer les coups avec sa canne en chêne nobleux.

– Balourds ! Empotés ! cria-t-elle. Lourdauds ! Butors !

– Où est la petite ? demanda un garde. On a reçu l'ordre de vous emmener tous.

Petronella releva la tête et aperçut Cordelia. Ses yeux étincelèrent.

Le garde se retourna. Elle en profita pour le taper le plus fort qu'elle put.

– Elle a fugué, espèce d'andouille ! exulta-t-elle. Vous ne trouverez pas Dilly ici !

De rage, le garde s'empara de sa canne, la brisa en deux puis jeta les morceaux par terre. Cordelia sentit des larmes de colère lui piquer les yeux. Elle allait s'avancer, mais Sam la retint.

– Elle te protège, tu comprends pas ? siffla-t-il.

Une fois que Petronella fut embarquée, le fourgon s'éloigna lentement, les soldats accrochés à l'extérieur comme des mouches. Cordelia distingua les visages blêmes de sa famille à travers les barreaux des fenêtres minuscules.

La cuisinière surgit de la maison dans un nuage de farine et fit quelques pas chancelants sur la chaussée. Mais le fourgon avait disparu et elle s'écroula au milieu de la rue, secouée de sanglots.

Cordelia et Sam coururent l'aider à se relever. Ils l'entraînèrent, hoquetante, par la porte restée ouverte et l'emmenèrent à la cuisine.

– Que s'est-il passé, Coco ? demanda la jeune fille.

Elle tisonna le feu pour faire surgir des étincelles. Elle tremblait aussi violemment que la cuisinière.

– Dilly ? C'est vous sous cette boue ?

– Oui, c'est moi ! Racontez-moi ce qui s'est passé, Coco, je vous en supplie !

– On a tambouriné à la porte et votre oncle est descendu ouvrir. Une dizaine de soldats attendaient sur le perron, expliqua-t-elle. Ils se sont engouffrés à l'intérieur, ont empoigné votre oncle et ont tiré votre tante de son lit ! Je n'ai pas pu les arrêter ! Ils étaient si nombreux dans la maison ! Ils les ont emm-emm-emmenés à la T-T-Tour !

La cuisinière fut submergée par un torrent de larmes. Cordelia lui tapota le dos, tandis que Sam restait sur le seuil, l'air morose.

– Qui était cet homme à la maison des Guildes ? lui demanda Cordelia, soudain prise de colère. Comment a-t-il pu savoir que ma famille serait enfermée à la Tour ?

Sam secoua la tête d'un air malheureux.

– Je sais pas, chuchota-t-il. J'ai jamais vu son visage. Il m'a chopé un jour en train d'voler les mouchoirs des dames à Covent Garden. L'a dit qu'il m'observait depuis une heure. J'étais coupable, c'est vrai, j'avais une dizaine de babioles volées dans mes poches. Il m'a dit que j'avais l'choix : travailler pour lui ou me r'trouver à la prison de Newgate. Newgate, c't'un vrai trou à rats. J'aurais fait n'importe quoi pour pas y aller…

Ses yeux se remplirent de larmes, qui laissèrent deux traînées pâles sur son visage sale. La colère de Cordelia se dissipa.

La porte arrière s'ouvrit d'un coup. Les deux enfants plongèrent sous la table, tandis que la cuisinière bondissait sur ses pieds, son rouleau de pâtisserie à la main.

– Vous n'emporterez pas UNE ÂME DE PLUS de cette maison ! hurla-t-elle en chargeant.

Il y eut un fracas, puis…

– AAAAAAAARGH !

– NOOOOOON !

– LULU ! cria Cordelia en surgissant de sous la table.

Le garçon se tenait la tête rentrée dans les épaules sous la menace du rouleau.

– Coco ! C'est mon ami !

– Mais c'est un Bottier ! mugit la cuisinière.

– Je sais que c'est un Bottier, lui dit Cordelia d'un ton rassurant. Mais c'est aussi mon ami.

Lulu, en chemise de nuit, paraissait tout petit sur le seuil de la porte.

– Cor… Cordelia, pleurnicha-t-il. Ils ont emmené ma famille à la Tour ! Ils ont dit qu'ils allaient jeter les bottes de paix dans le fleuve ! Je me suis caché dans le placard à lacets et quand j'en suis ressorti, ma famille avait disparu !

Elle se précipita vers lui et le prit dans ses bras.

– La mienne aussi, Lulu, dit-elle doucement en le serrant si fort qu'il laissa échapper un petit cri.

– Je suis désolé d'avoir été injuste, chuchota-t-il contre son épaule. Je ne sais pas qui a volé les chaussures de paix ni comment ton mouchoir s'est retrouvé dans la salle d'étude. Ce que je sais, c'est que j'ai été bête de penser que c'était toi.

Cordelia glissa un regard sous la table. Sam cligna

des yeux, son regard de moineau rivé sur elle. Ce n'était pas le meilleur moment pour dévoiler la vérité. Elle prit gentiment son ami par les épaules.

– C'est rien, Lulu.

La cuisinière les regardait fixement. Cordelia n'aurait pas su dire si c'était de la désapprobation ou de l'incrédulité.

– Nous allons sortir nos familles de là, Lulu.

Coco cuisina, ce qui l'aida à retrouver son calme. Sam sortit de sous la table quinze minutes plus tard, lorsqu'elle disposa un copieux petit déjeuner pour les trois enfants.

– On ne fait rien de bien avec l'estomac vide, déclara-t-elle en distribuant les assiettes.

Lulu observait Sam avec curiosité. Celui-ci lui sourit, mal à l'aise, puis imita sa façon de se servir des couverts.

Tout en mangeant, Cordelia raconta à Lulu presque tout ce qu'elle avait entendu dans la maison des Guildes. Elle évita soigneusement d'évoquer Sam, qui rougit pendant tout le récit, mais réussit à manger trois fois plus que tous les autres.

– Il a dit : « Ces traîtres d'artisans », répéta Cordelia en beurrant sa tartine.

– Traîtres ! Voyez-vous ça ! grommela Coco en sortant un pot de marmelade. Comment vos pauvres tante et oncle pourraient-ils finir le chapeau s'ils sont enfermés dans la Tour, je vous le demande ! Et comment pourraient-ils sortir de la Tour s'ils ne peuvent pas finir le chapeau de paix…

– Alors, c'est le roi qui les a fait jeter dans la Tour ? demanda Lulu en reprenant des saucisses. Les traîtres, ce sont ceux qui trahissent le roi.

– La princesse, corrigea Cordelia. C'est elle qui gouverne tant que le roi se fait soigner en bord de mer. Mais… je pense que cet homme qu'on a vu dans la maison des Guildes n'est pas pour rien dans tout cela…

– Crois-tu que ce soit lui le voleur ? s'enquit Lulu.

Sam se raidit.

– Oui, répondit-elle.

Du coin de l'œil, elle vit Sam pousser un soupir de soulagement.

– Et tu n'as rien remarqué qui nous aiderait à l'identifier ?

– Non… Ah, si ! Il avait des boucles dorées sur ses souliers ! se rappela Cordelia. Elles avaient une forme étrange. Comme deux M.

– Ça pourrait être ses initiales, suggéra Lulu tout

en remuant légèrement son jaune d'œuf du bout de sa fourchette. Lorsque des gens très riches nous passent commande, il arrive qu'on crée des boucles à leurs initiales.

– MM, dit Cordelia. MM ?

Ils secouèrent tous la tête.

– Je ne me souviens pas qu'on ait fait une paire avec MM, reconnut Lulu.

Cordelia fronça les sourcils.

– C'est tout de même étrange, dit-elle lentement. Coco a raison. Pourquoi demander à nos familles d'apporter les habits de paix aujourd'hui à midi, si c'est pour les arrêter à l'aube ? Ils ne peuvent pas les terminer à la Tour de Londres, pas vrai ? Et pourquoi jeter leur travail dans le fleuve, si la princesse les attend si impatiemment ? Ça n'a aucun sens !

– Ils ont peut-être jeté certains habits dans le fleuve, dit Coco d'un air aussi vaniteux qu'une poule couvant un œuf d'or, mais certainement pas tous.

Elle se leva, se dirigea vers le fourneau froid et, avec le geste d'un pâtissier révélant une magnifique pièce montée, elle sortit…

– Le chapeau de paix ! s'écria Cordelia en sautant sur ses pieds. Vous l'aviez caché !

Elle se tourna vers ses amis.

– Vous voyez ce que ça veut dire ? Nous allons pouvoir le finir et l'apporter à la princesse ! Elle devra libérer ma famille, et je lui expliquerai qu'aucun des artisans ne l'a trahie !

– Mais d'abord, décréta la cuisinière en posant délicatement le chapeau sur la table, vous terminez votre petit déjeuner.

Une fois le repas englouti, la cuisinière obligea Cordelia à se laver.

– Vous êtes sale de la tête aux pieds, Dilly. Je ne vous demande pas pourquoi, et je ne vous demande pas non plus d'où sort ce va-nu-pieds, dit-elle en plissant les yeux en direction de Sam, qui examinait une cuillère en argent. Mais vous devez vous laver. Avant de toucher le chapeau de paix. Votre tante aurait été du même avis que moi, sûr de sûr.

Cordelia sauta d'un pied sur l'autre dans la bassine en cuivre, tandis que la cuisinière déversait sur elle des seaux d'eau froide provenant de la pompe, puis la frottait avec du savon et une éponge naturelle.

– C'est GLACIAL ! cria Cordelia.

– Si vous m'aviez laissé le temps, j'aurais fait chauffer l'eau sur le feu, Dilly ! rétorqua la cuisinière.

– Ça aurait pris trop longtemps ! C'est trop important !

Cordelia serra les dents en voyant le seau approcher.

Pendant ce temps, Lulu regardait par la fenêtre d'un air déterminé tandis que Sam, grimpé sur le placard, surveillait nerveusement la séance de lavage qui se déroulait sous ses yeux.

– Allez, à votre tour ! lui lança la cuisinière.

Mais Sam secoua la tête et s'accrocha au placard. Coco menaça de grimper le chercher.

Redoutant l'escalade des hostilités, Cordelia négocia un compromis. La cuisinière accepta de ne pas déloger Sam du haut du placard s'il promettait de se laver les mains et le visage. On lui fit passer un torchon mouillé à l'aide d'un manche à balai, et il fit même l'effort de se frotter derrière les oreilles. Mais il ne se décida à descendre qu'une fois que la cuisinière eut vidé l'eau et rangé le savon sur sa soucoupe.

Cordelia, Lulu, Sam et Coco examinèrent tous le chapeau de paix.

Ce deuxième essai était un ouvrage délicat en feutre bleu clair, issu d'un mouton berceneige de Norvalie. Un ruban cogiteur (tissé avec sept cheveux poivre et sel de la célèbre philosophe et professeure Pensevitébien et quelques poils de barbe d'un vieux sage irlandais) avait déjà été fixé sur le ruban. Tiberius avait cousu trois perles de coquille Saint-Pax chatoyantes.

En revanche, les fleurs cordiales avaient fané, il n'en restait plus qu'un mince croissant jaune (comme des rognures d'ongle). Un rameau d'olivier, qui faisait le tour de la calotte, avait été brisé.

Cordelia épousseta la suie qui s'était déposée sur le bord.

Lorsqu'elle l'effleura, une vague de tristesse la submergea. Elle retira vivement sa main. Ses doigts avaient été comme brûlés par un feu glacé.

Sa tante avait été si triste après leur dispute…

Elle retira précautionneusement le rameau brisé. Elle sentait de la tension dans les boutons cousus sur le bord, et de la colère dans les fils. Les fleurs cordiales tombèrent en cendres dès qu'elle les toucha.

La discorde qu'elle avait provoquée avait imprégné le chapeau.

Elle secoua la tête.

– Qu'est-ce qui ne va pas ? demanda Lulu.

Elle poussa un soupir.

– Tout. Ce chapeau est chargé de stress et de tristesse. Ce n'est pas du tout ce que nous cherchons ! Il devrait déborder de sérénité !

Ses doigts brûlaient encore du chagrin de sa tante.

– Nous ne pouvons pas prendre le moindre risque, décida-t-elle. Il faut recommencer de zéro.

Lulu, Coco et Sam la regardèrent avec des yeux ronds, mais elle serra les dents et souleva le chapeau.

– Allons, dit-elle en essayant d'avoir l'air sûre d'elle. Nous avons du pain sur la planche !

Lulu observait la pièce autour de lui. Il n'était jamais entré dans la maison Chapelier, et encore moins dans l'atelier. Il regardait les cascades de rubans multicolores suspendus au plafond et les perles et les boutons de verre scintillants disposés devant les fenêtres. Il était émerveillé par les plumes arc-en-ciel accrochées au mur, ainsi que par les ailes de coléoptère brillantes, les pierres précieuses, la dentelle vaporeuse, les feuilles d'or, les fleurs délicates, les sequins, les écheveaux de tissu et de gaze chatoyante.

– C'est fabuleux, Cordelia ! chuchota-t-il. C'est tellement plus coloré que l'atelier de cordonnerie. Nous n'avons que des piles de cuir, des feuilles de métal et quelques embauchoirs en bois.

La cuisinière renifla.

– C'est vrai, approuva Sam avec autorité. J'aime mieux l'atelier des Chapelier, moi aussi.

Lulu posa sur lui un regard perçant.

Sans lui laisser le temps de s'étonner davantage, Cordelia attrapa une plume d'oiseau rieur sur le mur et la fourra dans les mains de Lulu. Sous l'effet de sa douce magie, un sourire lui monta instantanément aux lèvres.

Elle détacha soigneusement les perles Saint-Pax du rebord du chapeau et détortilla le cordon. Au fur et à mesure qu'elle retirait les ornements, le stress et la tristesse se dissipaient. Quelques minutes plus tard, elle posait le chapeau nu sur la forme en bois. Elle sentait les regards rivés sur elle. Les autres attendaient ses instructions.

– Je n'ai jamais vraiment fabriqué un chapeau toute seule, confessa-t-elle. Je suis trop jeune. Je ne sais pas encore tout. Je n'ai pas suivi assez de leçons, je n'ai pas lu tous les livres… Ça peut mal finir.

Elle faillit ajouter « cette fois encore », mais pensa qu'elle allait leur saper le moral si elle leur racontait sa désastreuse tentative.

Si seulement son père avait pu apparaître soudain sur le seuil de la pièce, la peau tannée par ses aventures, apportant avec lui l'odeur de l'océan ! Il aurait pris les choses en main avec le sourire et avec décontraction. Mais on n'entendait pas de carriole s'arrêter devant la maison, ni de pas dans l'escalier.

Cordelia fixa ses chaussures pour que les autres ne puissent pas voir le désespoir dans ses yeux. Ce n'était pas le moment de se laisser abattre.

À cet instant, le parquet chatouilleux se trémoussa et un petit objet roula de sous la table, doré et étincelant comme l'espoir. Elle se pencha pour mieux voir.

C'était l'épingle à chapeau d'Ariane.

Elle la ramassa. Elle était froide et pointue et dégageait une impression de puissance. L'émeraude scintilla. Les doigts tremblants, Cordelia glissa l'épingle dans ses cheveux, comme elle avait vu sa tante le faire des centaines de fois. Mille idées se mirent à jaillir dans sa tête, résonnant en elle comme une mélodie, emplissant son cœur et courant jusqu'au bout de ses doigts.

La magie !

Cordelia prit une profonde inspiration et releva la tête, une lueur d'espoir dans les yeux.

– Je suis la dernière Chapelier encore libre, déclara-t-elle. Alors je vais faire de mon mieux. Et vous allez m'aider. Nous allons fabriquer ce chapeau ensemble.

– Mais..., bredouilla Lulu, est-ce que les artisans ne doivent pas garder leurs secrets pour eux ?

D'un mouvement des yeux, il désigna Sam et la cuisinière.

– N'est-ce pas justement d'avoir jalousement gardé nos secrets qui nous a fourrés dans ce pétrin ? demanda-t-elle.

Lulu se balança d'un pied sur l'autre.

– Ma tante m'a dit que la septième étoile, sur les armoiries des artisans, signifie qu'on est plus forts quand on travaille tous ensemble ; quand on unit nos forces, déclara-t-elle d'un ton plein d'assurance en faisant tourner l'épingle dans ses cheveux. Alors, mettons-nous à l'ouvrage !

Le cordon diplomatique, enroulé sur sa bobine, était prêt à l'usage, et la guirlande de pâquerettes guillerettes tressée par son oncle était posée juste à côté. Le bol d'argent contenait la lueur d'étoiles tamisée – en le penchant légèrement, elle aperçut le chatoiement paisible de l'étoile du Berger.

– Nous allons utiliser tout ceci, dit-elle, mais il nous faut quelque chose de plus.

Elle considéra d'un air pensif le mur de casiers en bois de santal et leurs petites étiquettes, puis secoua la tête. Les règles et les matériaux habituels ne suffisaient pas. Il fallait un chapeau comme personne n'en avait jamais fait. Et pour cela, il fallait oublier les règles, les jeter par la fenêtre.

Elle se tourna vers Coco et Sam.

– Qu'est-ce qui vous apporte de la sérénité ?

Sam la fixa, le regard vide, mais une expression rêveuse passa sur le visage de la cuisinière.

– L'odeur du sucresoleil quand il caramélise, murmura-t-elle. Lorsqu'il devient doré et prend un goût de rayon de soleil.

– Pouvez-vous en fabriquer ? demanda Cordelia. Pour orner le chapeau de paix.

– Mais… on ne met pas de nourriture sur un chapeau ! protesta-t-elle.

– Vous m'avez dit un jour que la cuisine aussi c'était de la magie, rétorqua Cordelia. C'est peut-être ce genre de magie dont nous avons besoin.

– Je… je…, commença Coco, visiblement déroutée par cette logique étonnante. Entendu ! Oui, je me lance !

Elle sortit de l'atelier d'un air affairé, en marmonnant :

– Je vais prendre ma meilleure marmite en cuivre et m'y mettre tout de suite !

Cordelia se tourna vers Sam.

– Je… je peux pas vous aider, bredouilla-t-il. Tout c'que j'sais faire, c'est voler. J'ai pas reçu d'éducation…

– Taratata, dit Cordelia en lui prenant la main. Tout le monde a assez de magie en lui pour fabriquer des choses. La plupart des gens l'ont juste oublié ou manquent de confiance en eux !

– J'sais même pas lire ! protesta Sam, parcourant du regard les étiquettes à l'écriture en pattes de mouche.

– Tu n'as rien besoin d'apprendre pour savoir ce que tu ressens au fond de toi, rétorqua Cordelia. En savoir trop peut même devenir un obstacle. Tu te rappelles ce que tu m'as dit hier soir ? « Ne réfléchis pas, saute ! »

Sam se tortilla, comme s'il avait mal au ventre.

– Qu'est-ce qui te donne un sentiment de paix ? insista-t-elle.

Il resta silencieux, le visage un peu crispé. Puis, sur une étagère juste au-dessus de sa tête, une bouteille ronde oscilla et se renversa. Son bouchon s'ouvrit et une sorte de fumée en sortit, enveloppant la tête de Sam d'une brume violette. Cordelia reconnut sans peine l'odeur légèrement épicée.

« De la vapeur de valeur ! C'est parfait ! Bien joué, maison ! »

– Ça paraît p't'être bête, commença Sam, mais... j'me sens en paix quand j'regarde le ciel juste avant un éclair... Ce moment où tout devient silencieux.

Cordelia fut contente de voir que ses yeux brillaient. La vapeur de valeur s'était dissipée dans l'air.

– Parfait, dit-elle. Alors il faut que tu trouves quelque chose qui exprime ce sentiment : le calme avant la tempête.

Sam, ayant retrouvé son assurance, grimpa sur le rebord de la fenêtre.

– Pas de souci ! Je sais où j'dois aller. J'reviens dans une minute !

Et il disparut.

Lulu, qui tenait encore à la main la grande plume d'oiseau rieur, dit :

– Ton nouvel ami est… original.

– Oui, n'est-ce pas ? dit Cordelia avec un grand sourire. Bien, Lulu…

Elle n'eut pas le temps de réfléchir à ce qu'il pouvait faire qu'il se retrouva enseveli sous une avalanche multicolore.

– Aaaah ! cria-t-il d'une voix assourdie.

Toutes les plumes exotiques accrochées au mur lui étaient tombées dessus.

– Je crois que ton rôle est de décider quelles plumes nous devons mettre sur le chapeau de paix, dit Cordelia en riant, alors qu'il émergeait de la tornade de couleurs. Prends-les dans ta main, une par une. Nous choisirons celles qui te semblent le plus paisibles.

Lulu acquiesça, les yeux écarquillés. Il ramassa une plume par terre et la posa doucement en travers de sa paume, puis ferma les yeux pour mieux se concentrer.

Cordelia tourna son attention vers le chapeau de paix.

– Des boutons bienfaisants ? songea-t-elle à haute voix.

La porte d'un placard s'ouvrit et des boutons bleu ciel en roulèrent.

– Merci, dit-elle en les ramassant. Et peut-être un carillon de coquille angélique ?

Un léger tintement résonna dans la pièce. Se

guidant à l'oreille, elle trouva la coquille angélique au milieu d'une série de bulles de verre bleu-vert suspendues à une fenêtre. Elle la descendit délicatement et la posa sur l'établi. Elle observa les ornements choisis.

« Pour faire revenir ma famille, pensa-t-elle, ce chapeau doit être le plus chargé de paix possible. »

– Qu'est-ce qui me remplit de paix ? chuchota-t-elle. Au plus profond de moi ?

Elle ferma les yeux et plongea dans une mer d'images : le portrait de sa mère dans le coquillage, l'odeur de fumée épicée qui ne quittait jamais son père, les sept taches de rousseur sur son propre nez, le picotement de la magie au bout de ses doigts...

Elle avait les yeux fermés et hésitait encore quand une odeur terreuse et acidulée vint lui chatouiller les narines.

Du crottin de cheval.

CHAPITRE 29

Cordelia ouvrit vivement les yeux. L'attrapeur de voleurs se tenait sur le seuil de la pièce, l'air épuisé et furieux. Son coude gauche était maculé d'une matière pâteuse marron à l'odeur très douteuse. Cordelia eut l'impression que, comme elle, il n'avait pas fermé l'œil de la nuit.

– Ah, mademoiselle Chapelier ! s'exclama-t-il d'une voix triomphale. Ravi de vous revoir !

Sa façon de prononcer le mot « ravi » lui donna froid dans le dos. Lulu laissa tomber la plume qu'il tenait à la main.

– Bonjour, monsieur Austerloi, dit Cordelia d'un ton poli, tout en reculant. Vous avez l'air en forme…

– Vous ne pouvez pas vous enfuir ! déclara-t-il

sèchement. Et n'espérez pas vous cacher. Vous êtes en état d'arrestation !

Cordelia se déplaça derrière l'établi, en quête de protection. Du coin de l'œil, elle aperçut les rubans qui se tortillaient.

– Lulu, murmura-t-elle du bout des lèvres, le ruban bleu foncé.

Un ruban indigo, épais, lourd comme un python, était suspendu au milieu des autres. L'attrapeur avança vivement vers Cordelia, qui recula. Tandis qu'il se précipitait vers elle, elle sauta par-dessus l'établi.

Lulu lui tendit alors le bout du ruban bleu, que Cordelia se dépêcha de lui arracher des mains. Elle fit un bond de côté sans lâcher le ruban. L'attrapeur fonça droit sur elle. Elle virevolta autour de lui, aussi agile qu'une aiguille dans la main de son oncle. Il eut juste le temps de crier « *OUF !* », « *ARGH !* », « NON ! » et « *GRRR !* » avant de se retrouver emberlificoté, les bras plaqués le long du corps.

Austerloi luttait. Pas pour se défaire du lien, mais pour garder les yeux ouverts. Le ruban qui l'attachait était en soie de somnivère, une étoffe utilisée dans les bonnets de nuit afin de favoriser le sommeil.

Les paupières lourdes, il bâilla.

– M-m-maintenant, m-m-madem-m-moiselle… oh… *chhhha-aaaaa…*

Cordelia désigna un ruban en velours noir d'encre qui frétillait à côté de l'épaule de Lulu.

– Enroule-le avec ça !

Trottinant autour de l'attrapeur de voleurs, dont la tête retombait lourdement sur la poitrine, Lulu ligota l'homme avec le ruban noir. Lorsqu'il eut fini, Austerloi dormait d'un sommeil profond, maintenu debout par les deux rubans encore attachés au mur. Il ronflait et vacillait comme un roseau ballotté par le vent. D'autres rubans s'enroulèrent autour de lui et s'attachèrent en d'élégants nœuds papillons. Il avait l'air d'un cadeau que personne ne voudrait recevoir.

Lulu se tourna vers Cordelia, les yeux brillants.

– C'était tellement *drôle* !

Elle lui sourit.

– Garde toujours un grain de folie, Lulu, et la magie au bout des doigts te viendra !

Elle sut, à cet instant, ce qu'elle allait ajouter au chapeau de paix.

Le haricot sauteur de Sicile se tortillait entre ses deux doigts. Elle le tint fermement entre son pouce et son index le temps d'enrouler autour de lui un fil d'araignée. Lorsqu'elle fut certaine qu'il était bien attaché, elle le lâcha. Il se trémoussa joyeusement au bout du fil.

– Qu'est-ce que c'est ? demanda Lulu.

– Quelque chose que mon père m'a appris.

Elle noua avec délicatesse le fil autour des trois plumes qu'il avait choisies, puis les fixa à l'intérieur du ruban. Le haricot sauteur fit des allers-retours le long du rebord en sautillant fièrement.

– Maintenant, ce qu'il nous faut, c'est...

Elle s'interrompit. L'odeur la plus délicieuse venait de passer la porte de l'atelier. L'odeur du soleil d'été.

La cuisinière apparut, portant une auréole couleur miel, semblable à celle des saints sur les vitraux.

– Oh ! soupira Cordelia. C'est magnifique !

– J'ai fredonné un chant serein, expliqua-t-elle, rayonnante. Pour instiller la paix. J'ai vu votre tante faire ce genre de chose.

Elle déposa délicatement l'auréole autour de la calotte du chapeau, où elle brilla aussi fort qu'un rayon de soleil tressé. La cuisinière était si fascinée par son œuvre qu'elle ne remarqua même pas l'attrapeur de voleurs en train de ronfler.

Alors que Cordelia plaçait la guirlande de pâquerettes guillerettes sur le sucresoleil et le fixait grâce à un cordon diplomatique, Sam apparut à la fenêtre.

– Waouh ! s'exclama-t-il. Il est trop beau, c'chapeau !

Il sauta sur le sol sous le regard suspicieux de Lulu.

– Voilà mon truc, dit-il en brandissant une étoile dorée. C'est celle de la flèche de Saint-Auspice.

– Fabuleux ! s'écria Cordelia. Cette étoile joue un rôle de paratonnerre, elle protège de la foudre ! Il faudra que tu la remettes après, naturellement, mais elle sera parfaite sur le chapeau de paix.

Elle cousit l'étoile étincelante tout en haut du chapeau.

– La dernière chose qu'il nous faut, c'est de la lueur d'étoiles.

Elle prit le bol à étoiles et le fit tourner. Un très léger tintement résonna dans la pièce.

– À quoi ça sert ? chuchota Sam.

Cordelia regarda dans le bol.

– Ça te redonne de l'espoir si tu as perdu ton chemin, dit-elle. Et le sentiment de ne pas être seul.

Une lueur d'envie passa dans les yeux de Sam.

Cordelia prit une poignée de lueur d'étoiles et la souffla dans sa direction. Il se retrouva entouré d'un tourbillon de lumières aussi petites qu'une piqûre d'aiguille, mais aussi lumineuses que l'étoile du Berger. Elles se déposèrent sur ses épaules, ses oreilles et le bout de son nez.

– Tu vois ? dit-elle en souriant.

Des étincelles brillaient dans les yeux de Sam.

Lulu éternua et jeta un regard furtif vers Sam.

Cordelia prit une nouvelle poignée, qu'elle souffla vers lui.

La cuisinière toussota. Cordelia lui en envoya aussi.

– Saperlipopette ! s'écria Coco en essayant d'attraper les éclats de lumière qui dansaient autour d'elle.

Cordelia jeta une poignée en l'air et laissa les lueurs retomber en spirale autour d'elle.

Il restait une généreuse quantité au fond du bol. Elle le vida sur le chapeau, qui se retrouva constellé d'étoiles scintillantes.

Les quatre artisans reculèrent pour admirer leur travail. Un calme profond les envahit.

– Nous avons réussi, chuchota Cordelia. Nous avons fabriqué un chapeau de paix.

Les larges grilles du palais s'ouvrirent et la carriole des Chapelier fit son entrée dans la cour. À l'intérieur, Cordelia, seule, serrait la boîte à chapeau dans ses bras. Elle se sentait secouée jusqu'à la moelle.

Elle caressa le couvercle plissé de la boîte. C'était celle qui l'avait sauvée de la noyade lorsqu'elle était bébé. Elle espérait qu'elle l'aiderait à sauver sa famille aujourd'hui.

Un valet de pied en habit à fanfreluches rouge vint lui ouvrir. Passant la tête par la portière, elle vit vingt soldats en uniforme noir et argent alignés devant les portes du palais. Son cœur se mit à tambouriner, animé d'un sombre pressentiment.

Elle descendit de la carriole, serrant toujours la boîte contre son cœur. Les soldats se mirent au garde-à-vous. Elle constata avec soulagement qu'aucun ne semblait songer à l'arrêter.

Elle leva les yeux vers Jones, le cocher, qui lui fit un clin d'œil.

– Je suis venue livrer le chapeau de paix à la princesse, annonça Cordelia au valet de pied.

Il tendit la main vers la boîte, mais elle s'y accrocha.

– Un Chapelier apporte toujours ses chapeaux lui-même, déclara-t-elle, tentant d'imiter le ton impérieux de sa tante. Et ce chapeau en particulier doit être remis en main propre à Son Altesse Royale.

À la mention du nom Chapelier, un des soldats tressaillit, mais le valet fit signe à deux gardes d'ouvrir les portes dorées du palais. Cordelia pénétra à l'intérieur, si intimidée qu'elle avait l'impression d'avoir avalé une dizaine de papillons de nuit valsants.

– Je vous attends ici, mademoiselle Dilly ! lança Jones.

Le palais était silencieux et désert. Le valet de pied la conduisit rapidement le long de corridors sombres. Cette fois, aucun courtisan en habit ni aucune dame de la cour parée de ses plus beaux bijoux n'attendait sur son passage pour tenter d'entrapercevoir la boîte à chapeau. Tout au long du trajet, Cordelia ne vit qu'une servante, qui se dépêcha de disparaître. Sur les murs, les portraits royaux semblaient la toiser d'un air sévère.

– Rappelle-toi de quel bois tu es faite, Cordelia Chapelier ! se chuchota-t-elle à elle-même.

Devant la salle du trône, dix hommes montaient la garde. Ils s'écartèrent à l'approche du valet de pied, qui ouvrit les portes et s'inclina pour laisser passer Cordelia.

La pièce était immense et froide. Loin, à l'autre bout, la jeune fille aperçut une petite silhouette tassée sur un fauteuil doré, noyée au milieu d'une lourde cape rouge.

Elle s'avança. Elle eut l'impression de devoir marcher longtemps pour atteindre le trône.

Les pieds de la princesse Georgina ne touchaient pas le sol et son visage était aussi pâle que la collerette blanche qu'elle portait autour du cou. Derrière elle, un mur de gardes en noir et argent se tenaient impassibles, le regard fixe.

Cordelia s'inclina. Elle aurait aimé que le nœud en satin de la boîte à chapeau cesse de tinter chaque fois qu'elle tremblait.

– Votre Altesse, commença-t-elle, soulagée d'avoir réussi à parler d'une voix forte et claire, je suis venue vous apporter le chapeau de paix, afin d'honorer fidèlement la commande que vous avez passée à la famille Chapelier.

– Oh, formidable ! s'écria la princesse en relevant la tête. Je suis tellement impatiente de recevoir les habits de paix ! Vous êtes la première !

Se débarrassant de sa lourde cape comme un serpent de sa vieille peau, elle bondit sur ses pieds.

Cordelia essaya de ne pas montrer sa surprise tandis que la princesse, les yeux brillants, se précipitait vers elle et lui prenait la boîte des mains. Elle défit le ruban et retira le couvercle.

– Oh ! s'exclama-t-elle en soulevant le chapeau. Quelle merveille ! Vous êtes si doués, vous, les Chapelier !

Tandis qu'elle admirait la création sous tous les angles, Cordelia l'observait nerveusement. Son Altesse semblait satisfaite. Alors qu'elle allait poser le chapeau sur sa tête, Cordelia fut incapable de se contenir une seconde de plus.

– Est-ce que ma famille peut revenir ? s'exclama-t-elle.

La princesse figea son geste, les sourcils froncés.

– Revenir d'où ?

– De la Tour ! Tous les artisans ont été jetés en prison, dit-elle, oubliant d'appeler la princesse « Votre Altesse ». Après que vous les avez fait arrêter.

– Arrêter ? répéta-t-elle, perplexe.

– Oui ! Ce matin, des soldats sont venus chez nous et…

Son nez la piqua. Elle serra les dents pour ne pas pleurer.

Soudain, les portes s'ouvrirent avec fracas et une voix retentit dans l'immense salle :

– Princesse ! NE METTEZ SURTOUT PAS CE CHAPEAU !

Cordelia fit volte-face. Lord Witloof traversait la salle d'un pas rapide, suivi par le valet de pied à fanfreluches.

– C'est elle, l'assassin français ! s'écria-t-il en la désignant d'un doigt rougeaud orné d'une bague en or étincelante.

– Je ne suis pas un assassin français ! bafouilla Cordelia. Je suis une artisane de la famille Chapelier !

Lord Witloof frappa dans ses mains. L'un des gardes sortit du rang et, en un instant, Cordelia se retrouva ceinturée.

– Votre Altesse, je ne vous veux aucun mal !

– Ce chapeau est dangereux, princesse, déclara Lord Witloof d'une voix forte. Mes informateurs m'ont dit qu'il cachait une pierre fatale. Vous auriez été foudroyée à la seconde même où il aurait touché votre tête.

Le chapeau de paix tomba par terre avec un bruit sourd.

– Une pierre fatale ? répéta Cordelia, tout en se débattant pour s'arracher à la poigne d'acier du garde. Mais non ! C'est le chapeau de paix que vous avez demandé !

Mais la princesse, horrifiée, recula.

– Les habits de paix ont déjà été livrés par les artisans, Votre Altesse, déclara Lord Witloof d'une voix onctueuse. Le véritable chapeau de paix se trouve actuellement dans un de vos carrosses afin d'être emporté sur la côte et chargé à bord du galion qui doit vous emmener aux pourparlers de paix demain. Avec les véritables bottes, montre, cape et gants.

Il sourit d'un air rassurant, tandis que Cordelia laissait échapper une grimace de désarroi.

– Quelle chance que je sois arrivé à temps pour vous empêcher de poser sur votre tête le chapeau de l'imposteur, continua Lord Witloof en poussant celui-ci du bout du pied.

C'est alors que Cordelia remarqua les boucles qui scintillaient sur les brodequins de Lord Witloof.

Et soudain, elle comprit.

Les boucles ne représentaient pas MM.

Mais WW.

Elle les avait vues à l'envers !

– Vous ! s'écria-t-elle en levant les yeux vers Lord Witloof. C'était donc vous !

Sa tête la brûlait et ses mains étaient glacées, tandis que son cœur cognait furieusement dans sa poitrine. Elle tenta de résister au garde qui lui maintenait les bras derrière le dos.

– Que voulez-vous dire, mon enfant ? s'enquit la princesse.

Le regard de Lord Witloof s'attarda sur le visage outré de Cordelia.

– C'est elle, l'assassin français, princesse. Je me tue à vous le répéter : le plus grand danger plane sur vous.

– Elle ne peut pas être l'assassin, rétorqua la princesse. Elle se trouvait à côté de moi au moment où le coup est parti. Elle n'a pas pu tirer.

– Évidemment que je n'ai pas...

– Croyez-en ma longue expérience, l'interrompit Lord Witloof. Je vous rappelle que vous, en revanche, n'en avez quasiment aucune.

La princesse cligna des yeux.

– Emmenez l'assassin à la Tour, ordonna-t-il.

– NON ! cria Cordelia. Je ne suis pas un assassin ! Je suis une artisane de la famille Chapelier !

Mais elle fut entraînée à l'autre bout de l'immense

salle. Il ne resta bientôt plus du visage soucieux de la princesse qu'une tache pâle au milieu de la pénombre. Cordelia, tirée en arrière, perdit l'équilibre et tomba. Ses pieds glissaient sur le parquet ciré, elle ne pouvait lutter contre la force du garde. Ils arrivaient face à la porte quand…

– Stop ! cria la princesse.

Le garde obéit et Cordelia en profita pour se relever. La princesse Georgina courut vers eux, tandis que Lord Witloof s'empressait de la suivre d'un pas lourd, une expression de profonde contrariété sur le visage.

– Une pierre fatale a-t-elle été cachée dans ce chapeau ? demanda la princesse à Cordelia.

– Bien sûr que non, répondit-elle. Je peux le mettre devant vous, si vous en voulez la preuve !

La princesse claqua des doigts. Un garde ramassa le chapeau en l'attrapant par le bord, puis le laissa tomber dans sa boîte et la leur apporta.

– Georgina, nous perdons notre temps ! s'agaça Lord Witloof en sortant de sa poche une montre à gousset, qui faisait entendre un tic-tac impatient.

Cordelia reconnut la montre ; elle se souvenait du ravissant papillon bleu qui en ornait le boîtier.

« Lord Witloof est un monstre d'avoir tué une si jolie créature », pensa-t-elle.

C'est alors que le papillon battit des ailes – il était vivant, enfermé à l'intérieur de la montre !

Cordelia en fut horrifiée.

– Il est temps de partir ! déclara Lord Witloof. Probert, faites apprêter le carrosse royal. Il nous faut partir d'ici une heure, Votre Altesse, si nous voulons arriver sur la côte à l'aube.

– Relâchez cette enfant, ordonna-t-elle.

Le garde libéra Cordelia, qui sentit l'espoir renaître.

– HEIN ? s'écria Lord Witloof. NON ! Attrapez cette enfant !

Cordelia courut se réfugier derrière la robe à crinoline de la princesse.

– Votre Altesse, je crois qu'il se passe des choses étranges ! s'exclama-t-elle.

– Je le crois aussi, mademoiselle Chapelier.

– C'est ridicule ! tempêta Lord Witloof en attrapant la princesse par le bras.

Celle-ci le repoussa et claqua à nouveau des doigts. Le garde cessa immédiatement de pourchasser Cordelia autour de la jupe royale et se mit au garde-à-vous. La respiration bruyante de Lord Witloof emplissait le silence.

– Mademoiselle Chapelier, qu'est-il arrivé à votre famille ?

– Des soldats sont venus chez nous ce matin..., chuchota-t-elle tout en jetant un regard rapide aux deux WW sur les souliers qui trépignaient d'impatience. Je crois que Lord Witloof est...

– Que dit l'imposteur ? l'interrompit ce dernier.

La princesse se retourna pour le regarder en face.

– Elle dit que sa famille a été arrêtée par les soldats de la Couronne, Witloof. Ce qui est étrange, car seuls vous et moi pouvons leur donner des ordres.

Lord Witloof porta la main à son cœur d'un air profondément indigné – à moins que ce soit l'effet du choc.

– Ainsi que je vous l'ai dit, fulmina-t-il, les espions sont prêts à user de toutes les ruses possibles pour semer la confusion dans votre esprit et vous tourneboulers. Ne commettez pas l'erreur de croire les ignobles mensonges que cette enfant vous raconte !

– Garde, dit la princesse d'une voix calme, je vous demande d'escorter Lord Wit...

Aussi vif qu'un serpent, celui-ci sortit alors de sa veste une petite couronne qu'il posa d'un geste rapide sur la tête de la princesse.

– Oh ! s'écria-t-elle, comme si elle venait de recevoir un seau d'eau glacée.

Cordelia la regarda avec horreur. La couronne était composée de tentacules de verre qui ondulaient et se nouaient autour de son front pâle. Une couronne est supposée être belle, mais là, c'était le contraire, le verre était comme déformé, étrangement laid.

Cordelia savait qu'elle aurait dû faire quelque chose, n'importe quoi, mais elle était paralysée et ne pouvait détacher ses yeux des tentacules de verre qui enserraient la tête de la princesse.

Les yeux terrifiés de Son Altesse – « fuyez » – semblaient s'enfoncer sous l'eau – « fuyez » – et les seules pensées que Cordelia arrivait à formuler – « fuyez » – étaient désespérées.

– Cordelia, fuyez ! chuchota la princesse en rassemblant ses dernières forces.

Ces mots la tirèrent de sa brume – à l'instant même où Lord Witloof se jetait sur elle. Elle fit un bond de côté, arracha la boîte à chapeau des mains du garde, puis fonça vers les portes.

– ATTRAPEZ CETTE ENFANT ! rugit Lord Witloof.

Au fond de la salle, une dizaine de soldats se mirent instantanément en mouvement. Cordelia se jeta sur la poignée, ouvrit la porte… et se retrouva au milieu de ceux qui montaient la garde dans le couloir.

Par chance, leur lourd uniforme ralentissait leurs mouvements. Elle se faufila à travers la forêt de leurs jambes avant qu'ils aient pu l'attraper.

Des clameurs retentirent derrière elle – la traque avait commencé ! Alors qu'elle courait à toute allure, elle sentit le gant d'acier d'un garde effleurer ses cheveux, qui volaient derrière elle. Elle serra encore plus fort le chapeau de paix, bien à l'abri dans sa boîte, et redoubla de vitesse, les jambes en feu. Tout en tournant au coin, elle essaya désespérément de se souvenir du chemin jusqu'à l'entrée du palais – gauche, droite, droite et gauche à nouveau... Elle esquiva de justesse un duc surgi de nulle part et une fille de cuisine égarée.

Ignorant leurs cris, elle passa à fond de train devant les portraits d'un roi à la barbe fourchue et d'une reine qui louchait, puis devant une statue dorée de faunes en train de folâtrer. Le sang battait contre ses tempes – ou était-ce les pas des gardes qui se rapprochaient ? Elle s'élança dans un corridor lugubre, où arrivaient trois servantes les bras chargés de linge. Sous l'effet de la surprise, elles levèrent les mains, lâchant leur pile de draps blancs comme neige.

– Mince, alors ! Une Chapelier ! s'exclama la plus jeune.

Cordelia traversa l'épais tas de draps en dérapant. Elle était à quelques mètres des portes. Encore trois secondes, et elle serait libre... Mais, soudain, son cœur chavira. Une nouvelle escouade venait de surgir d'un couloir sur sa gauche. Elle fit volte-face, pour découvrir une dizaine de soldats qui arrivaient derrière elle.

Prise au piège, elle revint sur ses pas.

La plus jeune des servantes tomba en avant, et Cordelia aperçut son visage. C'était la jeune fille à qui elle avait souri la dernière fois qu'ils étaient venus au palais.

– Je sais comment vous faire sortir, mademoiselle ! chuchota celle-ci en lui jetant un drap sur la tête.

Elle eut juste le temps d'apercevoir un garde qui tendait la main vers elle, et le monde devint blanc.

– Par là, lui glissa une voix pressante à l'oreille.

Cordelia fut plaquée contre un mur. Et soudain celui-ci disparut.

Elle bascula et se retrouva étendue sur le dos – la servante l'avait poussée à travers une trappe secrète ! Dans un carré de lumière au-dessus de sa tête, elle vit le garde, stupéfait, le drap à la main.

– Filez ! lui cria la servante.

Sans lâcher la boîte à chapeau, Cordelia rampa sur le dos, à reculons, aussi vite qu'elle le put dans l'obscurité.

Puis elle glissa tout à coup le long d'une pente, se cogna la tête contre un mur et vit une explosion d'étoiles derrière ses paupières. Elle se mit à genoux et explora à tâtons la paroi lisse du passage, mais ne trouva que de la pierre nue à gauche comme à droite – un cul-de-sac !

– Oh, non ! gémit-elle.

Alors qu'elle martelait le mur de ses poings, désespérée, elle sentit quelque chose de froid. Explorant la pierre du bout des doigts, elle trouva un levier encastré dans le mur. Elle tira dessus. Il ne bougea pas d'un pouce.

Elle s'y prit à deux mains.

– Allez ! cria-t-elle.

Dans une brusque secousse, le levier s'abaissa d'un centimètre. Un énorme bloc de pierre se déplaça, laissant apparaître un rai de lumière. Elle continua à tirer sur le levier, qui s'abaissa à nouveau d'un centimètre. De l'air frais s'engouffra par la fissure, et elle aperçut la cour du palais.

Quelque part dans l'obscurité, derrière elle, les gardes se rapprochaient. Elle entendait leurs armures cliqueter dans un assourdissant bruit de cymbales.

Elle réussit à passer la tête en forçant un peu, se râpant les oreilles au passage, puis elle tourna les épaules et glissa comme un poisson à travers la fente, tirant la boîte à chapeau derrière elle.

Libérée, elle traversa la cour à toute vitesse, sifflant aussi fort qu'un marin pour prévenir Jones.

Mais devant les portes du palais se trouvaient amassés vingt soldats qui l'entendirent et tournèrent instantanément la tête vers elle. Ils dégringolèrent les marches dans sa direction. Heureusement, Jones fut plus rapide. D'un coup de rênes, il mit les chevaux au trot.

– Les grilles ! cria Cordelia en s'élançant vers elles, tandis que la carriole faisait demi-tour dans la cour pour la suivre.

Cordelia courait en tête, puis venait la carriole, et les soldats derrière.

– ARRÊTEZ-LA ! hurla un garde.

Deux sentinelles surgirent de leur cahute et entreprirent de fermer les grilles.

Au fracas des sabots sur les pavés, Cordelia sut que la carriole se rapprochait. En même temps, l'espace entre les grilles dorées se rétrécissait…

– Mademoiselle Cordelia ! cria Jones.

Elle sentit ses pieds quitter le sol et ses jambes moulinèrent dans le vide. Jones, la tenant par le col, la hissa sur le siège à côté de lui. Elle agrippa la poignée de toutes ses forces tandis qu'il attrapait la boîte à chapeau pour l'empêcher de tomber. Les grilles étaient presque fermées…

– Accrochez-vous à votre chapeau, mademoiselle !

Ils entendirent le bois crisser contre le métal, mais Jones pressa les chevaux et la carriole passa en raclant les grilles, tanguant sur ses roues.

Un instant plus tard, ils filaient dans une rue de Londres et les cris derrière eux devenaient de plus en plus lointains.

Lorsque Jones arrêta la carriole devant la porte de la maison des Chapelier, le cœur de Cordelia battait toujours aussi fort.

Lulu, Sam et Coco l'attendaient sur le perron. Ils l'entraînèrent à l'intérieur et l'assaillirent de questions :

– Quelque chose s'est mal passé ?

– T'as encore le chapeau !

– Pourquoi vot' robe est déchirée, Dilly ?

Cordelia leva la main et ils se turent.

– Les soldats. Ils vont venir pour m'arrêter. Ils seront là dans un instant.

Une fois la stupéfaction passée, les réactions fusèrent :

– On va pas se laisser faire !

– Faut qu'tu te tires de là !

– Pourquoi es-tu revenue ici ?

Cordelia secoua la tête, peinant à reprendre son souffle.

– Vous devez tous vous cacher, sinon ils vont vous embarquer aussi.

Un cri retentit dans la rue, puis Jones hurla :

– Mademoiselle ! Les voilà !

Cordelia se tourna vers Lulu, Sam et Coco.

– La princesse est en danger. Elle est tombée sous leur emprise. Ils viennent m'arrêter. Il faut empêcher Lord Witloof…

Mais Lulu et Coco secouaient la tête, perdus. Elle n'avait pas le temps de tout leur raconter, pas le temps de leur expliquer ! En désespoir de cause, elle se tourna vers Sam.

– Sam ! Qu'est-ce qu'on va faire ?

Pour toute réponse, il retira sa casquette.

Pendant un bref instant, personne ne parla. Les cheveux de Sam se déployèrent sur ses épaules et dans son dos, en boucles châtain doré.

Lulu en resta bouche bée.

Sam Doiléger était une fille.

– Ôt' ton manteau, Cordelia, pis ton chapeau, chuchota-t-elle. Vite.

Prise de tournis, Cordelia se débarrassa de son

chapeau, de son manteau, de ses gants et de sa robe. Face à elle, comme en miroir, Sam retirait ses haillons et les jetait en tas sur le sol.

Dans un moulinet de bras et de jambes, elle enfila les habits de Cordelia.

Ils entendirent les bottes des soldats résonner dans la rue.

Sam s'approcha de Cordelia et retira de ses cheveux l'épingle à chapeau en or de sa tante.

– Cache-toi ! la pressa-t-elle.

Tandis que Sam fixait l'épingle à l'intérieur de sa manche, Cordelia et Coco plongèrent sous le comptoir en bois. Cordelia eut juste le temps de tirer Lulu par le bras.

La porte s'ouvrit avec fracas.

Sam prit une profonde inspiration... et les soldats se jetèrent sur elle.

Cordelia enfonça ses ongles dans sa paume en l'entendant crier et se débattre. Lulu et Coco se tassèrent contre elle, tâchant de se faire les plus petits possibles. La porte claqua. C'était fini, leur amie avait été emmenée.

Une minute s'écoula. Lorsqu'elle fut certaine qu'il ne restait pas un seul soldat, Cordelia se releva et s'avança jusqu'à la fenêtre. Jones, étendu sur le trottoir, se frottait la tête en gémissant. La carriole des Chapelier gisait sur le flanc, les roues cassées.

Un cheval s'était enfui. L'âne brayait tristement dans les écuries.

Lulu se déplia lentement et essuya les larmes sur son visage.

– Il… elle… est très courageuse, déclara-t-il d'un ton solennel.

– C'est sûr ! s'exclama Cordelia d'un ton farouche.

Il renifla bruyamment.

– Qu'est-ce qu'on fait maintenant ?

Cordelia retira vivement le couvercle de la boîte à chapeau et jeta un regard à l'intérieur. Malgré sa fuite et la course précipitée en carriole, le chapeau de paix était resté intact. Pas une plume n'avait bougé.

– Bien, déclara-t-elle de sa voix la plus déterminée. Je pense qu'il va falloir arrêter la guerre.

– Si vous avez d'aussi grandes ambitions, Dilly, je vous conseille de vous habiller, suggéra Coco.

Cordelia se rappela qu'elle était en sous-vêtements. Lulu, rouge pivoine, examina les peintures du plafond.

Cordelia boutonna la veste de son père par-dessus sa robe. Elle était trop grande et elle dut retourner plusieurs fois le bout des manches, mais la porter lui donnait de l'audace et de l'assurance.

Soudain, on frappa violemment à la porte d'entrée, cinq étages plus bas. *PAN ! PAN ! PAN !*

Lulu sauta dans les bras de Cordelia, les yeux écarquillés par la peur. Pétrifiés, ils tendirent l'oreille.

– Je vais voir qui c'est, annonça Coco depuis la cuisine.

Pendant quelques secondes, Cordelia craignit que les soldats aient découvert leur méprise. Elle distingua un gémissement puis, à sa grande surprise, un petit rire.

– Vous pouvez descendre, Dilly, chanta Coco. Il insiste tellement, le pauvre chou !

Perplexes, Cordelia et Lulu descendirent l'escalier. Elle était contente de porter la veste de son père, elle se sentait enveloppée de son courage, ce qui renforçait sa propre témérité. Elle empoigna un tisonnier en guise d'épée et Lulu attrapa un bougeoir, qu'il brandit d'un air vaguement menaçant.

Coco, les joues roses, les entraîna vers la porte. Cordelia jeta un regard dehors.

– Sir Hugo ?

L'acteur, affalé sur les marches du perron, martelait le sol de ses poings en gémissant.

– Pauvre de moi ! Pauvre, pauvre de moi !

Cordelia ouvrit la porte de la boutique et Sir Hugo s'écroula à l'intérieur.

– Ah ! La merveilleuse, la miraculeuse maison Chapelier ! psalmodia-t-il, posant la joue par terre et caressant le tapis avec adoration.

– Que puis-je pour vous, Sir Hugo ? demanda Cordelia d'une voix forte en reposant son tisonnier.

– Mademoiselle la chapelière ! s'écria Sir Hugo en rampant jusqu'à elle et en embrassant le bout de son soulier. Ô déesse des chapeaux ! Ô grande créatrice de couvre-chefs ! Je supplie vos mains gracieuses et généreuses d'accorder un autre chapeau à ma pauvre tête indigne !

– Hein ? s'exclama Lulu, complètement perdu.

La cuisinière s'éventait de la main. Cordelia leva les yeux au plafond.

– Je dois jouer Roméo dans la plus grande histoire d'amour de Shakespeare, se lamenta Sir Hugo. Et je crains que sans un chapeau confectionné par vos divines mains…

À ce moment, Sir Hugo se mit à genoux, attrapa la main de Cordelia et l'embrassa avec ferveur.

– … ma prestation ne soit pas aussi applaudie que mon Hamlet !

Cordelia retira sa main et l'essuya sur sa robe. Elle regarda par la vitrine, les sourcils froncés. L'après-midi avançait et le ciel pâlissait.

« Il nous faut partir d'ici une heure, Votre Altesse », avait dit Lord Witloof. Le carrosse royal était sans doute déjà en route pour la côte. Elle devait trouver un moyen de parler à la princesse !

Elle se retourna. Elle allait dire à Sir Hugo qu'elle n'était pas autorisée à fabriquer des chapeaux et que, de toute façon, elle n'avait pas le temps de l'aider à jouer à se déguiser.

Mais une meilleure idée lui traversa l'esprit.

– Si je vous trouvais le chapeau idéal, Sir Hugo, dit-elle, seriez-vous d'accord pour m'accorder une très grande faveur ?

La lourde porte en bois du cachot le plus profond de la Tour de Londres s'ouvrit dans un grincement. Ariane, Tiberius et Petronella levèrent la tête, pleins d'espoir, en apercevant la lueur d'une torche. Mais lorsque Cordelia fut poussée à l'intérieur, leur cœur fut déchiré.

La porte claqua, et la clef tourna dans la serrure.

Puis Cordelia releva la tête, et les Chapelier découvrirent que ce n'était pas Cordelia !

– B'jour, mon oncle ! déclara l'inconnue qui n'était pas Cordelia. B'jour, ma tante et ma grand-tante !

Les Chapelier la regardèrent, complètement perdus. Puis l'inconnue qui n'était pas Cordelia leur désigna des yeux la grille de la porte, où se profilait la sombre silhouette d'un gardien.

– Ah, *Cordelia* ! Bonjour ! répondit Tiberius d'une voix forte.

– Cordelia, chuchota Ariane. Tu as l'air… en forme.

Petronella observa l'inconnue de son regard perçant. Celle-ci jeta à nouveau un regard vers le geôlier, puis repéra des croûtons – restes de leur triste repas de pain sec et d'eau.

– Z'allez pas les manger ? demanda-t-elle.

Ariane secoua la tête.

L'inconnue dévora les croûtons en deux bouchées.

– On f'rait mieux d'dormir, conseilla-t-elle en s'installant dans un coin.

Elle leur fit un clin d'œil, avant d'ajouter :

– Ça va être une longue journée, d'main.

Ariane et Tiberius échangèrent des regards stupéfaits, mais lorsqu'ils se tournèrent à nouveau vers l'inconnue, elle ronflait doucement.

Un sourire monta aux lèvres de Petronella.

Alors que la lune se levait, trois voleurs de grand chemin, vêtus de noir, quittèrent Londres au galop en direction du sud.

Ils montaient trois fougueux destriers. Des foulards couleur nuit masquaient leur visage, ils portaient des

Alors que la lune se levait, trois voleurs
de grand chemin, vêtus de noir, quittèrent
Londres au galop en direction du sud.

tricornes et des capes d'un noir d'encre. L'un d'eux avait insisté pour orner son chapeau d'une élégante plume d'autruche noire.

– Cela me donne une aura de mystère, avait-il expliqué.

En les regardant avec plus d'attention, vous auriez remarqué que ce n'était pas, à proprement parler, des voleurs. L'un d'eux était une voleuse. Et l'un des chevaux était, pour être précis, un âne.

Cette même nuit, *Le Bateau Fantastique* quittait le rivage de la France par grand vent. Alors que les vagues battaient la proue, le roi de France, assis dans la cabine du navire royal, souffrait d'un léger mal de mer. Il se demandait, sceptique, si sa rencontre avec Georgina aurait le pouvoir de changer l'opinion qu'il s'était forgée à son sujet. Elle lui avait envoyé des lettres d'une grossièreté absolument impardonnable.

La princesse se tenait parfaitement droite et immobile dans le carrosse royal qui cheminait dans la nuit. C'est à peine si elle clignait des yeux. La couronne posée sur sa tête projetait une étrange lumière sur son visage. Face à elle, Lord Witloof consulta sa montre à gousset en verre, puis sourit en se livrant à ses petits calculs.

– LA BOURSE OU LA VIE !

Le plus grand des voleurs pointa son pistolet d'un air menaçant, les yeux brillants à la lumière de la lune.

– La bourse… ou la vie ? répéta le petit voleur d'une voix apeurée.

– Non, non, non ! LA BOURSE ! Il faut que ça vienne du ventre, de tes tripes ! LA BOURSE OU… Vas-y, essaie.

– LA BOURSE OU… la vie ? tenta à nouveau le petit voleur.

– LA VIE ! articula le grand, comme s'il était sur la scène du théâtre royal.

– La VIE ? cria le petit voleur.

– Excellent ! Maintenant, à toi, déclara le grand voleur en dirigeant son pistolet vers la petite voleuse.

– Ne pointez pas votre arme sur moi ! protesta-t-elle.

– Pardon. J'ai fait comme si c'était un accessoire.

La petite voleuse dirigea son pistolet vers lui et déclara d'une voix féroce :

– LA BOURSE OU LA *VIE* !

– Magnifique ! s'écria le grand voleur. Nous sommes prêts pour le grand soir ! En selle !

Ils éperonnèrent leurs chevaux. Arrivés en haut d'une colline, ils aperçurent, sur une route qui descendait en lacet, un carrosse doré qui luisait dans la nuit.

– Il n'y a que deux cavaliers pour escorter la princesse, murmura le grand voleur. Ça va être très facile.

Il se retourna sur sa selle pour s'adresser à ses compagnons :

– Bien. Voilà le plan, se dépêcha de déclarer la petite voleuse. Nous arrêtons le cocher...

– Là, je fais un discours, l'interrompit le grand.

– D'accord, accepta la voleuse. Ensuite, nous invitons la princesse à sortir du carrosse, nous lui donnons le chapeau de paix et nous accompagnons le cocher jusqu'au navire royal.

– Je ferai d'autres discours en chemin, si Son Altesse le souhaite, ajouta le grand voleur.

Sans attendre de réponse, il poussa un théâtral : « HUE ! » et s'élança au galop dans la pente. Les deux petits voleurs le suivirent.

Ils atteignirent la route à l'instant où le carrosse sortait d'un lacet et l'interceptèrent. Si le cocher avait eu de bons yeux, il aurait vu l'homme jeter plusieurs pétards à terre tout en tirant en l'air. Mais les coups résonnèrent à travers les collines et le cocher ne vit que les dents étincelantes du voleur, une superbe plume d'autruche et le blanc des yeux du cheval qui se cabrait.

– LA BOURSE OU LA VIE ! cria le voleur de grand chemin.

Deux petits voleurs, un peu moins impressionnants, répétèrent en agitant leur pistolet :

– LA BOURSE OU LA *VIE* !

– La bourse ou la VIE ?

Le carrosse s'arrêta dans un nuage de poussière. Les deux cavaliers, qui montaient des chevaux blancs, restèrent en arrière. Le voleur les menaça de son pistolet.

– À terre, lascars ! ordonna-t-il.

Les deux hommes, tremblants, glissèrent à bas de leur monture et se jetèrent sur le sol à plat ventre. D'une tape sur le flanc, le voleur fit partir leurs chevaux au galop.

– Toi aussi ! cria-t-il au cocher.

Celui-ci dégringola de son siège et s'allongea face contre terre à côté des deux autres.

– Garde ton pistolet pointé sur eux. S'ils s'avisent de bouger ne serait-ce que le petit doigt, tu tires, lança le grand au petit voleur.

Celui-ci dirigea son arme vers les trois hommes. Si l'un d'eux avait levé les yeux (par chance, aucun n'osa prendre le risque), il aurait vu que son pistolet tremblait. Il aurait peut-être même remarqué que l'arme était en bois peint.

Le voleur sauta avec légèreté à bas de son cheval.

– Oh, Sally, dit-il, ne s'adressant à personne en particulier, sauf peut-être à l'animal.

Contournant le carrosse, il frappa à la portière.

– Princesse, déclara-t-il, je vous donne ma parole de gentleman de grand chemin : il ne vous sera fait aucun mal !

Seul le silence lui répondit. Pas un rideau ne bougea.

– Ne craignez rien, ô Votre Altesse ! continua-t-il, tandis que la petite voleuse mettait à son tour pied à terre et tentait de voir à l'intérieur. Je préférerais mille fois m'attaquer à une rose juste éclose ou à un petit agneau innocent que de toucher à un seul de vos cheveux royaux.

Toujours aucune réaction en provenance du carrosse. Le voleur commença à s'impatienter. Il n'était guère habitué à ce que ses discours suscitent si peu de réactions.

D'une voix plus forte, et un peu moins chevaleresque, il ajouta :

– Il est fort malpoli de laisser un homme attendre si longtemps !

La petite voleuse, sentant que quelque chose

n'allait pas, ouvrit la portière du carrosse... et fut aussitôt saisie d'un haut-le-cœur.

– Sacrebleu ! s'écria le voleur.

C'était la même odeur pestilentielle qui s'était répandue dans la maison des Guildes la nuit précédente.

Malgré leurs yeux larmoyants, les voleurs distinguèrent une femme seule assise à l'intérieur. Elle tenait à la main une aiguille en argent et était entourée d'une masse hideuse de peaux de bêtes galeuses, de griffes coupées et de crocs jaunâtres, de plumes enduites de goudron et d'un tas de boyaux d'animaux pourrissants. Elle était occupée à coudre un mille-pattes vivant sur le rebord d'un chapeau noir.

À la vue de la femme, la petite voleuse laissa échapper un cri.

– Vous n'êtes pas la princesse ! s'écria le grand voleur d'un ton déçu.

En effet, ce n'était pas elle, mais...

– Mademoiselle Fixefond ! s'exclama le petit voleur, qui avait glissé sa tête entre les deux autres pour jeter un regard à l'intérieur. Que faites-vous là ?

– Je vous retourne la question, Lucas Bottier, rétorqua-t-elle, hargneuse.

Ses deux sourcils étaient dangereusement bas. Le petit voleur (Lulu) avala péniblement sa salive.

– La Chapelier et le Bottier sont toujours amis, à

ce que je vois ! se moqua-t-elle. Alors le mouchoir n'a pas suffi.

La petite voleuse (Cordelia) poussa un cri.

– C'était vous ! s'exclama-t-elle. Vous qui avez laissé mon mouchoir par terre après le cambriolage des Bottier !

À cette découverte, son esprit se mit à tourner comme une cosse de spiralline. L'indignation lui donnait le vertige.

– Je vous ai prêté mon mouchoir lorsque vous étiez triste que votre soupirant tarde tant à demander votre main..., murmura-t-elle.

Les différentes pièces du puzzle commençaient à s'emboîter les unes avec les autres.

– Mais... cet homme, dans la barque, ce n'était pas votre soupirant ! C'était Lord Witloof ! Vous êtes complices !

– Si seulement vous aviez l'esprit aussi vif pendant vos leçons, se moqua Mlle Fixefond.

– Alors, c'était vous, à la maison des Guildes, cette nuit ! Et toutes ces horreurs viennent de l'armoire menaçante que vous avez ouverte !

La gouvernante fit entendre un long rire pointu tandis que, horrifiée, Cordelia ne pouvait quitter des yeux le contenu répugnant de l'armoire. Sous les piquants noirs des oursins et un tas de peaux de crapaud verdâtres, elle aperçut...

– Des habits ! Vous cousez des habits !

Vive comme l'éclair, Mlle Fixefond fit voler sa canne à travers les airs.

– MORBLEU ! cria le grand voleur, à deux doigts de recevoir la canne en pleine face.

– HUE !

Dans une violente secousse, le carrosse s'ébranla et les trois voleurs firent un bond en arrière pour éviter de se faire rouler sur les pieds.

– Par Iago ! pesta le grand.

Le carrosse s'éloigna en tanguant, le cocher et les cavaliers s'agrippant au siège de devant tout en fouettant frénétiquement les chevaux.

– Lulu ! protesta Cordelia. Tu étais chargé de surveiller le cocher !

– Je suis désolé, Cordelia ! dit-il d'une voix tremblante, en déchirant son mouchoir de soie. Je voulais voir qui se trouvait dans le carrosse !

– Je vous l'avais bien dit, à tous les deux ! On ne sort jamais d'un rôle en plein milieu d'une scène ! se lamenta Sir Hugo en jetant son chapeau par terre.

Tandis que Cordelia réfléchissait à toute allure, le carrosse royal disparut au tournant dans un nuage de poussière, laissant dans son sillage des effluves pestilentiels.

– Ils se préparent sûrement depuis longtemps, murmura-t-elle.

– Mais ils se préparent à quoi, exactement ? demanda Lulu.

– Au nom d'Othello, quelqu'un *daignerait*-il m'expliquer ce qui se PASSE ! mugit Sir Hugo.

Cordelia vérifia que le chapeau de paix était intact. Il était rangé dans sa boîte, bien à l'abri dans la veste de son père – celle-ci était assez grande pour accueillir la boîte en plus de Cordelia, même si cela lui donnait une silhouette étrange. La jeune fille se tourna vers Sir Hugo.

– Cette femme est de mèche avec l'ennemi, expliqua-t-elle. Elle prépare des habits pour la princesse, mais avec des matériaux menaçants qui vont la remplir de haine.

– Ah ! Quelle infâmie ! Scélérate saboteuse !

– Hein ? dit Lulu.

– Elle va ruiner les efforts de paix, traduisit Cordelia. Elle fabrique des… habits de rage, en quelque sorte, qui vont inciter la princesse à déclarer la guerre à la France !

Pendant un moment, Cordelia ne vit plus qu'une mer démontée, couverte de navires de guerre et retentissant de tirs de canon. Son père n'aurait pas la moindre chance de survie. Il serait englouti à jamais par les vagues déchaînées.

« Cordelia ! » appela sa voix dans sa tête, et il tendait les mains désespérément, luttant contre la mer en furie.

– Non ! cria-t-elle.

Lulu et Sir Hugo la regardèrent.

Cordelia les regarda en retour. En voyant l'expression terrifiée de Lulu, elle prit conscience qu'en cas de guerre, elle ne serait pas la seule orpheline. Des milliers d'enfants, comme elle, perdraient leur père.

– On ne peut pas laisser une chose pareille arriver, dit-elle. Il faut l'empêcher !

– Comment ?

– Nous devons donner notre chapeau de paix à la princesse ! Si elle le porte, elle ne pourra pas déclarer la guerre ! C'est la seule solution.

Sir Hugo ramassa son propre chapeau dans la poussière et sauta en selle. Cordelia et Lulu grimpèrent un peu plus laborieusement sur leurs montures et, lançant des « HUE ! » très théâtraux, ils s'engagèrent sur la route à la poursuite du carrosse royal et de leur traîtresse de gouvernante.

Le temps qu'ils atteignent sur la côte, le soleil se levait à l'horizon et le ciel se colorait du rose délicat des ailes de douce-colombe.

Ils décidèrent de quitter la route avant d'arriver à la mer, au cas où des gardes royaux les guetteraient quelque part. Aussi firent-ils grimper leurs destriers (Sir Hugo insistait pour qu'ils appellent leurs chevaux ainsi) en haut d'une colline verdoyante. Après avoir attaché leurs destriers (Cordelia leva les yeux au ciel) à un acacia rabougri tordu par le vent, ils rampèrent jusqu'au bord de la falaise.

Tout en bas, au pied de l'à-pic blanc, un magnifique vaisseau avait jeté l'ancre dans la baie.

– C'est le galion royal ! s'exclama Lulu, impressionné.

– Et regardez ! ajouta Cordelia en tendant le doigt.

Sur le rivage se trouvaient deux carrosses dorés. De petites silhouettes en uniforme rouge allaient et venaient du second carrosse à une barque amarrée dans les eaux peu profondes. Mlle Fixefond haranguait tout le monde depuis le canot.

– Elle doit emporter les habits de rage sur le navire, supposa Cordelia. J'imagine que la princesse est déjà à bord...

Tout autour de la plage, on voyait scintiller les armes des soldats.

– Le moment est venu de changer de costume, déclara Sir Hugo avec enthousiasme. Nous abordons l'acte final !

Il attacha son foulard de voleur de grand chemin autour de son cou et sortit sa chemise bouffante de son pantalon.

– Pour ce personnage, ce serait vraiment mieux avec un cache-œil et une jambe de bois, soupira-t-il.

– Nous n'avons pas le temps, Sir Hugo, regardez ! s'écria Cordelia.

La barque emportant Mlle Fixefond et les habits de rage était déjà à mi-distance du navire royal. Avec l'encombrante boîte à chapeau sous sa veste, il ne fut guère facile pour Cordelia de nouer le foulard autour de son cou, mais avec l'aide de Lulu, ce fut bientôt chose faite.

– Il faut trouver un moyen de rejoindre ce bateau !

Cordelia, Lulu et Sir Hugo descendirent la falaise et s'approchèrent discrètement de la plage.

Les soldats étaient revenus avec la barque maintenant vide, qui crissa sur les galets lorsqu'ils la tirèrent sur le rivage. Puis ils rejoignirent le reste des gardes vers les carrosses royaux, tout en gardant un œil sur la route au cas où les trois criminels qu'ils avaient ordre d'arrêter approcheraient.

Ils ne virent rien des trois silhouettes qui surgirent de derrière un buisson, se précipitèrent dans l'eau et poussèrent la barque vers le large.

Le temps qu'un soldat se retourne et donne l'alerte, les rames étaient sorties et la barque avançait en direction du galion royal. Personne, à bord du navire, n'entendit les cris des soldats, masqués par le cliquetis de l'ancre qu'on remontait. Et personne n'entendit non plus les tirs des mousquets en direction de la barque.

– Sir Hugo, asseyez-vous !

Les balles crépitaient en tombant dans l'eau derrière eux. Heureusement, ils furent hors de portée avant que les soldats n'aient eu le temps de recharger leurs armes.

– Le vent leur est favorable, constata Sir Hugo.

Un pied sur la proue, il regardait le galion royal s'éloigner à vivre allure.

– Nous… ne… les… rattraperons… jamais… à… ce… compte, dit Lulu, essoufflé, en tirant sur la rame.

– Vous… n'avez… pas… une… idée ? haleta Cordelia, entre deux efforts.

Ils ramèrent en silence pendant plusieurs minutes, tout en regardant les gardes sur la plage devenir aussi petits que des soldats de plomb. Le galion royal, toutes voiles dehors, voguait vers la haute mer.

– Comment allons-nous les rattraper ? gémit Cordelia, désespérée.

Sir Hugo se drapa dans une voile qu'il avait trouvée au fond de la barque et prit une pose mystérieuse, appuyé contre le mât. Puis une vague se brisa sur le bord de la petite barque et l'envoya rouler sur Lulu.

– Aaah ! Par Neptune ! jura-t-il.

Lulu, enseveli sous la voile, lâcha sa rame. Cordelia parvint à la rattraper avant qu'elle ne soit emportée par la vague suivante et ne se détache de la dame de nage. Alors qu'elle tirait la rame vers elle, elle fut surprise de voir Lulu sourire.

– Je sais, s'exclama-t-il. C'est comme mon bateau sur le lac de Hyde Park !

Il prit la voile à Sir Hugo et la fixa sur le petit mât. Quelques minutes plus tard, ils filaient sur l'eau, la voile gonflée par un vent généreux, les rames remisées au fond du bateau. Lulu gardait la main sur la barre, les yeux brillants.

Ils rattrapaient leur retard sur le galion royal !

– Il faut juste espérer qu'ils ne se retourneront pas ! dit Cordelia. Même si notre pavillon noir suffit peut-être…

Sir Hugo, ravi de ce nouveau décor, avait repris la pose à l'avant de la barque. Cette fois, il fixait l'horizon d'un air ardent, protégeant ses yeux contre l'éclat du soleil levant, avec ce qu'il imaginait être une noble expression de passion.

– La première chose à faire, dit Cordelia, c'est de trouver la princesse et de lui donner le vrai chapeau de paix.

Lulu hocha la tête.

– Et ensuite ?

– Ensuite nous… nous pourrions confisquer les habits de rage à Mlle Fixefond pour les jeter à la mer, suggéra-t-elle.

– Oui, approuva-t-il. C'est un bon plan.

Le soleil était déjà haut dans le ciel lorsque le galion royal et *Le Bateau Fantastique* se trouvèrent enfin à portée de voix.

Dans la plus grande discrétion, un petit canot se faufila derrière la poupe du galion anglais. Deux marins replièrent prestement la voile et attachèrent l'embarcation à une échelle de corde qui pendait sur le flanc de l'imposant navire, tandis que le troisième se contentait de les regarder faire en les houspillant.

– Allons, un peu de nerf, moussaillons !

Cordelia leva la tête. Des cris et des sifflements leur parvenaient du pont. Ils entendirent l'énorme ancre plonger dans l'eau.

– Je crois qu'on devrait monter à bord tout de

suite, murmura-t-elle à l'attention de Lulu. Ce sera plus facile de se cacher s'ils sont occupés à se pavaner face aux Français.

– Bonne idée.

– Vertudieu ! chuchota Sir Hugo. Le héros s'approche de son but ! Alors que le soleil est au zénith, dans l'ombre, quelque chose se trame !

Il sortit son épée de son fourreau et fendit l'air.

– Qu'en dites-vous, les amis ? Matons-les et renvoyons-les en France !

– Non, Sir Hugo, nous ne sommes pas là pour mater les Français mais pour aider la princesse ! siffla Cordelia. Et pour empêcher Lord Witloof de mettre ses projets à exécution !

– Et Mlle Fixefond, ajouta Lulu.

Sir Hugo sourit d'un air absent, puis disparut sur l'échelle.

– Au moins, il sait se servir d'une épée, marmonna Lulu alors qu'ils se dépêchaient de le suivre.

Une fois en haut, ils le retrouvèrent accroupi derrière un tonneau. Ils s'empressèrent de le rejoindre.

Sur le galion régnait la plus grande effervescence. Des valets de pied en habit pourpre couraient en tous sens, disposant des bouquets de fleurs, déployant des drapeaux anglais et installant des portraits flatteurs du roi George (qui paraissait très raisonnable et très noble). Deux trônes recouverts de velours se faisaient face au milieu du pont. L'un était bien plus haut et plus majestueux que l'autre.

De l'autre côté d'un étroit couloir de mer, une dizaine de courtisans en habit bleu et or observaient la scène depuis le pont de leur bateau. L'un d'eux, qui portait une perruque particulièrement longue et bouclée, s'écria :

– N'escomptez pââân que notre roi goûte à la cuisine anglaise !

Cordelia et Lulu jetèrent un regard depuis leur cachette.

– Ce doit être les artisans français, dit-il en apercevant des personnes vêtues avec extravagance. J'ai entendu dire que le roi Louis avait un parfumeur et un perruquier.

Cordelia observa le bateau anglais.

– La cabine royale doit se trouver à l'arrière. Il faut descendre au pont inférieur.

Elle désigna une porte sous le pont de dunette, et Lulu approuva.

– Aïe ! s'exclama Sir Hugo. Une écharde !

Il sautilla en attrapant son genou.

Un valet poussa un cri et laissa tomber un plateau de tartelettes à la confiture.

Les têtes se tournèrent et tout le monde se figea. Cordelia et Lulu se baissèrent le plus possible, n'osant pas bouger de peur d'être vus.

– N'ayez crainte ! lança Sir Hugo aux valets qui l'entouraient. Je suis venu avec la noble mission…

– Quel est ce passager clandestin ? demanda une voix tonitruante.

Un homme apparut sur le pont de dunette. Avec son manteau royal, bleu aux boutons dorés, sa perruque blanche et son tricorne noir, il ne manquait pas d'allure.

– Je ne suis pas un passager clandestin ! aboya Sir Hugo.

– Je suis le capitaine du galion royal et je sais reconnaître un passager clandestin, croyez-moi !

– Et moi, je suis Sir Hugo Gushforth, rétorqua-t-il en dessinant un arc avec son épée. Et je ne me laisserai pas traiter de passager clandestin par l'impudent capitaine d'un bateau plein d'échardes !

Le capitaine descendit du pont de dunette et s'avança d'un pas décidé vers Sir Hugo, qui agitait son épée si vite qu'elle laissait une traînée argentée dans l'air.

– Tu te souviens quand il s'est battu en duel dans la pièce de théâtre ? chuchota Lulu d'un ton confiant. Il l'a emporté haut la main !

Le capitaine se campa sur ses pieds et tira son épée de son fourreau. D'un seul geste, il passa à travers les grands mouvements désordonnés de Sir Hugo.

Cling !

– OUILLE !

Sir Hugo plongeait et bondissait dans tous les sens pour esquiver les coups précis et rapides que le capitaine lui assénait avec le plus grand calme.

– Oh, dit Cordelia, je crois que Sir Hugo n'est fort que lorsque c'est pour de faux et que son adversaire a une épée en bois !

Lulu acquiesça tristement en regardant Sir Hugo, qui poussait de petits cris.

Tous les valets, courtisans et matelots suivaient le duel, captivés. Même les Français, depuis leur bateau, crièrent et applaudirent lorsque le capitaine fit sauter les boutons du costume de Sir Hugo en quelques coups bien placés.

– Allons-y, chuchota Cordelia, c'est maintenant ou jamais !

Lulu et elle sortirent de derrière le tonneau et longèrent rapidement le pont. Ils venaient de passer la porte quand ils entendirent le sifflement admiratif d'un courtisan français : sans plus aucun bouton pour le retenir, le pantalon de Sir Hugo venait de lui tomber sur les pieds.

Ils n'entendaient plus un seul bruit et le bateau tanguait doucement. La voix de Lulu retentit dans la pénombre :

– Dans quelle direction faut-il aller ?

« Garde toujours un grain de folie et la magie au bout des doigts te viendra ! » Cordelia ferma les yeux et huma l'air.

Les habits de rage empestaient le mal : c'était un mélange d'œufs de poule de feu pourris et de rêves brûlés.

– Par là, dit-elle en tendant le doigt.

– Où ça ? demanda Lulu. Je ne vois rien dans le noir.

Elle chercha à tâtons la main de son ami. La tenant

fermement, elle l'entraîna le long du couloir, suivant l'odeur infâme qui se répandait peu à peu à travers le navire.

Soudain, un cri retentit. Ils se figèrent. Cordelia eut à peine le temps de plaquer Lulu contre la paroi de bois avant qu'une horde vociférante ne défile devant eux.

– Un intrus à bord !

– Un passager clandestin !

– Un acteur !

Le cœur battant, Cordelia et Lulu restèrent immobiles jusqu'à ce que la troupe bruyante eut disparu en direction du pont. Elle laissa échapper un soupir de soulagement. Puis une grimace.

– *Eurk !*

La puanteur était plus forte. Au coin suivant, elle devint intolérable.

– *Pfiou !* s'exclama Lulu. C'est atroce !

Cordelia poussa doucement une porte, qui s'ouvrit. La lumière du soleil envahit le couloir. Par les fenêtres, ils aperçurent des vagues étincelantes. Des armoiries dorées ornaient l'entrée.

C'était la cabine royale !

Un profond silence y régnait.

– Tout le monde doit être sur le pont, chuchota Cordelia.

Ils entrèrent prudemment dans la cabine. Et

n'eurent pas besoin de chercher longtemps. Là, disposés sur le lit à baldaquin…

– Les habits de rage !

Lulu eut un mouvement de recul. Les habits de rage, immondes, charriaient des flots de haine.

La cape était en peau de calamar-vampire écarlate, dégoulinante d'alguilles, hérissée d'épines d'oursin et – Cordelia plissa les yeux – …

– … de dents d'enfant ?

Lulu porta la main à sa bouche.

Les gants étaient en cuir de crapaud verruqueux, les articulations renforcées par des bernacles noueuses. Au bout des doigts étaient cousues…

– Des griffes de renard orcus !

Cordelia ne pouvait en croire ses yeux.

Les souliers se terminaient en pointe par des clous rouillés. Les lacets étaient en boyaux putrides tressés avec…

– Des rubans de fureur ! souffla Lulu.

En regardant la montre velue, Cordelia reconnut une tarentule morte. Ses pattes, recroquevillées sous elle, étaient épaisses comme un doigt et hérissées de poils.

Lulu attrapa la main de Cordelia.

Le chapeau était un haut-de-forme noir autour duquel étaient enroulés des fils de fer qui crépitaient et produisaient des étincelles, frémissant de querelles d'éclair. Trois plumes sales se battaient en duel et la calotte était ornée d'un poil de moustache orange, recourbé comme un cimeterre, que Cordelia n'eut aucun mal à identifier.

– Un poil de moustache de tigre à dents de sabre !

Pire que tout : sur le bord grouillait un millier de mille-pattes vivants qui se tortillaient.

Les enfants le regardèrent avec horreur. Autour d'eux, le bateau craquait, comme s'il luttait pour contenir ces terribles secrets.

– Des plumes de harpie sur le chapeau ! s'écria Cordelia.

– Et des querelles d'éclair !

– Lulu, ces vêtements sont vraiment dangereux. N'en porter qu'un seul pourrait déjà produire des catastrophes.

Un tout petit gémissement se fit entendre derrière eux. Cordelia et Lulu se retournèrent d'un geste vif. Face à eux, pâle comme une statue, la…

– Princesse Georgina !

Elle était si parfaitement immobile qu'ils ne l'avaient même pas remarquée en entrant. La couronne de verre scintillait sur sa tête et ses yeux étaient étrangement vitreux.

Avant que Cordelia n'ait pu la lui retirer, la poignée de la porte tourna.

– Vite, cache-toi !

Elle plongea derrière un paravent en bois sculpté, tandis que Lulu s'enroulait dans l'un des rideaux du baldaquin. Le tissu en velours recouvrit ses pieds à l'instant même où Lord Witloof pénétrait dans la pièce.

Cordelia approcha un œil d'un trou du paravent. Elle vit le chambellan sourire d'un air désagréable.

– J'ai fait arrêter cet acteur ridicule, dit-il. Je l'ai fait jeter au fond de la cale avec les rats.

La princesse n'eut aucune réaction.

– Delilah pense que deux enfants clandestins sont également à bord : une Chapelier et un Bottier. Lorsque nous les trouverons, nous les ferons monter dans un rafiot percé et nous les remettrons à la mer. J'ai déjà ordonné qu'on perce des trous dans une barque...

Cordelia vit frémir le rideau du lit.

– À présent, princesse, il est grand temps de commander ces canons ! s'exclama-t-il, les yeux étincelants. Votre père a refusé de signer, et vous aussi. Mais vous allez signer, maintenant, et ma manufacture de canons de Ferfeu va produire des armes à un rythme jamais atteint auparavant.

Lord Witloof déroula un papier sur le bureau, puis il plongea la plume dans l'encre et attrapa la main de la princesse, qu'il força à écrire son nom. Dès qu'il eut fini, il sortit sa montre en verre de la poche de son gilet.

– Peste, encore arrêtée, marmonna-t-il en tapotant la montre silencieuse.

Il ouvrit délicatement le couvercle. Là où se trouvait le magnifique papillon bleu ne restaient plus que deux petits tas de cendres noires. Lord Witloof émit un petit bruit de désapprobation et vida la cendre par terre. Il tira ensuite de sa poche un coffret en bois, lequel contenait plusieurs papillons aux couleurs vives qui battirent des ailes à la lumière du soleil. L'un d'eux, rouge rubis, crut pouvoir s'envoler. Mal lui en prit ! Lord Witloof attrapa son aile aussi fine que du papier.

– Tu feras parfaitement l'affaire, dit-il, tandis que le papillon s'agitait entre ses doigts.

Il le déposa sur la montre, puis en referma vivement le couvercle, l'emprisonnant à l'intérieur. Le papillon battit frénétiquement des ailes. Cordelia était certaine qu'elle l'aurait entendu crier si elle avait eu l'ouïe assez fine.

La montre se remit à faire *tic tac*. Cordelia avait mal au cœur.

La porte s'ouvrit et Mlle Fixefond se glissa dans la pièce.

– Ah ! Quelle ponctualité, Delilah ! s'exclama Lord Witloof. Le moment est venu pour Son Altesse de s'habiller avant les pourparlers de paix.

Cordelia s'étonna de n'avoir jamais remarqué à

quel point le rictus de sa gouvernante était cruel. Le sourire qu'elle adressa à la princesse était plus désagréable qu'une centaine de problèmes d'algèbre réunis. Elle souleva la cape de rage sur le lit. Cordelia frissonna en silence lorsqu'elle la vit poser le vêtement caoutchouteux sur les épaules de la princesse, puis accrocher la montre-tarentule à sa taille. Elle enfila les gants bosselés sur ses mains pâles, lui arracha ses brodequins d'argent pour lui passer les nouveaux souliers, dont elle attacha les lacets visqueux avec un double nœud.

Cordelia remarqua qu'elle ne lui posait pas encore le chapeau de rage sur la tête. La couronne de verre tenait la princesse sous son emprise, comme un bras puissant qui la maintiendrait sous l'eau.

Mlle Fixefond recula pour admirer son œuvre. La princesse faisait peine à voir.

Lord Witloof sourit.

– Quel travail magnifique ! Je suis sûr que les pourparlers de paix vont se passer à merveille.

– Elle va déclarer la guerre et les artisans seront tous pendus sur la colline, jubila Mlle Fixefond. Je me réjouis d'avance à l'idée de voir leur cou se briser !

Cordelia réussit tout juste à ne pas pousser un cri d'horreur.

Puis elle vit le rideau de velours bouger.

– LA BOURSE OU LA VIE ! cria la voix de Lulu, le

plus férocement possible, tout en agitant le tissu sans réussir à en sortir.

Pendant un instant, Lord Witloof parut terrifié à l'idée d'être attaqué par un rideau vengeur. Puis le visage rond de Lulu apparut, rouge de colère. Il continua à se débattre avec le tissu, perdit le combat, se retrouva entortillé et s'écroula à terre dans un grand *crac*.

– C'est le petit Bottier, se moqua Mlle Fixefond. La Chapelier ne doit pas être loin ! Où vous cachez-vous, Cordelia ? s'enquit-elle, donnant de grands coups de canne dans les trois autres rideaux.

– Gardes ! appela Lord Witloof.

Trois soldats apparurent.

– Arrêtez cet enfant ! ordonna-t-il en désignant Lulu du bout du pied.

– Il y a une fille cachée quelque part ! cria Mlle Fixefond. Elle essaie de saboter les pourparlers de paix ! Trouvez-la TOUT DE SUITE !

Cordelia vit un garde se précipiter vers sa cachette. Elle était sur le point d'être découverte quand…

– VOUS ! hurla Lulu en pointant sur Mlle Fixefond un doigt accusateur. Vous êtes la pire scélérate à tronche de cake, crottes de nez et fesses péteuses qui ait jamais existé !

C'était une brochette d'insultes si insolites que toutes les personnes présentes se tournèrent vers

Lulu. Cordelia en profita pour se faufiler dans le seul endroit où personne ne songerait à la chercher.

Autour d'elle se déroula une scène de chaos, tandis que la pièce était mise à sac. Le paravent qui l'avait abritée fut renversé et elle entendit qu'on emmenait Lulu de force, toujours entortillé dans le rideau.

Sous les jupes de la princesse, il faisait chaud et étouffant. La proximité des habits de rage l'oppressait et elle peinait à respirer. Mais, au moins, elle était en sécurité.

Elle se tenait accroupie sous plusieurs couches de tissu fixées à une crinoline. Lorsque ses doigts effleurèrent un lacet graisseux, un frisson de rage la traversa. Heureusement, la boîte à chapeau, toujours sous sa veste, l'aida à retrouver son calme.

– Une chose est sûre, elle n'est pas dans cette pièce, Lord Witloof ! déclara un garde, le pied à deux centimètres de la main de Cordelia.

– Alors fouillez le galion de fond en comble ! Trouvez-la !

Les gardes s'éloignèrent en faisant trembler le sol.

– Princesse, suivez-moi, ordonna Lord Witloof. Le moment est venu !

C'était une chance que les personnes de rang royal doivent marcher d'un pas lent et majestueux, car se déplacer à quatre pattes sous une jupe (même spacieuse) n'était pas une mince affaire. Cordelia devait veiller à ce que ses doigts ne dépassent pas d'un côté, ni ses chaussures de l'autre. Ses genoux commençaient à la brûler. Elle avançait de biais, comme un crabe, veillant à ne pas toucher les clous rouillés des souliers ni les plumes de corbeau de la cape de rage. Si par malheur elle les effleurait, elle se sentait traversée par une décharge de fureur.

Lorsque la princesse gravit l'escalier pour gagner le pont, Cordelia dut monter les marches en parfaite synchronisation avec elle. À mi-parcours, la boîte à chapeau faillit tomber, Cordelia prit du retard et se retrouva à contretemps. Le cœur battant, elle se dépêcha de retrouver la sécurité de la jupe avant qu'on puisse voir ses pieds.

Le cortège royal arriva sur le pont, Cordelia toujours cachée. Ils furent accueillis au son des trompettes, puis quelqu'un annonça :

– Son Altesse Royale, la princesse régente Georgina !

Celle-ci s'arrêta. Cordelia entendit la foule retenir son souffle. Elle en était réduite à imaginer l'expression des courtisans, qui devaient être horrifiés par l'allure et l'odeur des habits monstrueux que portait la princesse. Des murmures gênés se mêlèrent au bruit du vent.

La princesse se remit en marche et Cordelia à ramper. Soudain, ses mains s'enfoncèrent dans un tapis moelleux, et les jupes bougèrent autour d'elle. Elle dut se plaquer contre la base du trône tandis que la princesse s'y asseyait.

Cordelia souleva prudemment le bas du jupon et regarda à travers la frange de plumes de corbeau. Elle tressaillit en découvrant les deux WW étincelants des brodequins de Lord Witloof à deux centimètres de son visage.

Elle sentit que la princesse frissonnait et prenait une brusque inspiration, comme si elle sortait soudain la tête hors de l'eau après un long moment sans respirer. Lord Witloof avait dû lui retirer sa couronne de verre.

– N'oubliez pas, Votre Altesse, murmura-t-il, que le roi Louis vous a écrit des lettres très insultantes et qu'il a tenté de vous faire assassiner...

Dès que le chapeau de rage fut posé sur sa tête, la princesse fut traversée d'un haut-le-corps. Ses jambes se mirent à tressauter en tous sens, comme si elles se retenaient de danser une gigue endiablée. La colère se répandait dans tout son corps. Coincée entre la base du trône, enroulée autour des jambes qui trépignaient, Cordelia fut secouée comme un prunier.

À travers la frange de plumes, elle vit qu'on abaissait une solide passerelle entre les deux navires.

– *La Grande Pomme ! La Patate chaude ! Le roi de France, Louis !* annonça un courtisan français.

Un homme en habit de cérémonie doré, aux cheveux longs et à la moustache en guidon de vélo débarqua d'un pas nonchalant sur le bateau anglais.

Il s'inclina d'une manière extravagante, dessinant des arabesques avec ses mains, ses cheveux et ses coudes. Puis il haussa les sourcils en découvrant le petit trône qu'on lui avait réservé.

Il fut suivi d'une longue procession de courtisans vêtus de brocart, menée par un caniche blanc au collier en or. Le chien, les artisans français et les membres de la cour prirent place autour du roi, et examinèrent sa rivale anglaise d'un air réprobateur.

Les courtisans anglais reniflèrent et se balancèrent d'un pied sur l'autre. L'un d'eux leva le nez si haut qu'il semblait fixer le soleil.

Il restait très peu de temps ; les pourparlers allaient commencer d'un instant à l'autre.

« Que faire ? » se demanda désespérément Cordelia. Avec ses habits de rage, la princesse ne laisserait aucune chance à la paix. Les artisans seraient blâmés, ils seraient accusés de trahison et tous exécutés. La guerre et la mer engloutiraient son père. Il serait perdu à jamais…

« Non. »

Elle fit un quart de tour sous les jupes de la princesse et se retrouva nez à nez avec un clou du soulier de rage.

« Je vais commencer par là », décida-t-elle.

Elle tira sur le lacet gluant, mais le ruban de fureur lui donna des ampoules. Pour ne rien arranger, la princesse tapa du pied et lui écrasa les doigts.

– Ouille ! cria-t-elle.

Par chance, au même instant, on donna un grand coup de gong sur le pont et sa voix fut entièrement couverte.

– Commençons les pourparlers de paix, déclara Lord Witloof lorsque le gong se tut.

« Garde la tête froide, Cordelia Chapelier », se dit-elle d'un ton sévère. Elle attrapa à nouveau le pied de la princesse et tenta de dénouer le lacet.

– Votre Altesse, commença le roi de France d'une voix riche et onctueuse, qui évoquait la mousse au chocolat.

– Misérable fripouille, l'interrompit la princesse, comment osez-vous m'adresser la parole après m'avoir écrit des lettres aussi humiliantes ?

Un silence choqué suivit.

– Mais c'est vous, ma princesse, qui m'avez envoyé des lettres on ne peut plus grôôôssières, dit le roi de sa voix de chocolat.

C'était celle de quelqu'un habitué à obtenir ce qu'il veut.

– Je ne suis pas *votre* princesse, rétorqua-t-elle d'un ton hargneux. Je n'appartiens à personne. Et vous êtes un rustre de la plus belle espèce !

Le soulier de rage fit un brusque écart. Les lacets résistaient aux doigts de Cordelia, s'enroulant autour de son poignet. Elle les arracha, serrant les dents pour supporter la brûlure du ruban de fureur.

– Un *rustre* ? répéta le roi de France. Est-ce qu'un *rustre* vous aurait fait envoyer un panier d'ananâââs ?

Cordelia arracha le premier soulier de rage et souffla sur sa peau, qui formait déjà des cloques.

– D'ananas ?

Rassemblant tout son courage, elle s'attaqua au second soulier.

– C'était une attention amicââââle ! se défendit le roi de France. Ce sont des fruits très amusants !

– Je n'ai jamais reçu d'ananas ! tempêta Son Altesse.

– Je les ai fait envoyer par mon meilleur vââââlet ! s'écria le roi de France. Qui n'est d'ailleurs jamais revenu ! Vous l'avez fait kidnapper !

– La seule raison pour laquelle vous êtes venu à ces pourparlers de paix, espèce de pleurnicheur, continua la princesse, c'est que vous avez peur de ma redoutable armée et de mes milliers de canons neufs. Vous êtes venu vous excuser en rampant !

– Je ne *rampe* jââââmais ! protesta le roi Louis.

Cordelia se préparait à tirer sur le second soulier de rage quand… la princesse bondit sur ses pieds et traversa le pont en trois enjambées, laissant Cordelia à découvert sur l'épais tapis rouge.

Personne ne la remarqua. Tous étaient fascinés par le spectacle de la princesse en colère, défigurée par la rage. Ses yeux lançaient des éclairs et un halo de fureur crépitait autour d'elle. Les tentacules rouges dégoulinants du calamar-vampire ondulaient et s'entortillaient, tandis que le chapeau de rage crachait des étincelles.

Soudain, un tentacule fouetta l'air et s'enroula autour des épaules du roi Louis.

– *Jamais* je n'ai eu peur de vous parler ! cracha la princesse. C'est vous qui devriez avoir peur de moi ! Je pourrais vous écraser comme un vulgaire CAFARD !

– NON !

Cordelia entendit le cri avant de réaliser que c'était sa propre voix.

– Princesse, ARRÊTEZ !

Mais la cape de rage n'arrêta pas et s'enroula autour du cou du roi, qui devint rouge brique. Mû par une force terrifiante, le tentacule souleva le roi aussi facilement qu'une poupée de chiffon. Tout le monde, sur le pont, était pétrifié d'horreur.

– Au secours !

– Venez-lui en aide !

Cordelia se rua vers la princesse et sauta sur son dos. La cape battait sous elle et les piques d'oursin lui transperçaient la peau.

– Votre Altesse ! cria Cordelia en tentant désespérément d'ouvrir le fermoir en verre de la cape de rage, qui résistait. Vous n'êtes pas vous-même ! Arrêtez ! Je vous en supplie, arrêtez !

– ATTRAPEZ CETTE FILLE !

Une main tira Cordelia par les cheveux. Elle distribua en retour des coups de pied et entendit Lord Witloof jurer en basculant en arrière.

Mais quelque chose s'enroulait autour de sa taille. Quelque chose de plus puissant qu'un bras, qui l'arracha à la princesse. Ses pieds pédalèrent dans le vide. Le roi Louis, un autre tentacule toujours serré autour du cou, prenait une teinte pourpre très royale.

– À l'aide ! appela désespérément Cordelia.

– Reculez ! cria Lord Witloof, les yeux brillants de méchanceté. Que personne ne bouge ! Vous pourriez aggraver la situation !

Cordelia se débattit comme elle put, tandis que le tentacule resserrait son étreinte, lui coupant le souffle.

Les yeux de la princesse étaient noirs de haine. Elle détourna le regard de Cordelia pour le poser sur le roi. La tarentule de la montre de rage s'anima soudain et remonta en direction du visage terrifié du roi.

– Princesse ! ahana Cordelia, qui n'arrivait plus à respirer.

Elle sentit les boutons de la veste de son père s'enfoncer dans son thorax comprimé.

Ces boutons dorés, qui brillaient comme l'espoir…

Dans un dernier sursaut, elle donna un coup de pied… et atteignit le fermoir en verre, qui explosa.

Boum. Boum.

Cordelia et le roi s'écrasèrent l'un après l'autre sur le pont et inspirèrent une profonde goulée d'air.

La cape glissa des épaules de la princesse et tomba mollement en tas à côté de la jeune fille. La montre atterrit juste à côté. Cordelia l'écrasa d'un coup de poing. Les aiguilles et les pattes de l'araignée s'éparpillèrent sur le sol comme des allumettes échappées de leur boîte.

Cordelia se retourna. La princesse abreuvait d'insultes le roi, qui tentait de se relever.

– C'est un outrâââge ! protesta-t-il d'une voix éraillée.

– SILENCE, TRIPLE BUSE !

Le gant de rage le frappa au visage et il s'écroula au milieu du pont.

– Voilà pour avoir tenté de me faire ASSASSINER !

Le roi porta la main à son nez en gémissant.

– À l'assaut ! hurla un Français.

Un artisan français se précipita vers la princesse, mais un valet anglais lui fit un croche-pied qui l'envoya par terre.

– Allez, les amis !

Soudain, autour de Cordelia, tout le monde se jeta dans la bataille. Alors qu'un groupe d'aristocrates français tombaient à bras raccourcis sur un duc anglais, une meute de dames d'honneur anglaises rouaient de coups un artisan français. Le capitaine anglais sauta du gréement sur un groupe de comtesses françaises et disparut bientôt sous leurs poings furieux.

– Un des souliers, la montre, la cape..., énuméra

Cordelia en se retournant et en se faufilant sous les jambes d'un Français pour rejoindre la princesse. Ne restent plus que les gants, le deuxième soulier et le chapeau !

La princesse se pencha au-dessus du roi.

– Vous êtes un CLOCHARD ! Une FRIPOUILLE ! cria-t-elle en le martelant de ses poings.

Cordelia attendit le bon moment. Alors que la princesse prenait son élan pour frapper à nouveau, elle lui arracha son gant. Le second suivit un instant plus tard. Cordelia les lança tous les deux par-dessus bord.

La princesse regarda ses mains nues d'un air désorienté.

– Les gants, c'est fait ! se réjouit Cordelia.

La princesse se retourna, un mélange de fureur et de peur dans les yeux. Le pied qui était encore chaussé du soulier de rage fusa dans sa direction. Cordelia l'esquiva juste à temps, puis revint à l'assaut et tira sur la chaussure de toutes ses forces.

La princesse secoua la tête, comme si elle essayait de chasser une guêpe importune.

Le soulier de rage céda d'un coup.

– VOUS ! hurla la princesse.

Furieuse, elle se jeta sur Cordelia. Celle-ci recula précipitamment, trébucha et tomba durement sur le pont. La princesse se dressa au-dessus elle.

Cordelia tenait encore le soulier, qu'elle lui jeta à la tête.

Celui-ci atteignit sa cible, emportant l'immonde chapeau de rage. Une pluie de mille-pattes grouillants s'abattit sur le sol dans une gerbe d'étincelles.

Cordelia se releva d'un bond.

La princesse, interdite, regarda avec stupeur le chaos qui l'entourait.

– Mademoiselle Chapelier ? chuchota-t-elle. Que… qu'ai-je fait ?

– Hum, eh bien, vous… vous…

Cordelia jeta un regard au roi de France, qui tremblait de peur derrière le trône.

– Votre… Votre Majesté ? bredouilla la princesse en se dépêchant de le rejoindre.

Elle le secoua doucement. Il poussa un gémissement.

– Louis ? insista-t-elle d'une voix cajoleuse.

Il glissa un œil entre ses doigts écartés.

– Roi Louis, reprit-elle d'un ton anxieux, j'aimerais que nous discutions ensemble du traité de paix entre l'Angleterre et la France.

Elle lui tendit la main. Le roi se releva rapidement, refusant son aide.

Autour d'eux, valets et courtisans continuaient à se battre férocement.

– Ah, çà ! s'écria Sa Majesté, écumant de rage.

Vous m'invitez ici, sur ce bateau en pleine mer, soi-disant pour des pourparlers de paix ! Peuh !

La princesse Georgina hocha la tête d'un air hésitant.

– Ensuite, vous insultez mes ANANÂÂÂS ! hurla-t-il. Et vous me tendez une IGNOBLE EMBUSCÂÂÂDE !

Il ouvrait de grands yeux sous l'effet de l'indignation. Sa perruque était de travers, son manteau doré était déchiré et sa moustache soigneusement frisée ressemblait désormais aux poils de moustache d'un vieux rat.

– Et vous prétendez vouloir la paix ? Ce ne sont que des mensonges !

Cordelia sortit la boîte à chapeaux de la veste de son père et en arracha le couvercle. À l'intérieur, intact (à peine cabossé), se trouvait le chapeau de paix.

– Je déclare solennellement contre l'Angleterre la plus impitoyable et la plus terrible des gu…

Cordelia bondit, le chapeau à la main, et l'enfonça sur la tête du roi Louis.

– Que… quelle jolie robe vous pôôôrtez, princesse, conclut-il.

Le chapeau de paix brillait de mille feux. L'étoile dorée était légèrement de travers, mais elle étincelait sous le soleil. L'auréole en sucresoleil miroitait, les plumes dansaient dans le vent et les haricots sauteurs sautillaient joyeusement le long du bord. Le roi Louis sourit à la princesse, toute trace de colère envolée.

– Ça a marché ! chuchota Cordelia.

La robe de la princesse fumait légèrement, brûlée par des étincelles de querelles d'éclair, mais elle se tenait droite avec une dignité royale au milieu du carnage qui l'entourait.

– Pouvons-nous déclarer officiellement la paix, Votre Majesté ? demanda-t-elle en lui tendant une main hésitante.

Cordelia retint son souffle. Mais le roi prit délicatement la main de la princesse et la couvrit de baisers.

– Hum... Cela signifie-t-il que nous faisons la paix ? insista la princesse en retirant sa main.

– Mais, oui ! déclara le roi, rayonnant. Oui, mon adorable princesse. La paix sera nôtre !

Cordelia poussa un soupir de soulagement.

Au même instant, un canon tira.

BOUM !

L'explosion fut assez forte pour interrompre le combat sur-le-champ. Anglais et Français se figèrent en pleine action. Un duc anglais courut se réfugier dans un tonneau. La comtesse française cessa de frapper le capitaine et le groupe de valets anglais laissa tomber leur adversaire français.

– J'aurai ma GUERRE ! hurla Lord Witloof, debout sur la dunette à côté d'un canon fumant.

– Non ! cria un courtisan français, en désignant *Le Bateau Fantastique*.

La coque était trouée. En réaction, cent canons apparurent soudain aux sabords : cent bouches de fer prêtes à cracher le feu.

Tout le monde retint son souffle.

– Ils ne nous attââââqueront pas ! cria un courtisan français à Lord Witloof. Notre roi est à bord !

Le chambellan attrapa le canon dans ses mains comme si c'était le museau d'un chien dangereux et le fit pivoter en direction du roi.

– Il ne va pas y rester longtemps ! tonna-t-il tout en fourrant de la poudre dans la bouche du canon, avant de brandir le long refouloir en direction d'un valet anglais qui s'approchait. Dégagez le passage !

La foule recula, laissant le roi Louis seul au milieu du pont.

– Votre Majesté ! dit la princesse Georgina en tentant de l'entraîner à l'abri.

Pour toute réponse, il lui caressa les cheveux d'un air rêveur.

– Louis !

Cordelia se fraya un passage à travers la foule horrifiée et entreprit de grimper sur le gréement.

Pendant ce temps, Lord Witloof attrapait un boulet et le chargeait dans le canon.

– Je vous en supplie, ne restez pas là ! dit la princesse Georgina au roi Louis.

Cordelia choisit soigneusement une corde.

Lord Witloof gratta une allumette.

Cordelia visa…

Comme le roi ne voulait pas bouger, la princesse se plaça entre lui et le canon.

Cordelia poussa sur ses jambes…

Lord Witloof approcha l'allumette de la mèche.

… et elle s'élança !

Le vent siffla à ses oreilles tandis que, accrochée au bout de la corde, elle traçait une magnifique courbe dans les airs.

Elle heurta de plein fouet le chambellan triomphant, qui recula en chancelant et bascula par-dessus bord.

Alors qu'elle entendait la mèche crépiter à l'intérieur, Cordelia rassembla ses dernières forces pour faire pivoter le canon. Celui-ci rua comme un cheval de trait, la projetant au sol. Le boulet jaillit de sa bouche de fer dans un nuage de fumée et, quelques secondes plus tard, elle l'entendit tomber à l'eau dans une grande gerbe d'éclaboussures.

– Ouf ! dit Cordelia d'une voix rauque. Nous avons frôlé la catastrophe…

Le pont résonna de bruits de pas tandis que tout le monde se précipitait vers le bastingage pour voir Lord Witloof agiter les bras dans les vagues. Le boulet l'avait raté de peu.

– Oh, bravo ! cria un baron français, avant d'aider le duc anglais à sortir de son tonneau.

Soudain, partout sur le galion royal, les courtisans français et anglais s'époussetaient timidement les uns les autres en murmurant des excuses dans un anglais hésitant et un français boiteux. Un marin anglais relâcha son étreinte autour du cou d'un artisan français et l'aida à défroisser ses vêtements. Nobles et courtisans échangèrent des poignées de main, dames et marins des sourires penauds.

– Sortez Lord Witloof de l'eau ! ordonna la princesse.

Une corde lui fut jetée et il fut hissé à bord, dégoulinant d'eau et de fureur. Il fut déposé aux pieds de la princesse Georgina et immédiatement encerclé par des gardes qui pointèrent sur lui leurs hallebardes scintillantes.

– Lord Witloof, vous êtes un monstre, déclara la princesse. Heureusement, vous avez échoué. L'Angleterre et la France sont en paix.

Le chambellan sortit un poisson frétillant de sa perruque et le lança dans sa direction.

– Je ne suis pas un monstre, j'ai juste un sens aigu des affaires ! protesta-t-il. La guerre génère de la peur. La peur génère de l'argent. C'est aussi simple que ça !

Il se leva, une flaque d'eau à ses pieds. Ses vêtements élégants étaient trempés et sa perruque plaquée de travers sur sa tête.

– C'est une logique que votre fichu père refusait d'écouter, continua Lord Witloof. C'est pourquoi je me suis débarrassé de lui. Et ce débile qui n'arrêtait pas de vous écrire des lettres d'amour..., ajouta-t-il en désignant le roi Louis d'un air furieux. Alors je les ai brûlées et j'ai rédigé à la place de nouvelles lettres, pour ranimer la menace de guerre.

– Vous les avez brûlées ? bêla le roi Louis.

– Des lettres d'amour ? répéta la princesse en levant les yeux au ciel.

Le roi Louis rougit et battit des cils.

– Ma fonderie de Ferfeu était prête à démarrer au quart de tour ! rugit Lord Witloof. Cela m'aurait rapporté TELLEMENT D'OR !

Son regard furieux se posa sur Cordelia. Il s'immobilisa, comme un serpent avant de mordre.

– Cependant, il existe d'autres moyens d'amasser de l'or, siffla-t-il. La guerre est le plus simple, mais il en est de plus grands et de plus terribles.

Il se jeta sur Cordelia à travers le cercle de hallebardes. Elle réussit à s'arracher à son étreinte et, en un clin d'œil, cinq gardes l'immobilisèrent. Le nez de Lord Witloof était à un centimètre du sien et elle sentait son haleine aigre sur son visage.

– J'aurai mon or, mademoiselle Chapelier, chuchota Lord Witloof. L'or, c'est le pouvoir. Votre père n'a pas pu m'arrêter, et vous ne pourrez pas non plus.

– Quoi ? s'écria Cordelia. Que voulez-vous dire ?

– Jetez ce traître dans la cale avec les rats ! ordonna la princesse d'un ton royal.

Les gardes entraînèrent Lord Witloof.

– Si je vais dans la cale, alors elle aussi ! hurla-t-il en désignant la servante d'une dame française dans la foule.

Tous les yeux se tournèrent vers la femme, qui se cachait derrière un grand éventail.

– Moi ? s'étonna-t-elle d'un air innocent.

D'un bond, le caniche du roi lui arracha son éventail, laissant apparaître…

– Mlle Fixefond ! s'écria Cordelia, avant de se tourner vers la princesse. Votre Altesse, elle est à la solde de Lord Witloof !

– À la solde de ce monstre ? protesta-t-elle. Jamais de la vie !

Elle s'avança d'un air arrogant.

– Je n'ai jamais été à la solde de personne, mademoiselle Chapelier. Je n'obéis qu'à moi-même.

D'un violent coup de canne, elle poussa un garde sur le côté. Il s'écroula, ensanglanté.

Ce n'est que lorsque le bout de la canne fut à un centimètre de son visage que Cordelia vit que c'était…

Une canne-épée.

À l'autre bout de la canne, les yeux de la gouvernante n'étaient que haine.

– Je me moque de la guerre ou de la paix, d'être riche ou d'avoir du pouvoir, proféra-t-elle d'un ton féroce. Tout ce que je veux, c'est me venger.

– Vous venger ? répéta Cordelia. Mais de quoi ?

– Il y a trente ans, ma famille fut bannie de la maison des Guildes. Mon père fut exécuté. Ma mère, mon frère et moi fûmes jetés dans un asile pour les pauvres. Nous avons été humiliés et abandonnés. Vous nous avez laissés mourants. J'avais neuf ans.

Cordelia fronça les sourcils. Le récit de la gouvernante évoquait une histoire que lui avait racontée son oncle…

– Mais je ne suis pas morte, continua la gouvernante avec force. J'ai tenu les mains de ma mère et celles de mon frère dévorés par la fièvre. Et j'ai survécu !

Cordelia scruta le visage de la gouvernante, ravagé par la méchanceté et le chagrin.

– Je suis la dernière survivante de la famille Cannier ! hurla-t-elle. Et je veux me venger !

Elle brandit soudain sa canne en direction de Cordelia, qui esquiva le coup en se baissant. La canne-épée se ficha dans le mât derrière elle.

Avant qu'elle n'ait pu la récupérer, des mains agrippèrent Mlle Fixefond d'une poigne solide et la tirèrent en arrière.

– Non ! cria-t-elle. Non !

Cordelia regarda l'épée qui vibrait encore dans le mât, puis se tourna vers sa gouvernante, qui se débattait entre les mains des gardes. Elle sentit la pitié lui étreindre le cœur.

« Laissée mourante à neuf ans. »

– La dernière survivante de la famille Cannier ? répéta la princesse. Est-ce vrai ?

– Mon oncle m'avait dit qu'ils étaient tous morts..., chuchota Cordelia d'une voix vacillante.

Mlle Fixefond tira d'un coup sec pour se libérer.

– Bien sûr, tous ces artisans prétentieux nous ont crus morts. Personne ne s'est soucié de savoir ce que nous étions devenus ! Je fus laissée seule, sans famille, sans amis. Personne pour s'occuper de moi ! Je n'étais qu'une enfant...

La voix de Mlle Fixefond se brisa.

– Toutes ces années à l'orphelinat, je les ai passées à attendre et à échafauder des plans. Je me suis fait embaucher chez les Chapelier, puis chez les Bottier. J'ai passé trois ans au vu et au su de tous, à éduquer ces horribles enfants, en attendant que nous soyons prêts ! C'est moi qui ai remonté l'horloge sommante pour convier les artisans à la maison des Guildes. Ils se détestent tellement, je savais que ça finirait par une dispute et qu'ils seraient incapables de faire de bons habits de paix. Lord Witloof a demandé à l'attrapeur de voleurs de mettre en scène un simulacre d'assassinat au théâtre...

– Ne leur dites pas tout, espèce d'idiote ! lança Lord Witloof.

– Ne me traitez pas d'idiote ! gronda-t-elle d'une voix sourde.

– Emmenez ces deux traîtres, ordonna la princesse Georgina aux gardes.

– Attendez ! s'écria Cordelia.

Elle tremblait, mais elle avait besoin de savoir la vérité.

– Lord Witloof, que savez-vous sur mon père ? Pourquoi avez-vous dit qu'il n'avait pas pu vous arrêter ?

Un rictus de mépris se dessina sur les lèvres du chambellan.

– Répondez-lui, exigea la princesse en le fusillant d'un regard impérieux. Ordre de la Couronne !

Un garde lui enfonça la pointe de sa hallebarde dans les côtes. Il grimaça, puis marmonna à contre-cœur :

– La nuit où le navire des Chapelier devait rentrer, je me suis rendu sur la côte et j'ai éteint la torche du phare de Rivermouth, puis je me suis installé en haut de la falaise avec une lanterne et j'ai attendu que la nuit tombe. La *Joyeuse Bonnette* est apparue à l'horizon et, prenant ma lanterne pour le phare, est venue se fracasser contre les rochers.

Lord Witloof se tourna vers Cordelia. Un terrible sourire fendit son visage.

– La collision a été spectaculaire. J'ai vu le capitaine, debout à la barre, se faire engloutir par les flots. Il a coulé, empêtré dans le gréement. Je l'ai regardé se noyer.

Elle plongea son regard dans le sien et sut que c'était vrai. Un grand vide se fit en elle.

– C'était un vrai plaisir de voir mourir mon plus ancien rival. Je le détestais depuis nos années à Cambridge, continua Lord Witloof. Après avoir vu le navire disparaître sous les vagues, j'ai foncé à la maison des Chapelier pour leur annoncer la terrible nouvelle. Leur bateau avait coulé, et Prospero s'était noyé ! Oh, quelle tragédie !

Prise de vertige, Cordelia s'accrocha aux derniers lambeaux d'espoir.

– Mais Jack, le mousse... Il savait quelque chose...

Lord Witloof serra les dents. Sur un signe de la princesse, le garde lui chatouilla à nouveau les côtes du bout de sa hallebarde.

– Oui, le mousse a survécu, reconnut-il d'une voix railleuse. Dès que j'ai eu vent de la chose, je me suis précipité à Wapping et je l'ai drogué. Je ne pouvais courir le risque qu'il révèle la vérité sur le naufrage.

– Et lorsque j'ai découvert que vous vous mêliez de l'affaire, Cordelia, je l'ai fait jeter dans une caisse et expédier par bateau pour la Jamaïque ! ricana Mlle Fixefond. Et j'ai payé le vieux loup de mer pour qu'il mente !

– Emmenez-les tous les deux !

La princesse détourna les yeux avec mépris et passa un bras autour des épaules de Cordelia.

Celle-ci était hébétée. La vérité l'imprégnait peu à peu, comme un corps qui s'enfonce lentement au fond de l'eau.

Les traîtres furent traînés vers l'écoutille qui menait à la cale.

– Non ! gémit Mlle Fixefond. Je vous en supplie ! Je... j'ai peur du noir !

Mais ses cris furent ignorés. Lord Witloof et elle furent brutalement poussés dans l'ouverture.

Les deux prisonniers furent libérés. Toujours dans un état second, Cordelia vit Lulu bondir vers elle.

– Tu as réussi ! s'écria-t-il, manquant la renverser tant il la serra fort dans ses bras.

Sir Hugo émergea de la cale en chancelant, hagard.

– Il faisait aussi noir que dans le cœur d'un bourreau, dit-il d'une voix chevrotante. Nous avons passé tant de jours et tant de nuits sans la moindre lueur d'espoir…

Lulu se mit à rire.

– Sir Hugo, nous ne sommes pas restés enfermés plus de trois quarts d'heure !

Cordelia sourit mais, à l'intérieur, elle avait l'impression de se noyer.

– Tu as empêché la guerre, Cordelia ! s'exclama Lulu, impressionné.

Elle jeta un regard vers la princesse et le roi. Sa Majesté, qui avait passé un bras autour des épaules de la princesse, jouait rêveusement avec une nouette de sa manche, le chapeau de paix toujours perché sur sa tête.

– Disons-le sans détour, nous sommes plus faits

pour nous aimer que pour nous haïr. Vous avez conquis mon cœur, princesse, vous auriez sûrement conquis aussi mon pays...

Tout le monde poussa des cris de joie, hormis la princesse, qui retira le bras de ses épaules.

– J'espère que le traité de paix n'impliquera pas que je doive me marier, marmonna la princesse par-devers elle. Ce serait fort contrariant.

Cordelia, offrant son visage au vent, se tourna vers l'immense océan. Au loin, très loin, se dessinait la ligne d'horizon. Quelle idiote elle avait été d'espérer retrouver son père en pleine mer – elle était aussi vaste que le ciel.

Puis quelque chose se réveilla en elle. Alors que l'air vivifiant lui fouettait le visage, le cri perçant des mouettes la rappela à l'urgence de la réalité.

– Lulu ! Il faut sauver nos familles !

À la Tour de Londres, une évasion était déjà en cours. L'essentiel de la matinée s'était passé à se scruter de part et d'autre du sinistre cachot. Les Chapelier observaient Sam et Sam observait les Chapelier. Régulièrement, celle-ci glissait un regard vers l'ombre du geôlier.

Après un silence particulièrement long…

– C'est l'heure d'la soupe, annonça-t-elle d'une voix réjouie.

– Comment le sais-tu ? lui demanda Ariane.

– Parce que le garde est parti !

« *AHOOOOOOOU-AHOOOOOU !* »

Un terrible hurlement résonna dans le tunnel plongé dans l'obscurité. Sam regarda à travers les barreaux. Dans le cachot qui leur faisait face, un homme aux cheveux fous et au sourire de dément sautait sur place en criant.

– C'est qui, ça ? demanda Sam.

– Ça, répondit Ariane d'un ton pincé, c'est le roi d'Angleterre.

Petronella ricana dans son fauteuil, tandis que Sam faisait un signe de la main au roi.

– Bonjour, Vot' Majesté !

Le roi cessa de crier et cligna des yeux en direction de Sam, puis il se lécha la main comme un chat et se lava les oreilles en ronronnant.

– Bien, dit Sam en revenant aux choses sérieuses, sortons-nous d'là, pour commencer.

Tiberius s'apprêtait à lui expliquer qu'ils se trouvaient dans le cachot le plus profond au bout du tunnel le plus sombre de la Tour de Londres, et que les gouttes qui dégoulinaient du plafond venaient de la Tamise, qui se trouvait donc *au-dessus* de leur tête, mais avant qu'il puisse commencer à lui détailler à quel point leur situation était désespérée, Sam Doiléger fit surgir de sa manche une épingle en or et se mit à trifouiller dans le trou de la serrure.

– Mais… ne serait-ce pas mon épingle à chapeau ? bredouilla Ariane.

Sam sourit par-dessus son épaule.

– Très utile, pas vrai ?

Clic !

– Fort astucieux ! s'écria Petronella.

– Mais qui êtes-vous ? chuchota Ariane.

– Par la coiffe sacrée de sainte Catherine ! s'exclama Tiberius en voyant la porte s'ouvrir.

Sam porta un doigt à sa bouche et passa la tête dans le couloir afin de vérifier que le champ était libre. Puis elle s'élança vers le cachot du roi et s'attaqua à la serrure avec l'épingle.

Clic !

Une fois délivré, le roi battit des bras en criant :

– *Cocorico !*

– Allons, Votre Majesté, dit Sam en laissant échapper un petit rire.

Il faut dire que le roi avait une allure plutôt cocasse, avec ses cheveux en bataille, sa veste rouge, sa culotte longue et ses souliers violets en peau de serpent.

Sam avança jusqu'au cachot suivant et glissa un regard à travers la porte. Elle vit trois personnes à l'air abattu assises sur le sol en pierre, les épaules voûtées.

– B'jour, lança-t-elle.

Ils relevèrent tous la tête.

– Vous d'vez être la famille de Lulu, j'imagine ?

C'était, en effet, M. et Mme Bottier, ainsi que son frère aîné, Ignatius.

– Vous savez où est mon petit Lucas ? s'enquit Mme Bottier d'une voix tremblante.

– J'suis pas sûre, répondit Sam tout en introduisant l'épingle dans la serrure. Mais j'pense qu'il est en train de nous éviter une guerre.

Clic !

Les Bottier étaient ébahis. Une fois libérés, ils se faufilèrent dans le tunnel, où ils retrouvèrent les Chapelier et le roi. Les deux familles d'artisans échangèrent des regards méfiants.

Rapidement, *clic clic clic*, Sam fit sortir les Gantier, les Horloger et les Tailleur de leur cachot sombre et humide.

La dernière des cellules ne contenait qu'un serviteur français avec un panier d'ananas pourris. La troupe des artisans regarda en silence Sam manier l'épingle dans la serrure. C'était plus facile que de faire la conversation.

Clic !

La dernière serrure avait cédé.

– Et voilà, déclara Sam d'un ton joyeux tout en rendant son épingle à Ariane stupéfaite.

Un garde surgit soudain au bout du tunnel.

– Qu'est-ce que c'est qu'ce baz… Oh !

Il resta bouche bée en les découvrant tous rassemblés là.

– 'trapez-le ! cria Sam.

S'emparant d'un ananas, elle le lança sur le garde. Elle savait très bien viser. L'homme tomba à la renverse, inconscient.

Dix secondes plus tard, Sam, le roi, les artisans et le serviteur français, armés jusqu'aux dents (d'ananas), sortaient de la prison et débouchaient dans la salle des gardes. À leur vue, ceux-ci délaissèrent leur repas (un poulet rôti fort appétissant) et prirent leurs jambes à leur cou.

Les prisonniers les pourchassèrent dans la cour, effrayant au passage toute une bande de grands corbeaux noirs. Alors qu'ils s'approchaient des immenses portes de la muraille intérieure, ils ne se sentirent plus de joie. Ils étaient presque libres ! Il ne leur restait plus qu'à franchir l'arche voûtée de l'antique tour ! Mais soudain, dans un fracas épouvantable, une herse de fer s'abattit devant eux. Les corbeaux tournoyèrent dans les airs en croassant.

– Non ! s'écria Sam.

De l'autre côté de la herse, les gardes les huèrent.

– Nous sommes coincés ! soupira Tiberius, à bout de souffle.

Il arrivait le dernier, portant Petronella dans son fauteuil.

– L I B É R E Z - M O I ! ordonna le roi d'une voix magistrale. Je suis votre ROI !

– Ridicule ! Z'êtes pas le roi ! Vous r'ssemblez pas

au gars sur les pièces de monnaie ! se moqua l'un des gardes.

Le roi haussa les épaules, puis croassa en direction d'un corbeau qui l'observait.

– Nous sommes enfermés ! pleura un Gantier.

Sam fronça les sourcils. Un oiseau sautilla dans sa direction.

– C'est qu'une façon d'voir les choses, rétorqua-t-elle en plissant les yeux. Peut-être qu'c'est *eux* qui sont enfermés, en vrai !

L'oiseau pencha la tête sur le côté.

Sam laissa exprès tomber son ananas par terre, où il éclata en morceaux. Elle en lança un bout au corbeau, qui se jeta dessus, avant d'en réclamer davantage.

– C'est parti, mon kiki ! s'écria Sam, un sourire aux lèvres.

Elle lança un deuxième morceau d'ananas à travers la herse, au milieu des gardes railleurs.

Un instant plus tard, un missile noir au bec aussi tranchant qu'un rasoir fonçait en piqué sur les gardes. Les autres oiseaux l'imitèrent aussitôt dans un concert de cris assourdissants.

Les gardes cherchèrent désespérément à se protéger tandis que l'air autour d'eux se transformait en tornade de plumes.

Ragaillardis, les artisans firent comme Sam et jetèrent des bouts d'ananas à travers la herse. Les corbeaux sautèrent joyeusement sur les morceaux qui pleuvaient au milieu des gardes.

Lorsqu'ils se retrouvèrent à court de munitions, les artisans allèrent en chercher de nouvelles sur la table de la salle des gardes (Sam se servit au passage d'une cuisse de poulet), qui eurent le déplaisir de se voir bombarder de leur propre repas. Lorsqu'il n'y eut plus de poulet rôti (ni de garniture), les artisans trouvèrent les réserves de pain sec pour les prisonniers et poursuivirent l'assaut. Les corbeaux n'étaient pas difficiles.

– Par ordre de la Couronne, cessez cette rébellion ! glapit l'un des gardes.

– Seulement si vous nous laissez sortir ! cria Sam en lui lançant un quignon de pain.

– Jamais ! déclara le garde.

Lorsque le galion royal remonta la Tamise, quelques heures plus tard, prêt à libérer les prisonniers des sombres cachots où ils avaient été jetés, ils trouvèrent les gardes en piteux état. Après avoir subi un bombardement en règle, leurs uniformes étaient en lambeaux, couverts de fiente de corbeau, et ils furent plus que ravis qu'on vienne mettre fin à leur supplice.

Dès que la herse se leva, les prisonniers se ruèrent dehors. Sam courait en tête, les Chapelier d'un côté et le roi de l'autre, ce dernier se prenant pour un lion.

Cordelia, Lulu et Sir Hugo les attendaient avec la princesse et ses courtisans. Sam fit de grands signes à Cordelia, et elle la salua en retour, stupéfaite de la voir arriver à la tête de dizaines d'artisans débraillés.

– Gents artisans ! s'écria la princesse. Vous avez été emprisonnés à tort et j'en suis désolée ! Je vous rends à tous votre liberté et vous demande sincèrement pardon !

À la surprise générale, la princesse fit une révérence. Les artisans l'acclamèrent et l'applaudirent.

Au milieu de l'excitation générale, le roi aperçut une couronne de feuilles d'ananas. Il la posa sur sa tête et se mit à valser joyeusement.

Lorsque la princesse l'aperçut, son sourire quitta ses lèvres.

– Je vois que Lord Witloof a menti lorsqu'il a prétendu envoyer mon père au bord de la mer, dit-elle, les larmes aux yeux. Vous avez fait de votre mieux, gents artisans, mais je crains que mon cher père soit condamné à cette folie pour le reste de sa vie…

Le roi laissa tomber la couronne de feuilles et se mit à sauter d'un pied sur l'autre, battant des bras en poussant des cris perçants. La princesse secoua la tête. D'un geste galant, Sir Hugo lui tendit un immense mouchoir en soie pour sécher ses larmes.

Cordelia, pendant ce temps, observait le roi.

Il portait toujours l'étrange accoutrement dans lequel ils l'avaient trouvé lorsqu'ils avaient apporté le chapeau de concentration au palais : une culotte bouffante, une veste rouge déboutonnée et des souliers à boucles qui paraissaient très serrés.

Elle fronça les sourcils.

Le roi avait désespérément tenté de les retirer, mais Lord Witloof le lui avait interdit.

« Et pourquoi donc ? » s'interrogea Cordelia, perplexe.

Il n'y avait qu'un moyen de le découvrir.

Elle s'avança vers le roi et s'agenouilla devant lui. Il se figea puis, comme un cheval nerveux, tapa du pied. Tandis que Cordelia commençait à défaire les boucles, il se balança anxieusement d'une jambe sur l'autre.

Elle réussit à lui retirer un soulier, puis l'autre.

Le roi, en chaussettes sur les pavés froids, poussa un soupir de soulagement.

– Enfin débarrassé de ces horribles savates ! Un peu d'air frais dans mon cerveau !

Tout le monde le regarda bouche bée, tandis que le roi promenait son regard sur la foule.

– Père ? demanda la princesse sans oser en croire ses yeux.

– Ma petite Georgina ! dit le roi en souriant. Quel plaisir de te revoir ! J'ai passé un sacré bout de temps dans ce cachot. Pas vraiment le séjour à la mer qu'on m'avait promis, hein !

– De la peau de serpent à sornettes ! s'exclama M. Bottier en ramassant l'un des souliers violets. Ces chaussures sont en *peau* de serpent à sornettes. C'est ce qui a provoqué la folie du roi, j'en suis certain !

– Et comment ! aboya celui-ci. Cette fripouille de Lord Witloof me les a offerts en cadeau. Il sait que j'ai un faible pour les souliers qui brillent. À peine les avais-je enfilés que je me prenais pour un kangourou !

– Jamais un Bottier n'aurait utilisé de la peau de serpent à sornettes, c'est bien trop dangereux ! protesta Mme Bottier. Où a-t-il pu se la procurer ?

Le frère aîné de Lulu fit entendre un son étranglé. Tous les yeux se tournèrent vers lui.

– Je sais comment il se l'est procurée, bredouilla-t-il. Je... j'en ai rapporté de l'Équateur il y a des mois !

Tout le monde parut choqué. Mme Bottier, pour une fois, perdit l'usage de la parole.

– Ignatius, explique-toi, ordonna M. Bottier.

– Oh, euh... oui... eh bien..., bafouilla-t-il sans oser croiser leur regard. Je... euh... Je me souviens que ce soir-là... j'ai déchargé toute ma cargaison mais, quelque part entre le port et la maison, la peau de serpent à sornettes... hem... a disparu. J'ai cru qu'elle était tombée de la charrette. Je suis revenu sur mes pas pour la chercher, mais je ne l'ai trouvée nulle part. Oh, mince ! Oh... mince.

Cordelia vit que Tiberius se réjouissait ouvertement de la faute commise par le jeune Bottier. Même Ariane paraissait incapable de réprimer un léger sourire.

Avant que Mme Bottier n'ait pu prendre son inspiration pour réprimander son fils, Lulu intervint :

– Je parie que c'est Mlle Fixefond qui l'a volée !

Chapelier et Bottier parurent désarçonnés de voir surgir ce nom familier dans ces étranges circonstances.

– Amenez-la, ordonna la princesse Georgina à un garde. Nous allons le lui demander.

– Et qu'on arrête ce Lord Witloof sans foi ni loi ! ajouta Sa Majesté.

– Il a déjà été arrêté, père, déclara la princesse avec fierté. Gardes, faites-le venir aussi !

Lord Witloof et Mlle Fixefond furent amenés devant le roi. Leurs vêtements étaient imbibés de l'eau puante qui stagnait au fond de la cale.

– Avez-vous volé de la peau de serpent à sornettes pour fabriquer ces souliers ? demanda la princesse à la gouvernante.

Mlle Fixefond sourit d'un air méchant, le teint encore verdâtre à cause du mal de mer.

– Oui, je l'ai volée dans la charrette quand cet idiot de Bottier a eu le dos tourné, siffla-t-elle en désignant Ignatius, qui évitait soigneusement de croiser le regard de sa mère. J'ai fabriqué les souliers dans le vieil atelier de la maison des Guildes. Pas mal pour un premier essai, non ?

– Je vois que vous avez réussi à rester immobile assez longtemps pour pouvoir les retirer, lança Lord Witloof au roi d'un ton moqueur.

– Grâce à l'aide de Mlle Chapelier ! tonna le roi. Je lui suis immensément redevable d'avoir libéré mes pieds et, ce faisant, toute ma personne de votre infamie.

Son regard passa du chambellan à la gouvernante.

– Qui est cette dame ?

– Excellente question, père, dit la princesse en se tournant vers Mlle Fixefond. Préférez-vous qu'on vous appelle Mlle Fixefond ou par votre véritable nom, Delilah Cannier ?

Tous les artisans adultes se figèrent.

– Appelez-moi Cannier, siffla-t-elle en les fusillant du regard. Vous m'avez laissée mourante alors que je n'étais qu'une enfant, vous n'avez pas le droit de l'oublier !

Les gardes l'entraînèrent. Ils entendirent ses cris furieux se répercuter en écho entre les murs de pierre de la Tour.

– Et ce scélérat mérite un séjour en bord de mer, déclara la princesse Georgina. Du genre de celui qu'il vous avait réservé, père.

– Emmenez Lord Witloof ! ordonna le roi.

Tout le monde regarda le cruel chambellan disparaître dans la Tour.

Un silence suivit son départ. Cordelia observa la ronde des visages hébétés des artisans.

– Par Bobine ! déclara Sir Hugo. Réjouissons-nous ! Les méchants ont été vaincus et le bien triomphe... Voilà qui mérite un petit spectacle !

Cordelia et Lulu échangèrent un regard inquiet.

– Encore ? s'exclama Lulu. Je croyais qu'on ne risquait plus rien !

Quelques jours plus tard, les Chapelier arpentaient le vestibule de leur maison, sur leur trente-et-un, un chapeau chic sur la tête. Coco et Jones, qui arboraient eux aussi leurs plus beaux habits, patientaient près de la porte d'entrée.

Cordelia courut à la fenêtre en entendant un tintement dans la rue.

– Le carrosse royal est arrivé ! s'écria-t-elle.

– Viens, Sam ! appela Ariane vers les étages. Nous ne pouvons pas nous permettre d'être en retard !

Sam Doiléger dévala l'escalier, chaussée de souliers neufs et vêtue d'un costume élégant.

– Désolée ! Ça m'a pris un temps fou d'boutonner tous ces trucs !

Cordelia la trouva magnifique dans son nouveau costume marron clair, avec ses cheveux soigneusement tressés et remontés en couronne autour de sa tête. Coco, en revanche, jeta un regard désapprobateur à son pantalon.

– Je comprends pas pourquoi vous refusez de mettre une jolie robe, râla la cuisinière. Surtout pour une occasion pareille !

– On peut jamais savoir quand on va avoir besoin d'escalader une façade, rétorqua Sam en tirant sur son nouveau gilet. Et grimper avec une robe, j'vous conseille pas d'essayer !

– C'est vrai, approuva Cordelia avec ferveur, se rappelant à quel point ses jupes l'avaient gênée lorsqu'elles s'étaient enfuies de la maison des Guildes.

Elle attrapa la main de Sam tandis que Tiberius les pressait vers la porte.

– Je n'arrive pas à croire que nous allons voir jouer Sir Hugo en personne ! s'écria Coco. Et au palais royal, avec ça ! Grands dieux ! J'en suis toute tourneboulée !

Ils s'entassèrent dans le carrosse, puis quatre valets du palais hissèrent Petronella installée dans sa chaise roulante. Par chance, il était assez spacieux pour les accueillir tous, même si leurs genoux s'entrechoquaient au moindre cahot.

Mais le carrosse royal ne les conduisit pas au palais.

Au bout d'un petit moment, il s'arrêta sur Bond Street. Un valet ouvrit la portière et fit descendre tout le monde. Les Chapelier se retrouvèrent face à une ruelle plongée dans la pénombre. De loin en loin, des lanternes éclairaient le passage tortueux.

– Son Altesse vous prie de la rejoindre, annonça le valet, mais le carrosse ne peut s'approcher davantage. Il suffit de suivre les lanternes.

Les sourires d'Ariane et Tiberius s'étaient quelque peu figés. Ils savaient bien où menaient les lanternes.

– La maison des Guildes ! chuchota Cordelia.

Elle s'engagea dans la ruelle sombre. Elle avait l'impression d'entendre son oncle traîner des pieds et sa tante avancer d'un petit pas hésitant. Elle songea qu'il devait être difficile, pour eux, de revenir là-bas : ils avaient connu cette maison autrefois, animée et remplie d'amis. Ce devait être douloureux de la voir dans l'état actuel, triste et abandonnée.

Personne n'aurait pu imaginer ce qui les attendait.

La maison des Guildes brillait de mille feux. Les fenêtres chatoyaient, éclairées de l'intérieur par des centaines de bougies. Au-dessus de la porte d'entrée, la statue de l'homme (à laquelle s'était désespérément agrippée Cordelia) avait été nettoyée. Son chapeau avait été débarrassé de la fiente d'oiseau et une guirlande de fleurs, passée autour de son cou. La grande porte en chêne était ouverte en signe de bienvenue, retenue par des fanions.

La maison des Guildes ne paraissait plus abandonnée ni négligée.

À l'intérieur, tout resplendissait. Le sol avait été ciré, des bougies brûlaient dans les appliques en laiton, un feu joyeux crépitait dans la cheminée et de nouveaux rideaux en velours avaient été accrochés aux fenêtres.

Un valet du palais les invita à franchir la porte voûtée.

La grande salle était métamorphosée. De la musique résonnait dans l'air vibrant de lumière. De longues guirlandes de fleurs décoraient les murs. Quelqu'un avait relâché des centaines de lucioles mélodieuses dans le dôme et elles luisaient comme autant d'étoiles filantes au-dessus de leurs têtes.

– Bienvenue !

La princesse Georgina accueillit les artisans, les yeux brillants et les bras grands ouverts. À son côté, le roi George inclina gracieusement la tête, tandis que les Chapelier les saluaient respectueusement.

– Mince, alors ! murmura Coco derrière Cordelia.

– Bienvenue dans votre maison, dit la princesse en souriant. Nous avons passé ces derniers jours à la faire remettre en état pour vous.

La grande salle était métamorphosée.

Une longue table, recouverte d'une nappe en dentelle, croulait sous les petits fours, tandis qu'entre les plats étaient empilés une énorme quantité d'ananas.

– C'est le roi Louis qui les a fait envoyer en gage d'amitié, expliqua la princesse à Cordelia.

Les musiciens royaux jouaient sur une estrade et des valets portaient des plateaux en argent chargés de verres qui tintaient.

La maison des Guildes était déjà remplie par une foule d'artisans de tous âges. Les trois Horloger observaient tout le monde, en retrait de la cohue. Les Tailleur allaient et venaient d'un air important. Les Gantier formaient une petite troupe animée et bruyante.

Cordelia repéra Lulu avec sa famille, entassée dans un coin. C'était la première fois qu'elle le revoyait depuis l'évasion de la Tour. Il portait un costume trop serré et paraissait à moitié étranglé par sa cravate. Sa mère le tenait fermement par la main. Sam siffla. Lulu se retourna et son visage s'éclaira. Cordelia lui fit un signe de la main, mais Mme Bottier l'intercepta et tira Lulu hors de leur vue, derrière son père.

– On trouv'ra un moyen d'lui parler tout à l'heure, chuchota Sam à l'oreille de Cordelia. Viens, faisons un p'tit tour.

Sam se dirigea droit vers la table chargée de gâteaux. Cordelia allait la suivre lorsqu'elle remarqua les armoiries des Cannier au-dessus de la porte de leur atelier.

L'image des deux éclairs entrecroisés la fit frissonner. Mais dans son cœur, sous l'horreur, la pitié battait des ailes comme un oisillon.

Delilah Cannier avait neuf ans lorsqu'elle s'était retrouvée seule au monde, sans famille ni ami.

Cordelia se dirigea vers la porte qui, contrairement aux autres, ne comportait ni fleurs ni guirlandes ; elle était nue et abandonnée.

Elle posa la main sur la poignée.

– Non, mademoiselle, déclara un valet en lui barrant le passage. Il est interdit d'entrer ici. C'est dangereux.

Cordelia retira sa main.

– Qu'est-ce qu'il y a de dangereux ?

– Il vaut mieux ne pas entrer, mademoiselle, insista-t-il, se campant devant la porte avec la plus grande fermeté.

– GENTS ARTISANS ! proclama un héraut, tout en faisant résonner une paire de cymbales. Je vous prie de bien vouloir prendre place ! Nous sommes fiers de vous présenter notre toute nouvelle superproduction et de vous présenter l'unique, l'exceptionnel Sir Hugo Gushforth, dans le rôle du héros sauveur de l'humanité ! Une histoire pleine d'audace et de complots politiques ! De jeunes filles en pleurs et d'infâmes marins sans âme ! Une pièce sur le courage et l'héroïsme, telle qu'on n'en a pas vu sur scène depuis que Shakespeare lui-même a...

– Allons, dépêchons ! cria le roi.

Trois secondes plus tard, les lumières étaient éteintes et la pièce commençait. Les artisans s'agitèrent sur leur chaise dans l'obscurité, tandis que Sir Hugo bondissait sur scène.

La pièce se résumait, grosso modo, à un combat à l'épée. Au bout de cinq minutes, après qu'un garçon costumé en princesse eut versé trois larmes et un marin baraqué grommelé quelques paroles désagréables, Sir Hugo les fit dégager de la scène et se retrouva plongé dans un combat héroïque. Il se battit courageusement contre l'affreux capitaine du bateau aidé de douze colosses, seul contre tous.

En voyant Sir Hugo décimer ses ennemis, Cordelia constata que l'acteur n'avait plus besoin de chapeau pour vaincre son trac. Il s'en passait admirablement bien.

Se retournant sur sa chaise, elle fouilla l'assemblée du regard. Elle aperçut les deux paires de jumeaux Gantier, qui semblaient jubiler de voir Sir Hugo rouer de coups ses adversaires. Trois rangs devant, elle vit Lulu. Son visage exprimait une telle incrédulité qu'elle éclata de rire.

Il tourna la tête vers elle. Elle haussa les sourcils,

comme pour dire : « Ce n'est pas tout à fait mon souvenir de Sir Hugo en train de se battre sur le bateau... »

Il sourit en retour.

– Voilà pour vous ! cria Sir Hugo. Prenez ça ! Et ça !

D'un coup d'épée bien placé, il fit sauter les boutons du costume du capitaine. Son pantalon tomba en accordéon sur ses chevilles, révélant ses sous-vêtements à fanfreluches. Le public, secoué de rire, applaudit. Sir Hugo salua plusieurs fois.

Cordelia s'aperçut alors que la chaise voisine était vide. Sam Doiléger s'était discrètement éclipsée.

« Je pense que je sais où elle est... », songea-t-elle en quittant elle aussi son siège.

En effet, lorsqu'elle souleva la nappe en dentelle de la longue table, elle trouva Sam cachée dessous, une part de gâteau dans chaque main et plusieurs cuillères en argent dissimulées sous sa chemise.

– Cela t'ennuie si je viens aussi ?

– Mets-toi à l'aise ! répondit Sam en souriant, la bouche pleine.

Cordelia se faufila sous la table, sans oublier d'attraper une tartelette à la confiture au passage. Une minute plus tard, la nappe se souleva à nouveau et le visage de Lulu apparut.

– Salut ! chuchota-t-il. Est-ce qu'il y a de la place pour moi ?

– Toujours, chuchota Cordelia en s'écartant.

Lulu sourit à Sam d'un air timide tout en se faufilant près d'elle.

Ils passèrent une demi-heure à dévorer des petits fours et des sablés, à écouter les éclats de rire et les applaudissements.

– Que penses-tu de ta vie à la maison des Chapelier ? demanda Lulu à Sam.

– Géniale ! s'exclama celle-ci en enfournant une viennoiserie fourrée à la crème. Coco me donne à manger autant que j'veux et, jusqu'ici, j'ai eu à prendre qu'un seul bain.

Lulu fit entendre un petit rire.

– J'espère que je pourrai revenir chez vous un jour, reprit-il d'une voix triste. Ma mère m'en veut toujours. Elle dit que les Bottier et les Chapelier ne doivent pas frayer ensemble…

Il se raidit soudain, puis glissa un regard inquiet sous la frange de la nappe.

– Ouf ! elle regarde la pièce, soupira-t-il en se tournant vers les autres d'un air gêné.

Cordelia réprima difficilement un rire.

– Pourquoi t'habilles-tu encore en garçon, Sam ? s'enquit Lulu sans prêter attention à la réaction de son amie. Et comment cette idée t'est-elle venue, d'ailleurs ?

Sam grimaça, puis elle observa Lulu les yeux

plissés. Elle jeta ensuite un regard à l'autre bout de la table, comme si elle se préparait à prendre la poudre d'escampette s'il réagissait mal.

– Si tu veux savoir la vérité, Lulu, j'étais une voleuse. J'suis repentie, maintenant. Depuis vendredi, j'suis sage comme une image. Pas vrai, Cor ? s'exclama-t-elle en lui faisant un clin d'œil. C'est plus facile, dans la rue, si t'es un garçon. Pas beaucoup, mais quand même. Il peut t'arriver des sales trucs, mais moins qu'à une fille. C'est pour ça que j'me suis déguisée.

Lulu hocha la tête.

– Et pis aussi, j'ai eu, comme qui dirait, maille à partir avec l'attrapeur de voleurs et comme il cherchait une fille… je me suis transformée en garçon, ajouta Sam en souriant. Et j'dois dire, les habits de garçon sont bien plus confortables qu'ceux des filles !

– Je suis bien d'accord, marmonna Cordelia en tirant sur sa large ceinture. Je devrais essayer, tiens !

Sam s'esclaffa.

– Coco piqu'rait une de ces crises ! J'veux être là pour voir ça !

– Au moins, dit Cordelia, tu n'as plus à craindre l'attrapeur de voleurs.

– Pourquoi ? s'étonna Lulu.

– Il était toujours dans l'atelier, enrubanné des

pieds à la tête, lorsque les gardes de la prison de Newgate sont venus l'arrêter pour avoir simulé une tentative d'assassinat au théâtre !

Lulu sourit en imaginant la scène.

– Cordelia Chapelier ! Lucas Bottier ! Sam Doiléger ! appela une voix.

Tous trois sursautèrent si fort qu'ils se cognèrent la tête contre la table.

– Oh oh, dit Lulu. Je sens que nous allons avoir de petits soucis...

Sam essaya de s'enfuir discrètement, mais Cordelia lui rattrapa le pied.

– Allons, Sam, bravons la tempête ensemble !

Ils sortirent de leur cachette en chassant les dernières miettes de leur visage. Sam prit une autre tranche de cake, au cas où ce serait la dernière.

La princesse se tenait au milieu de la scène, le chapeau de paix sur la tête. Même s'il avait traversé bien des épreuves, il avait gardé toute sa superbe : l'étoile dorée étincelait, le halo en sucresoleil rayonnait, les plumes chatoyaient et les haricots sauteurs sautaient. La princesse sourit en voyant les enfants émerger de sous la table.

– Ah, vous voilà ! s'exclama-t-elle, ravie. Venez donc ici, Cordelia, Lucas et Sam !

Gênés par tous ces regards posés sur eux, ils montèrent sur la scène, mal à l'aise.

– Je voudrais vous remercier du fond du cœur, commença la princesse. Grâce au chapeau que vous avez fabriqué, une guerre a été évitée. Aussi, en récompense de votre immense courage, j'ai le plaisir de vous remettre ce soir la décoration de l'Ordre du Cœur en Or.

Elle fixa sur leur poitrine des médailles dorées en forme de cœur. Sam s'empressa de la mordre pour vérifier qu'elle était en or véritable (elle l'était). Lulu était aussi rouge qu'un poulet de feu et Cordelia avait l'impression qu'une dizaine de haricots sauteurs de Sicile bondissaient en tous sens dans sa cage thoracique.

Elle prit une profonde inspiration. Elle avait quelque chose à dire. Elle ne savait pas encore quels mots elle allait employer, mais elle savait ce qu'elle ressentait et voulait le partager.

– Amis artisans ! commença-t-elle.

Le public se fit silencieux. Tous les artisans de Londres la regardaient. Elle déglutit. Maintenant qu'elle avait obtenu leur attention, elle n'avait pas d'autre choix que de continuer.

– Hum... Nous sommes des artisans depuis des siècles, mais nous ne pensons qu'à ce que nous fabriquons : des capes, des gants, des montres, des souliers... des chapeaux...

Elle s'interrompit en regardant la porte fermée de

l'atelier des Cannier, avec une pensée pour la petite fille de neuf ans qui ne s'était jamais consolée de la perte de sa famille.

– Hum, donc… ce que je veux dire, c'est : nous sommes tous des artisans, continua-t-elle. Nous faisons le même travail. Ne l'oublions pas. Plus jamais.

Ce n'était pas un beau discours, ni même très long, mais ce n'était pas nécessaire. Elle avait dit ce qu'elle avait à dire.

De maigres applaudissements l'accueillirent, mais Ariane, Tiberius, Petronella, Coco et Jones l'acclamèrent fort et longtemps. Cordelia leur sourit. Elle aurait aimé que les autres cessent de la regarder.

Le roi, qui refusait catégoriquement d'enfiler des chaussures depuis qu'il avait été libéré des souliers en peau de serpent à sornettes, sauta sur ses pieds nus.

– Et maintenant, place à la danse !

Les chaises furent rangées, tandis que Cordelia, Sam et Lulu descendaient de scène, les jambes tremblantes. Lulu fut harponné par ses parents, mais Tiberius se pencha pour chuchoter à l'oreille de Cordelia :

– Ton père aurait été très fier de toi, petite Chapelier.

Puis il sortit son mouchoir vert et sanglota sans retenue.

Cordelia regarda la foule autour d'elle : les artisans sortis de prison, le roi et la princesse libérés d'un infâme chambellan. Elle avait empêché une guerre effroyable. Oui, son père aurait été extrêmement fier d'elle. Cette pensée aurait dû la rendre heureuse. Mais elle ne sentait qu'une lourde pierre dans son cœur, parce qu'il ne serait plus jamais là.

– Cordelia...

Ariane la regardait d'un air sérieux.

« Oh non, pensa-t-elle. Elle va me gronder pour avoir fait un autre chapeau sans autorisation. Devant tout le monde ! »

– J'ai prononcé à ton encontre des mots très durs, murmura-t-elle. Poussée par la colère, je t'ai dit que tu étais trop jeune pour fabriquer un chapeau. Je me trompais. Je suis désolée.

Cordelia se sentit d'un coup gagnée par la culpabilité.

– Non, ma tante, bredouilla-t-elle, c'est moi qui ai commis une erreur ! Je n'aurais jamais dû ajouter des ornements au chapeau de Sir Hugo... C'est moi qui suis désolée !

Mais sa tante porta un doigt à ses lèvres.

– Tu es une vraie chapelière, maintenant, Cordelia.

Elle plongea la main dans sa poche pour en sortir un petit paquet enveloppé de velours.

Cordelia le prit et sentit la douce caresse de l'étoffe dans sa main. Elle regarda sa tante avec stupéfaction.

– Ouvre-le, lui dit celle-ci en souriant.

Dans les replis du velours se trouvait une magnifique épingle à chapeau en or, ornée d'une aigue-marine de la taille d'une myrtille.

– Je sais que tu en rêves depuis longtemps, ajouta Ariane.

– Oui ! s'écria Cordelia. Depuis toujours !

– Qu'est-ce que c'est ? s'enquit Sam en passant la tête par-dessus son épaule. Ça a d'la valeur, ça, non ?

– Beaucoup de valeur, Sam ! s'exclama Cordelia, rayonnante, en piquant l'épingle dans son chapeau. Elle contient une sorte de magie spéciale, comme celle de ma tante, pour faire de moi une vraie chapelière !

– Oh, Cordelia, ma chérie, dit sa tante en riant. Cette épingle n'a rien de magique ! Pas plus que la mienne !

– Mais je l'ai sentie ! protesta Cordelia. J'ai senti la magie de ton épingle lorsque je l'ai glissée dans mes cheveux ; c'était comme… comme si plein d'idées et d'énergie se réveillaient en moi.

Ariane secoua la tête.

– C'est une épingle ordinaire, Dilly ! Ces idées et cette énergie, elles venaient bien de toi.

Avant que Cordelia ait pu comprendre ce qu'Ariane venait de lui dire, les musiciens du roi se mirent à jouer une polka entraînante, et tout le monde se retourna pour voir le roi ouvrir le bal.

Au bout de quelques pas, Sa Majesté entraîna Sam dans la danse. Sir Hugo enchaîna de superbes pirouettes et la princesse Georgina accepta de valser avec lui. Cependant, les autres restaient en retrait. Les Bottier observaient les Chapelier avec méfiance, tandis que les Horloger surveillaient les Gantier et que les Tailleur dévisageaient tout le monde d'un air revêche.

Puis quelqu'un se fraya un passage jusqu'à Cordelia et lui attrapa la main. Elle trébucha, entraînée à travers la foule. Elle était stupéfaite : c'était Lulu ! Il s'avança d'un pas décidé jusqu'au milieu de la salle.

Devant une centaine de personnes, il se plaça face à elle et inclina le buste.

Cordelia sourit et s'inclina en retour. Puis Chapelier et Bottier se prirent les mains et se lancèrent dans une série de pas des plus originaux. Leur ancienne gouvernante n'avait visiblement pas réussi à leur apprendre à bouger avec dignité. Ils cabriolaient plus qu'ils ne dansaient. Sam poussa un cri de joie pour les encourager.

– Pourquoi personne ne se joint à nous ? demanda Lulu, essoufflé.

– Quand on est ennemis mortels depuis longtemps, j'imagine qu'il n'est pas si facile de se mettre à danser ensemble, dit Cordelia en faisant tournoyer Lulu.

Alors qu'elle le faisait passer sous son bras, elle croisa le regard furibond de Mme Bottier.

– Le regard de ta mère pourrait transformer le feu en glace ! dit Cordelia en frissonnant.

Lulu risqua un coup d'œil vers sa mère, trébucha et s'arrêta sur place.

– Lucas Bottier, viens ici tout de suite ! gronda-t-elle.

Lulu baissa les yeux. Ses pieds, qui dansaient la polka quelques instants plus tôt, étaient comme pétrifiés.

– Lucas ! s'impatienta-t-elle. Ici ! Tout de suite !

Les violonistes s'arrêtèrent de jouer. Ils observaient la scène, bouche bée, leur archet bougeant dans le vide. Lulu, toujours pétrifié, fixait ses souliers cirés. Le silence était lourd de menaces.

Le regard de Cordelia passa de Lulu à sa mère. L'atmosphère était si électrique qu'on entendait l'air crépiter.

Puis, dans un minuscule geste de défi, son ami se mit à taper du pied. Il leva le menton et fit signe aux musiciens, qui abaissèrent leur archet et reprirent sur un rythme endiablé.

Lulu se remit à danser.

Il attrapa la main de Cordelia et la fit tourner comme une toupie. La musique accéléra encore et encore jusqu'à ce que tout, sauf le visage de Lulu, disparaisse dans un tourbillon.

– Tu n'as pas peur d'avoir des ennuis ? lui demanda-t-elle, hors d'haleine.

– Continue à danser ! répondit-il avec une grimace, en sautillant en rythme avec la musique et frappant dans ses mains.

Une petite lueur de panique s'était allumée dans ses yeux et de la sueur brillait sur son front, mais il réussit à esquisser un sourire.

– Je suis fier d'être ton ami, Cordelia Chapelier.

Quelques heures plus tard, Cordelia était allongée dans son lit, la veste aux boutons dorés de son père en guise de couverture, les yeux grands ouverts dans le noir. Jamais la nuit ne lui avait paru si vaste, et jamais elle ne s'était sentie si petite.

Après toute l'excitation des derniers jours, elle se retrouvait enfin seule. Il était temps d'affronter la vérité.

– Vous êtes mort, père, chuchota-t-elle. Vous ne reviendrez jamais. Nous avons sauvé tout le monde... sauf vous.

À l'étage inférieur, dans la chambre qui avait été celle de Prospero, Sam Doiléger ronflait légèrement sur son oreiller. Elle avait passé ses deux premières nuits sous le lit, mais Cordelia avait réussi à la convaincre d'essayer dedans. Et à présent, elle dormait profondément.

Cordelia, quant à elle, ne pouvait trouver le sommeil.

Elle repoussa doucement la veste, s'avança jusqu'à la fenêtre, ouvrit la clenche et regarda dehors. Londres sommeillait. C'était la pleine lune, les toits et les flèches de la ville paraissaient argentés.

« Les étoiles peuvent nous guider partout si on sait les regarder. » La voix de son père résonna en elle. « Elles peuvent t'emmener dans une grande aventure et elles peuvent te ramener chez toi. »

Cordelia chercha l'étoile Polaire, au nord. « C'est l'étoile sur laquelle il faut régler sa boussole. » Pendant quelques secondes, elle ne put la trouver au milieu des innombrables points lumineux.

Puis elle l'aperçut.

Elle scintillait d'un air amical.

Cordelia plissa les yeux. Quelque chose bougeait dans le ciel. Quelque chose qui se rapprochait, volant droit vers elle en rasant les toits et les cheminées.

Cordelia s'empara du télescope de son père et le pointa vers le ciel.

C'était un oiseau aux ailes illuminées par la lune. Et lorsqu'il plongea au niveau de la serre sur le toit, Cordelia reconnut…

– AGATHA !

Le pigeon messager roucoula doucement en se posant sur sa paume ouverte.

– Je croyais que tu ne reviendrais jamais ! lui chuchota Cordelia.

Elle sentait le cœur de l'oiseau battre légèrement sous ses doigts, aussi rapide que le sien. Agatha hochait la tête, agitée, en faisant un étrange bruit de crécelle. Cordelia la souleva délicatement pour atteindre le flacon.

Il n'y avait pas de message à l'intérieur.

Mais ce qu'il contenait était encore plus précieux : c'était le coquillage avec le portrait de sa mère peint.

La dernière fois que Cordelia l'avait vu, c'était au cou de son père, lorsqu'il l'avait embrassée avant de partir pour sa dernière expédition…

Et voilà qu'il était là, au creux de sa main.

« Rappelle-toi de quel bois tu es faite, petite Chapelier. »

Elle accrocha la chaîne autour de son cou, la coquille contre son cœur. La sentir sur sa peau la remplit de courage.

– Tu sais ce que ça veut dire, Agatha, chuchota Cordelia en regardant le ciel immense. Comment, mystère, mais mon père est vivant.

Agatha roucoula d'un air approbateur. Elle vola jusqu'à la table de nuit et cligna des yeux en direction de la feuille de papier qui y était posée. C'était celle qui était cachée dans le télescope de Prospero.

– Il n'y a rien d'écrit, soupira Cordelia. L'eau de la mer a effacé l'encre.

Mais Agatha roucoula à nouveau.

« L'encre. »

En un éclair, Cordelia se rappela les paroles de son père : « Ce sont des encres spéciales ! Celle-ci est invisible, mais elle se révèle à la chaleur d'une flamme de bougie. Celle-ci ne se voit qu'à la lueur des étoiles. Celle-là n'apparaît que les mardis. C'est idéal pour envoyer des messages secrets. »

Elle s'empara de la feuille et l'approcha de la flamme de la bougie. Le papier resta blanc.

– Quel jour sommes-nous, Agatha ? Mardi !

Elle examina la feuille. Rien.

– Il ne reste qu'une seule possibilité...

Cordelia s'élança hors de sa chambre, Agatha voletant frénétiquement autour de sa tête. Ensemble, elles gravirent l'échelle branlante qui menait au toit.

Le monde baignait dans la lumière des étoiles.

Le cœur battant, Cordelia déroula le papier blanc et le leva vers le ciel, tandis qu'Agatha se posait sur son épaule.

Sous ses yeux, des lignes argentées se mirent à apparaître sur la page blanche.

– C'est l'encre qui ne se voit qu'à la lueur des étoiles, chuchota-t-elle.

Et soudain, elle reconnut ce qu'elle tenait à la main.

C'était une carte !

Glossaire

Voici une liste, concise mais indispensable, des ingrédients les plus précieux et les plus puissants, que tout apprenti de la maison Chapelier se doit de connaître.

Abeille frénétique – ***Apis insania*** – Cette charmante petite abeille peut parcourir des kilomètres à la recherche de fleurs à butiner. Lorsqu'elle découvre une nouvelle fleur riche en nectar, elle devient euphorique et prévient ses collègues en volant en cercle à toute allure, produisant un son très aigu que seules les abeilles de son essaim sont capables de percevoir. Ce son peut être capturé par un artisan à l'aide d'un diapason et transféré à un chapeau d'un petit coup sec. Il transmet au porteur du chapeau un enthousiasme vibrant. Le miel des abeilles frénétiques est réputé pour aiguiser les sens. Dans l'Antiquité, il était consommé par les athlètes qui concouraient au lancer de disque lors des jeux Olympiques.

Aigle élyséen – ***Aquila elysiana*** – Les plumes de cet oiseau majestueux paraissent noires mais, à la lumière du soleil, elles prennent des teintes irisées de toutes les couleurs de l'arc-en-ciel, visibles comme invisibles. Trouver une plume d'aigle élyséen est une bénédiction : elle encourage le porteur du chapeau à se comprendre et à avoir le courage de s'accepter pleinement.

Araignée brune de bureau – ***Aranea badia studiosa*** – Araignée particulièrement solitaire, qui vit souvent au dos des livres ou entre les pages des partitions. Le fil produit par cette araignée peut aider le porteur du chapeau à s'atteler à sa tâche sans se laisser distraire.

Araignée de glace de Sibérie – ***Aranea siberica*** – Araignée des grandes plaines glacées du nord de la Russie, elle gèle sa toile au fur et à mesure qu'elle la tisse. Utile pour refroidir les tempéraments trop ardents. Un excès peut provoquer un fourmillement désagréable sur la nuque.

Boutons bienfaisants – ***Boutons bienveillants*** – Terme générique s'appliquant à tous les boutons cousus avec un fil amical. Les boutons bienfaisants ornés de nœuds de camaraderie génèrent un puissant amour de l'humanité.

Boutons de fanfaron – ***Boutons bossets*** – Bien que ces boutons brillent comme l'or, ils sont en réalité en laiton. Trempés dans un feu qui doit être constamment attisé et nourri de feuilles de baie radieuse, ces boutons sont utilisés pour renforcer la confiance en soi. On doit cependant les réserver aux personnes souffrant d'une faible estime de soi, au risque de provoquer une attitude arrogante et une autosatisfaction détestable.

Cactus de Saturne – ***Cactaceae saturnus*** – Hormis sa ceinture d'épines qui forme comme un anneau, ce cactus est entièrement lisse. Utilisée comme épingle à chapeau, une épine de cactus de

Saturne donne de l'assurance, en particulier lors d'une prise de parole en public.

Cactus-lune – ***Cactaceae lunarium*** – Ce petit cactus, parfaitement rond et de couleur bleu pâle, produit des fleurs jaunes dont les taches en forme de cratère le font ressembler à la pleine lune. Ironiquement, le cactus-lune ne fleurit qu'en plein soleil.

Campalune – ***Flos lunaris*** – Buisson indonésien qui ne fleurit que les nuits de pleine lune. Ses fleurs au toucher de velours vont du mauve à l'indigo. Favorisant un sommeil paisible, elles sont utiles pour les bonnets de nuit. Un pétale glissé sous le ruban d'un chapeau peut susciter des rêveries réconfortantes.

Champignons risibles – ***Fungi ridiculosa*** – Les plus exubérants de tous les champignons. Petits, au chapeau gris pâle et aux lamelles violettes, ils aiment surgir par surprise au milieu des autres champignons. Utilisés sur un chapeau, ils aideront une personne timide à se surprendre elle-même par son courage et son espièglerie.

Chouette athénienne – *Bubo minervae sapiens* – Vivant exclusivement dans la forêt Platonicienne, au pied du mont Olympe, cet oiseau d'une grande sagesse évite autant que possible les humains. Quelqu'un d'assez habile et subtil pour la localiser peut gagner une de ses plumes en résolvant une énigme destinée à tester sa sagesse. La plume favorise l'intelligence, la concentration, la contemplation et autres dispositions philosophiques.

Coléoptère vifamour – *Scarabaeus inamoratus* – Adorable petit scarabée aux ailes roses brillantes, qu'il perd une fois par an. On le trouve au milieu des pétales des roses bulgares, toujours par deux. Une piqûre de coléoptère vifamour provoque des sentiments allant d'une tiède affection à l'adoration la plus passionnée. Une réaction allergique peut causer des nausées, des vertiges et un état obsessionnel. Sur un chapeau, les ailes perdues des coléoptères sont utilisées pour inspirer de la bonté.

Colombe blanche commune – *Columbula alba* – Les plumes de cet oiseau, d'un blanc pur, inspirent un état d'esprit paisible, mais encouragent également la compassion et l'attention à l'autre.

Coquille angélique – *Concha angelus* – Coquillage en spirale qu'on trouve dans les eaux limpides de la mer de Paragonia. La nymphe qui l'habitait y a laissé des échos de son chant maritime. Suspendue au rebord d'un chapeau, la coquille angélique émet un son de carillon qui réconforte et exalte l'âme.

Coquille Saint-Pax – *Mollusc tranquillitas* – Vivant dans les eaux peu profondes de la baie Quiétude, les coquilles Saint-Pax forment une coupe à l'intérieur nacré. Elles aident le porteur du chapeau à garder un sentiment de paix intérieure.

Corbeau carriériste – *Corvus corax cachinnans* – Oiseau souvent incompris, au croassement très reconnaissable. S'il est considéré comme insupportable et nuisible par certains, d'autres trouvent au contraire que ses capacités vocales rivalisent avec celles du rossignol. Le plumage du corbeau carriériste, tape-à-l'œil, confère au porteur du chapeau une assurance que de mauvais esprits qualifient de vaine et orgueilleuse.

Cordon diplomatique – ***Rudens diplomaticus*** – Ce cordon se fabrique en entrelaçant des arguments pleins de tact avec des brins de chanvre ou de soie. On préconise le chanvre lorsqu'on recherche une attitude énergique, tandis que la soie est réservée à des négociations plus délicates.

Cosse de spiralline – ***Legumen vortexis*** – La spiralline est une plante grimpante qui peut atteindre le sommet d'un grand arbre en quelques jours. Une fois sa croissance finie, elle emploie toute son énergie à produire des grappes de cosses en forme de spirale. Ces cosses se détachent et tombent en tourbillonnant sur elles-mêmes, produisant un sifflement aigu. Les cosses de spiralline sont utilisées sur les chapeaux de danse, particulièrement en Écosse.

Cristal de dousse – ***Crystallum psychicum*** – Cristal translucide qui se forme dans des grottes où ruisselle de l'eau pure. Ces roches précieuses, qui apportent clarté et sincérité, aident à écouter son intuition. Sur un chapeau, un cristal de dousse encouragera le porteur à suivre son instinct.

Cristal de la montagne Pacificatrice – ***Quartz pax montana*** – Pierre lisse et transparente charriée depuis des millénaires par le glacier de la montagne Pacificatrice dans l'Himalaya. Toujours froide au toucher, elle est souvent taillée en forme de goutte. Elle apaise instantanément la colère et revigore les esprits fatigués.

Douce-colombe – ***Columbula tranquilla*** – Cousine de la colombe crieuse rouge écarlate, la douce-colombe, comme son nom l'indique, est un oiseau très tranquille. Ses plumes rose pâle apportent l'apaisement à un esprit troublé.

Fils drêves – ***Droom draad*** – Fils entrelacés de lambeaux de rêve. Ils peuvent être en soie, en coton, en fil de pensée, en laine ou en cuivre. Idéaux pour les broderies sur les bonnets de nuit. Si le bonnet est porté en journée, il peut provoquer de la distraction et de la somnolence.

Fleurs cordiales – ***Flora benigna affabilis*** – De couleur crème à jaune bouton d'or, ces fleurs dégagent un délicieux parfum et fabriquent un pollen scintillant qui, dans l'ancienne tradition celtique, porte chance à ceux qui en reçoivent sur la tête. Ces fleurs sont utilisées pour instiller un sentiment de bonté joyeux envers nos frères et sœurs humains.

Fougère du Timor – ***Embryophyte timiditum*** – Une variété très timide de fougère persistante du bassin amazonien. Elle pousse souvent cachée dans l'ombre des grandes feuilles de fougères plus imposantes. Porter ses frondes encourage une conversation paisible. Selon la sensibilité de la personne qui l'arbore, celle-ci pourra ressentir le besoin de chuchoter.

Haricots sauteurs de Sicile – ***Legumen siciliano exulto*** – Haricot moucheté à longue gousse qui pousse sur l'île de Sicile en Méditerranée. Connus pour sauter de façon exubérante, ces haricots donnent au porteur du chapeau une sensation de légèreté et de bonne humeur. Sur l'île cohabitent plusieurs colonies sauvages. Lorsqu'ils sont mûrs, la gousse éclate avec un bruit sec. Une fois qu'ils sont sortis, ils sont particulièrement difficiles à attraper.

Laque d'angélite – ***Ceramica angelicus*** – Bleu pâle, la laque d'angélite a des vertus apaisantes et pacificatrices. Elle est souvent associée à des métaux versatiles et se marie particulièrement bien avec le bois fougueux. En apportant la tolérance et la stabilité, l'angélite permet au porteur du chapeau de profiter des bénéfices du métal ou du bois sans en subir les regrettables excès.

Lichen de concorde – ***Bryophyta concordia*** – Lichen couleur émeraude qui pousse dans les forêts d'Arden. Il est composé de longs fils qui s'entrelacent et croissent à une vitesse remarquable. Une fois ses fils tissés, ce lichen encourage la diplomatie.

Lilas loquace – ***Lilium garrulus*** – Fleur d'un blanc éblouissant, en forme de trompette, aux étamines dorées et au parfum capiteux. Cette fleur encourage le porteur du chapeau à dire tout haut ce qu'il pense et à exprimer ses pensées les plus secrètes. Employé à bon escient, il aide une personne timide à s'exprimer avec confiance. En revanche, si le porteur est d'un tempérament bavard, cela peut provoquer un déluge de paroles épuisant pour l'entourage.

Luciole mélodieuse – ***Lampyridae hedus dulcis*** – Petites lucioles à la queue lumineuse qui vivent dans les marécages au sud de l'Amérique du Nord, ces insectes au naturel doux aiment virevolter dans l'ombre, apportant une étincelle d'espoir dans les moments les plus sombres.

Lueur d'étoiles – ***Lux stellaria*** – Quand elle est recueillie à travers du verre dans un bol en argent, la lueur d'étoiles redonne espoir et guide les âmes perdues. Saupoudrée sur un chapeau, elle provoque un jaillissement d'idées pétillantes qui incitent à se lancer dans de nouvelles aventures.

Lunaile – ***Columba luna*** – Oiseau gracieux au corps noir et aux ailes blanc irisé qui, en vol, forment un cercle évoquant la pleine lune. Une simple plume de son aile confère au porteur du chapeau le sens de l'élégance et un soupçon de lucidité.

Mouton berceneige de Norvalie – ***Scaep lullavellus*** – Natif des pentes neigeuses de Norvalie, les agneaux naissent bleu foncé et pâlissent avec l'âge. Les moutons les plus âgés ont une teinte bleu dragée. Leur laine est utilisée pour instiller le calme et de douces rêveries.

Oiseau rieur – ***Avis hilaris felix*** – Petit oiseau aux plumes roses à la queue striée de jaune. Son cri ressemble au rire d'un bébé. Apporte de la légèreté et de la joie aux personnes trop sérieuses.

Olivier – ***Olea europaea*** – Utilisé depuis les temps bibliques comme symbole de paix et de renouveau, un rameau d'olivier favorise l'entraide et l'amitié.

Paon – ***Aves phasianidae*** – Les plumes de queue du paon donnent de la prestance et un style flamboyant. Utilisées avec parcimonie, elles peuvent renforcer la perspicacité. En revanche, tout excès provoque une boursouflure de l'ego et une confiance en soi dangereuse.

Pâquerette guillerette – *Aster melu* – Fleur jaune pâle qui pousse souvent dans les fissures des trottoirs ou des murs exposés au soleil. Se contentant de peu, ces pâquerettes favorisent une attitude insouciante et une disposition d'esprit joyeuse.

Papillon de nuit valsant – *Eacles tanzen* – Comme son nom l'indique, ce papillon de nuit mauve exécute une élégante danse à trois temps. Il est particulièrement attiré par la lumière des feux alchimiques. Ses battements d'ailes confèrent du rythme à l'ouvrage de l'artisan et renforcent son pouvoir. Le porteur du chapeau peut se retrouver à sautiller tous les trois pas.

Pax palmier – *Areca altis paxum* – Grand palmier gracieux de Palestine. Ses feuilles vert pâle peuvent être tressées pour fabriquer un chapeau de paille, mais elles peuvent aussi être utilisées isolément, pour un effet des plus charmants. Elles donnent au porteur du chapeau un sentiment de calme et de fraternité.

Pierre vésuvienne – ***Pumice magmae*** – Pierre ramassée dans le cratère du mont Vésuve en Italie. De la lave suinte de la pierre quand elle est exposée à la lumière du soleil ou à une chaleur excessive. Elle est utilisée par les alchimistes et les artisans pour forger du métal ou faire fondre du verre.

Pluie de tonnerre – ***Pluvium fragorum*** – Gouttes de pluie secouées par un coup de tonnerre. Si on la recueille dans un bol ou une cruche assez solides, l'eau peut être utilisée pour infuser des teintures ou des rubans. Excellent durcisseur, elle peut aussi aider le porteur du chapeau à extérioriser sainement ses émotions. Particulièrement utile en cas de colère rentrée ou de tristesse. Très puissante lorsqu'elle a été capturée en même temps que l'essence de l'éclair.

Plume de dindon dodu – ***Avis obstupefio*** – Oiseau rouge vif d'un mètre de haut environ, qui vit en Afrique subsaharienne. Lorsqu'il est menacé ou qu'il essaie de séduire une demoiselle, une plume d'un mètre lui pousse sur la crête, doublant sa hauteur. Cette plume, qui tombe une fois l'effet désiré obtenu, a une action très efficace en chapellerie. Attention cependant : si on la porte trop longtemps, elle peut rendre querelleur ou insolent.

Pyrite – *Ferrum scintilla* – Ce minéral aux éclats dorés, composé de fer, est parfois appelé l'or des fous. Bien qu'il puisse exalter la folie présente chez le porteur du chapeau, il est possible de tempérer cet effet en l'associant avec des matériaux qui apaisent et assagissent, (telle la laque d'angélite). Ainsi équilibrée, la pyrite stimulera le flot des pensées et apportera confiance et perspicacité.

Rayon de lune – *Radiatus lunae* – Translucides et fragiles, les rayons de lune produisent une musique qui varie selon le timbre de la lumière lunaire (et selon la phase de la Lune). Les rayons sonores de la pleine lune sont utilisés pour la plénitude et l'abondance. Les tons pleins d'espoir de la lune croissante encouragent l'optimisme tandis que ceux de la lune décroissante peuvent sonner creux et inciter à la patience. Ils sont tous difficiles à discerner en plein jour.

Romarin – ***Salvia rosmarinus*** – Plante persistante aromatique, qui renforce la mémoire et les capacités cérébrales. Porté sur un chapeau, le romarin a un effet revigorant. Il aide à ressusciter les souvenirs et à rester concentré.

Ruban cogiteur – ***Ligamentum philologus*** – Un ruban cogiteur est tressé à partir de cheveux empruntés à la tête d'un professeur d'université, d'un philosophe ou d'un érudit. Si les cheveux proviennent de plusieurs personnes, veiller à ce que les convictions des uns et des autres soient compatibles, au risque de provoquer de la confusion et de brusques revirements d'opinion. Des poils de barbe peuvent être utilisés par des artisans expérimentés. Il est recommandé de solliciter l'autorisation du donneur avant de procéder au prélèvement.

Ruban vocaliseur – ***Ligamentum melodium*** – Ruban tissé à partir de soie de papillon musical, cousu sur le costume de scène d'un chanteur ou d'une chanteuse d'opéra. Idéalement, le ruban sera porté pendant plusieurs représentations avant d'être confié à l'artisan, afin de lui laisser le temps d'absorber les puissantes vibrations de la voix de l'artiste. Les rubans de soprano sont les plus efficaces et doivent être utilisés avec modération. Les rubans vocaliseurs aident le porteur du chapeau à exprimer sans crainte ses émotions profondes. En cas d'excès, ils peuvent provoquer des lamentations assez pénibles.

Saphir chantant – ***Sapphirus sonorus*** – Pierre précieuse bleue qui, telles les perles dans les huîtres, croît dans les œufs de rossignol. Une fois l'oisillon envolé, on peut ramasser la pierre et l'utiliser pour avoir confiance dans ses capacités vocales. En revanche, si on le porte trop longtemps, un saphir chantant peut provoquer un sifflement très fort et très faux dans la tête du porteur du chapeau, ce qui l'amène à crier pour se faire entendre : un vrai cauchemar pour l'entourage.

Somnivère – ***Primula somnulenta*** – Comme sa cousine la primevère officinale, cette fleur forme de délicates clochettes. De couleur bleu indigo, elle se plaît dans les sous-bois ombragés. Le ruban doit être fabriqué sur un métier à tisser spécial, à partir de ses pétales soyeux, et le tisserand doit fredonner des berceuses en travaillant. Ce ruban est utilisé sur les bonnets de nuit car il provoque une douce somnolence. N'employer que quelques centimètres de ruban par bonnet, sinon il risque de provoquer un état de somnolence permanent.

Vapeur de valeur – *Nebula valoris* – Brume mauve pâle, obtenue en collectant le souffle d'un lion qui rugit à l'aube. Utilisée pour infuser de la bonne humeur et du courage, le rugissement continue à vibrer même après la dissolution de la vapeur, fortifiant le cœur.

Verre argenté – *Vitrum argentum* – Mélange de poussière de miroir vénitien et de verre fondu, le verre argenté renforce le pouvoir de séduction du porteur du chapeau en sublimant sa beauté naturelle. Une fois le chapeau retiré, l'effet s'estompe, ce qui peut provoquer une déception chez l'amant(e) si le verre argenté a été utilisé en trop grande quantité.

Verre sagace – *Speculum cassandrae* – Verre fabriqué en fondant le sable d'un sablier ayant beaucoup servi au milieu de flammes claires. Le verre sagace aide le porteur du chapeau à fournir des réponses limpides aux questions qu'il se pose et lui offre une vision claire de ses objectifs.

Vigne de Saint-Égide – ***Vitis aegiea*** – Plante grimpante originaire du Levant. Ses fleurs jaune d'or aident à rester optimiste. Ses fruits, consommés en sirop, instillent un sentiment de tranquille assurance. En revanche son vin, consommé en excès, peut rendre grandiloquent.

Note sur les matériaux menaçants

Nous n'avons pas jugé utile d'apprendre au lecteur comment élever des poulets de feu ni dans quelles forêts vit le renard d'Orcus.

De même, nous ne fournirons aucune indication sur l'habitat du tigre à dents de sabre ni ne révélerons le nom de la mer où sévit le calamar-vampire.

Nous n'avons aucun conseil à donner sur la culture des alguilles.

Nous n'avons pas l'intention de rendre public le procédé de fabrication d'un ruban de fureur, ni ne divulguerons l'art et la manière de récolter les querelles d'éclair.

Nous ne toucherons mot de l'éthique de la collecte de plumes de harpie.

Enfin, au sujet de la pierre fatale, nous ne dirons qu'une chose : ne pas toucher sous peine de mort.

~ NOLI NOCERE ~

Nouveaux matériaux découverts par le propriétaire de ce livre

Remerciements

Il en est des livres comme des chapeaux magiques : ils demandent beaucoup d'amour et de dévouement de la part d'un nombre incroyable de personnes. Il y a tant de gens que je veux remercier de m'avoir aidée à donner vie à *La maison Chapelier* !

Tout d'abord, mes parents, pour nous avoir fait grandir dans une maison remplie de livres, pour nous avoir lu des histoires le soir quand nous étions petits et nous avoir transmis leur amour de la littérature. Merci, papa et maman, de m'avoir toujours encouragée à écrire.

Ma sœur, Kate (alias Grande-Petite) pour être partie à l'aventure avec moi jusqu'au bout du jardin et jusqu'au bout du monde, pour m'avoir aidée à faire mes devoirs de latin et être à jamais ma complice préférée pour les bêtises.

Ma famille et mes amis du monde entier qui m'ont écoutée patiemment lorsque je soliloquais sur les chapeaux magiques : vous m'avez soutenue dans les moments difficiles et avez généreusement célébré toutes les petites victoires. Je vous aime tous.

Ma formidable agente, Claire Wilson : tu as saupoudré ta poudre magique sur moi et sur *La maison Chapelier*, et j'en suis fabuleusement heureuse. Merci pour *tout*.

Mon merveilleux éditeur, Nat Doherty, pour avoir cru dans *La maison Chapelier*, pour m'avoir guidée avec tant de gentillesse et de perspicacité afin de faire aboutir cette histoire. C'était vraiment génial d'écrire ce livre avec toi !

Merci à tous les artisans du livre de chez Puffin : Wendy Shakespeare, pour son génie et pour avoir apporté tant d'améliorations ; Daphne Tagg, pour son incroyable souci du détail ; Emily Smyth, pour sa somptueuse vision de l'univers de Cordelia.

Aux merveilleux Jane Griffiths, Naomi Green, Roz Hutchinson et Alesha Bonser.

Aux brillants Sarah Roscoe, Geraldine McBride, Kat Baker, Toni Budden, Rozzie Todd, Becki Wells et Karin Burnik. Et aux formidables Zosia Knopp, Anne Bowman, Maeve Banham, Susanne Evans et Lena Petzke.

Merci à Paola Escobar d'avoir donné vie au monde des Chapelier grâce aux plus belles illustrations que j'aie jamais vues.

À l'équipe américaine de NYR, en particulier Simon Boughton et Kristin Allard, un immense merci de faire connaître les Chapelier aux États-Unis !

À Jonathan Barnes, professeur de lettres classiques : *kleos* à vous d'avoir vérifié que les inventions imaginaires du glossaire étaient grammaticalement correctes !

À Anna James et Catherine Doyle, pour vos commentaires incroyablement généreux – c'est un honneur d'avoir des citations de deux autrices aussi fabuleuses sur la couverture.

À Jonathan Smith, pour avoir animé l'atelier d'écriture du lycée et pour votre amitié jamais démentie. Je peux tracer une ligne aussi droite que le fil d'un cerf-volant entre le travail que nous avons réalisé ces après-midi-là et les pages de ce livre. Merci aussi à Dr Jo Seldon, qui a été un merveilleux professeur. À Isabella, pour avoir partagé sa fine connaissance du cycle créatif et pour m'avoir aidée à trouver le mien.

Aux archives du musée Victoria & Albert pour les trésors conservés et mis à disposition du public sur du papier de soie. Je n'ai jamais, ni avant ni après, vu de bicorne aussi distingué.

Enfin, à Barney : ce livre n'existerait pas sans toi. Merci pour ton cœur immense, ton humour et ton soutien pendant cette aventure. Merci pour l'amour et la gaîté que tu apportes dans ma vie. Et merci pour ce matin de janvier où je t'ai réveillé à 4 h 30 pour déblatérer sur une famille de chapeliers magiciens – merci de m'avoir encouragée à écrire mon rêve.

Table

L'autrice

Tamzin Merchant décroche son premier rôle à l'âge de dix-sept ans, pour jouer le personnage de Georgiana Darcy dans l'adaptation d'*Orgueil et Préjugés* de 2005. Depuis, son métier d'actrice lui fait parcourir le monde et les périodes historiques. Elle a survécu au Blitz en 1940 et succombé à une pneumonie dans la période édouardienne. Elle a été une extraterrestre, une sorcière, une reine maudite et une rebelle écossaise. Elle a écrit et dirigé plusieurs courts-métrages, dont certains ont été récompensés par des prix. Son dernier rôle en date est celui d'Imogen Spurnrose dans la série *Carnival Row*.

La maison Chapelier est son premier roman.

Où la carte va-t-elle emmener Cordelia?

Découvrez la suite de ses aventures dans
La maison Chapelier – Livre 2

À paraître à l'automne 2022

Découvrez d'autres romans pleins d'aventures et de magie

Le Club de l'Ours Polaire – tome 1
Stella et les mondes gelés

ALEX BELL

Stella Flocus Pearl a toujours voulu accompagner sur les terres inconnues de ses voyages. Son rêve se réalise le jour de ses douze ans : partir en exploration avec le Club de l'Ours Polaire ! Aux côtés d'un chuchoteur de loups, d'un magicien snob et arrogant et d'un demi-elfe timide et maladroit, Stella se lance à la conquête des étendues polaires. Mais une catastrophe vient bouleverser l'expédition et d'inombrables dangers se dressent bientôt sur leur chemin.

L'Évasion magique de l'orpheline Clémentine

CHRIS WORMELL

Clémentine, la jeune orpheline, vit enfermée chez sa cruelle Tante Vermilia et son affreux Oncle Rufus. Croyez-moi, ça ne vous plairait pas d'avoir un oncle et une tante comme ces deux-là. Clémentine rêve de liberté, et d'un Lieu magique en pleine nature. N'existe-t-il que dans son imagination ? Elle est encore loin de le savoir, mais une grande aventure l'attend avec son ami Andy, un chat très particulier.

Le papier de cet ouvrage est composé de fibres naturelles, renouvelables, recyclables et fabriquées à partir de bois provenant de forêts gérées durablement.

Mise en pages : Maryline Gatepaille

Loi n° 49-956 du 16 juillet 1949
sur les publications destinées à la jeunesse
ISBN : 978-2-07-515734-6
Numéro d'édition : 547207
Dépôt légal : juin 2022
Premier dépôt légal : septembre 2021

Imprimé en Italie par Grafica Veneta S.p.A